你觉得不会发生的
一定会发生

滕洋 著

中国華僑出版社

Murphy's

theorem

目录

01

Bū

Bū，对，前面是汉语拼音。具体怎么写，作者不知道。在中原部分地区，大多数时候，bū 这个发音出现在大人逗小孩时，比如“妈妈bū bū ”，翻译成普通话就是“妈妈抱抱”。大概源自扑、捕、抱之类吧，一个人扑向另一个人、一个人捕获另一个人、一个人抱住另一个人。与此类似的还有“波儿”，在很多地方这两个字短促而迅速地合成一个音念出来，变成一个类似英文bird去掉尾音“d”的发音[bɜ:r]，在方言里代表吻或者弹脑门。

在使用这些方言的地区，人们在亲密而放松的私人场合使用这些发音。但有一种亲密关系却是例外的，你永不可想象两个人用这样的词谈情说爱。比如，“强波儿”之于“强吻”，“公主抱”之于“公主bū ”，甚至是童谣里“爱我你就抱抱我”变成“爱我你就bū bū 我”，也是很奇怪的事情。

也许跟经济发展情况有关——用港台地区方言、发达资本主义国家语言谈情，都没那么难接受，但一想到用河南话、河北话、东北话、陕西话……演偶像剧，就会有点搞笑的意味。

杨强的，却悲壮地要打破这一规律。

杨强的，河北南部近河南某县，城中村人。大名叫杨二强，有个双胞胎哥哥。在他们那个地方，“的”可以代替北方方言里“子”的部分用法，比如一个姓李的人，人们可以称呼他“小李子”，在二强的家乡，通常会变为“小李的”。以此类推，在杨二强的家乡，一批“顺子”“强子”“狗子”变成了“顺的”“强的”“狗的”，幸好这里现在没有很多日本国际友人，不然想想排山倒海的“杏的”“桃的”“百惠的”……也是挺奇怪的。这里的省道、村道上，经常可以看到“杨的小卖部”“强的美容美发”“五的饭店”之类的招牌。

综上，强的从不认为自己的“杨强的大饭店”有什么命名上的错误。倒是他那个能把巴黎口音说得和普通话一样标准的哥哥，每次回家，都要建议他把饭店的名字改了，“强的”多土气啊，来县里的外地人看到这个名字肯定无法理解“的”的名词属性，只会认为饭店的老板叫杨强。

可强的有什么办法呢？从当年产道冲刺他没挤过他哥那天，他的人生好像就混入了奇怪的东西。单拿名字说，要不是担心重名的太多，当年他们这个地方父母给孩子取名恨不得简单到直接用阿拉伯编号。他们哥儿俩算是好的，至少除了数字还分到了不同的汉字，如果随村里主流命名法，他哥叫一风，他就应该随着他哥叫“二风”。一与二，一横之差，就有了云泥之别：“一”从发音到字形都是简洁美好的；“二”呢？简直是数字界的贬义词卧底，与三八、二百五不遑多让。人们更愿意按名字定义的性格判断这两兄弟，虽然长了一模一样的脸，但朗诵比赛、国旗下的献礼这类严肃场合一般都喜欢叫一风去，过年捡鞭炮崩数学老师家厕所则少不了二强。

强的也很努力地抗争过，试图打造自己严肃沉稳的形象，不分寒暑在县政府大街十字路口蹲守，终于在小学升初中的暑假，成功活捉一名跌倒老人，并扭送就医，获得了在初中第一学期第一周国旗下讲话的机会。

尽管在被窝里偷偷想象了无数次，但当校长用字正腔圆的普通话念出“下面有请杨二强同学为我们演讲”的句子时，二强还是感觉有点奇异陌生。这种说不清道不明的陌生感，一直到他用口音浓重的普通话讲完自己的稿件全文，主席台下一直隐忍的全校师生终于爆发出热烈的哄笑后，才被他理清头绪：从来都不是名字，他哥与他唯一的差别，是一风能说一口标准普通话。

强的永远忘不了那个瞬间自己的感受，那些除了语文课都操着乡音的同学，在某种不知名规则的约束下，在某个评选“最可笑的人”的游戏中，齐齐站到了他对面推举他当选。他的目光焦急地四下搜寻，希望得到一点支持。他看到一风攥紧了拳头跟旁边笑得开心的男生理论，心里稍微踏实了些。紧接着，强的看到站在他哥旁边的女孩，对自己露出了一个微笑。

那天之后强的再也没有说过普通话，杨一风为了支持弟弟也在学校，讲足了三年方言。还是那天，强的牢牢记住了庆梅——他哥的同桌，那个人群里对自己微笑的女孩。很久之后，强的才知道，庆梅当时的那个微笑，只是出于对双胞胎的好奇。当时的强的，却只牢牢记住那是“唯二”没有嘲笑自己的人。强的当场决定，庆梅是值得自己蹲守一生、活捉扭送到心里去的姑娘。

庆梅是随父母工作调动从大城市来到他们这个县的，虽然庆梅跟一风、二强一样，都是在县医院出生，由县里的护士亲手bū 到父母面前的，但庆梅妈坚持不让女儿学方言，在她心目中，庆梅是一定要回到大城市里去的。语言上的羁绊，万万要不得。

杨家兄弟成为学校里从不说普通话的异类时，庆梅也成了学校里唯一听不懂方言的异类。杨家兄弟倒还好，不开口说话，他们就是女生心目中的县城贵公子、本地EXO。庆梅就倒霉许多，大部分女生都认为庆梅有种自带名媛光环的做作。可偏偏，强的就是喜欢庆梅。

苦追三年，中考前一晚，县政府大街走九遍，庆梅终于答应了强的的表白。强的兴奋得一夜未眠，虽然跟一风考了一模一样的分数，一风循规蹈矩地进了市里继续读书，强的却执拗地陪没考好的庆梅回了县高中坐同桌。高中三年平静如常，结束的时候，强的没有再屈就庆梅，小两口拼尽全力一起考到了离家不足一小时车程的省内大学。一风则进了北京的大学，学了外语。

少年时，强的与一风对未来全然没有“走哪儿算哪儿”以外的打算，从初中开始，学校把他们带到哪里，他们就留在哪里。杨家爸妈则不同，两个儿子他们总是想留一个在身边。此前，他们并未预计过到底会是哪个，只是一路走来，一风看起来是一定要离开的——全县全年都不一定有一个能用得到外语翻译的地方。而强的，似乎很有守家待业的故土情结。杨家爸妈就轻松愉快地给两个儿子做了不同的规划：给一风准备了读书的钱，给强的盖了娶媳妇的房子。

强的也一度以为，别人大学毕业那天分手，他与庆梅则一定会毕业后结婚。他真真把庆梅妈说的庆梅一定要去大城市生活这句话当成了一句玩笑。闹呢？庆梅除了一口骗人的普通话，行为举止比他还要local。可现实，还是给了他一记凶狠的萨瓦迪卡——眼看庆梅战五渣的实力进了一线城市也混不好，庆梅妈干脆曲线救国，决定掏钱送庆梅去泰国一线城市曼谷留学。

为了留住庆梅，强的用他老婆本的最后一笔钱买了一颗小小的钻石去找庆梅。单膝在庆梅家门口的土路上跪也跪了，玫瑰蜡烛摆也摆了，隔壁抱孩子的二婶子、瘸了腿的大黄狗、走亲戚的非主流，围着哄也算哄了。但庆梅妈还是拒绝了——她压根儿没让女儿出场，这位希望女儿踩着恨天高背上真驴牌行走在大都市地下铁的妇女，自然不想让女儿过这种只能坐一元钱扬招小公交的生活——虽然，最近已经有了三蹦子改造的假五座出租车——可依然是凑够一车才给送人。

与庆梅的最后一次见面，是首都机场。一辈子没有出过省的强的，为了庆梅跑到北京来找一风想办法，终于，还是撵上了庆梅的航班。彼时，强的穿着庆梅最喜欢的裆到膝盖的牛仔裤，挑染的头发已经褪了一些颜色，为了见庆梅刚洗过澡，自然风干的头发毛毛躁躁全部奓起来了——集全机场之力都没有他的外表热闹。倒是庆梅，已经迅速以黑白灰的搭配，稳妥地融入了城市人群。她站得离强的很远，潜台词写满了距离。

这是强的的失恋瞬间，这一刻，他在庆梅的眼中看到了多年以前那个升旗仪式上的自己，只不过，这一次没有人再像当年那样支持他了：一风与庆梅用再标准不过的普通话告别，摆出一副无国界无家乡的国际通用寒暄姿态。而强的发觉自己像摩西分海，周围人是海，只有他是茕茕孑立的摩西。

强的生出了一种气愤的破罐子破摔感，他上前一步大声问庆梅："能不能最后bū 你一下？"

庆梅下意识地后退，扯出一个僵硬的笑脸："强，别闹了。"

强的试图证明什么一样追上去，仔细看着庆梅，脸凑了上去，试图给庆梅一个吻。庆梅退无可退，把行李箱横在两人中间，强的忽然大笑起来，用家乡话大声说："bir都不让bir了？那我强bir你？我和你bir别，在无人的街！"

一风也因为强的玩笑笑起来，庆梅狠狠地瞪了一眼强的，拖着行李箱离开，再也没有回头。强的想，他对庆梅最后的疼爱也就是手放开了，他把他的失恋故事讲给别人听时，每个人都像听一个笑话。强的渐渐地也就真把这事儿当成笑话了。他在市里开了个精品服装店，可他的口音连累了他的品位——一口土话的老板能有多高的审美，顾客们都是这样认为的。强的觉得很累，干脆关了店回家乡托亲戚朋友承包了一片山林，种有机水果、蔬菜，最后搞起了农家乐。这样总行了吧，他终于符合了所有人的预期。

庆梅在泰国很好，过上了别人QQ空间里的生活：每天发柔光过度的自拍。一风出国继续学他的语言，回国后留在了北京做翻译。庆梅与一风的生活在强的看来，都是高尚豪华的。强的有时想，如果他像一风，是不是跟庆梅就能走到最后了。这几年，强的没有再恋爱过，别人都以为强的忘不了庆梅，可强的知道，他的问题跟庆梅无关，是心病：他没有办法用家乡话谈情，也说不好普通话。这隐秘的心结，他不能告诉任何人的，每每只是在父母催着相亲时，拿各种理由搪塞。

于是，两兄弟先结婚的是一风：他娶了公司同事。也许是拖着行李箱全球奔走的生活让人感到疲惫，一风把正式婚礼的地址加蜜月都定在了强的的农家乐。强的本来想把林子砍一片儿，再辟个小广场出来给一风，铺上草坪做个月亮门，顶好请个外国神父再来一套"DO YOU？I DO"的誓言，被一风严词拒绝了：大夏天的满院子人带着腋下两朵汗渍，不论见证的是谁的爱情都太热！

一风的婚礼比想象中的简单，没有牧师也没有司仪，有种日日精彩才向往简单的随意，可旁人已经脑补大概一风在北京过得也不是那么好，不然怎么会连个婚礼摄像都没有。

其实，是有的，祝宁就是婚礼上的摄像——之一。新郎和新娘都想要不一样的婚礼影片，为了这个诉求，准备来参加婚礼的好朋友们像做项目一样开了好几次会，在婚礼摄影这个议题上，最终在挑选几个人佩戴苹果运动相机或是谷歌眼镜中，选择了车载摄像头。反正婚礼只有一次，车载摄像头不管结婚还是离婚都还是有用的。

于是，婚礼当天，祝宁作为摄像之一兼伴娘，和其他几个分处不同位置的朋友，都藏了改装后的车载摄像头在身上权当摄影机，事无巨细地记录婚礼的每个细节。她想，这种偷拍纪实风格的婚礼录像，自己结婚时也要这么干。只是，她还没有另一半。不过，谁在乎呢，喜欢婚礼不一定非得喜欢结婚，不是吗?

为了让镜头始终处于同一个位置，整场婚礼下来，祝宁拉了107次衣服。作为伴郎的强的，就记住了这个总在扯衣角的紧张伴娘。在后面的敬酒仪式里，强的也就格外注意帮紧张的伴娘挡酒。

实际，祝宁自成年之后，体验过很多情感，唯独紧张是稀缺的体验。作为一风和新娘的上司，她怎么也算是年轻有为的典范了。但祝宁还是很感激一风这个静如哑巴、动如触电的弟弟，特意用这边的方言跟强的道了谢。

祝宁会说自己的家乡话让强的非常意外，明明他哥介绍祝宁的时候，说了这位领导几乎是在国外长大的，精通几种外语。强的用家乡话跟祝宁再聊几句，祝宁应答就有一些勉强，但她还是见缝插针地追着强的纠正了自己的发言。祝宁告诉强的，语言上的模仿是拉近彼此关系的最简单直接的手段，收集方言是她的爱好，如果不能在离开某地时像模像样地说几句当地方言，就觉得自己根本没来过这个地方。

强的跟别人学过普通话、外语，这是第一次有人要他教自己方言。整场婚礼下来，祝宁学了个七七八八，只是，她很难分清这里面哪些是强的开的玩笑，哪些是真的方言。一开始强的教她的东西还挺正经，比如“老（一声）妹儿”是月亮的意思，“太阳是老爷儿，月亮是老妹儿”。后来就是举一反三的“公主bū”“阿哥bū”“你问我爱你有多深，老妹儿代表我的心”之类乱七八糟的东西。

不过，效果斐然。那天夜里，参加婚礼的宾客走得差不多了，新郎新娘进了洞房。强的留下来招待他哥他嫂那些能彼此背得住手机号码的朋友。微醺的祝宁已经满嘴方言，逢人便讲“公主bū”“阿哥bū”的笑话，卡拉OK时把所有“拥抱”唱成“拥bū”。以至于，那一晚的所有情意绵绵，都有土话插足的影子。

强的心甚慰，想他终于也靠着方言为人师表了一回，炸老师家厕所、升旗仪式上丢人、机场被分手的过往，被扳回一分。最重要地，他发现自己被祝宁强力脱敏了。他不再害怕自己讲出的情话，迫切地需要找个人来验证……祝宁给强的出主意，不如像学外语那样用情景对话的方式来练习吧，她学方言，他学感情。两个人就这么一问一答地演了一晚上当地情侣。到后来，所有人都昏昏沉沉地各自睡了，祝宁与强的却一直聊到了日出。

祝宁给强的讲了自己颠沛流离的童年，无国界的父母无家乡的烙印。

强的给祝宁看了庆梅的照片，实际上，他也只剩一张初中入学照，其他的都被父母一气之下销毁了。毕业照上的强的仍是那副县城黄毛纨绔样，站在他旁边穿白衬衣的一风则傻乎乎的，露着白牙笑容灿烂。庆梅站在第二排，居然是个杀马特。祝宁无论如何没有办法把这个留着倒扣榴莲头的少女跟QQ空间里那个永远发着旅行自拍的长直发“森女”联系起来，时间改变了一切，不变的只有口音。

太阳越过地平线时，祝宁轻轻拥抱了强的。

无论后来结局怎样，强的始终确信，那天早晨，如果他开口问祝宁能不能帮自己做把有机柿饼子批发到巴黎去的生意，他和祝宁既定的发展也可以是爱情：从摘柿子到做柿饼，再卖到国外，有一整个漫长的过程可以相处。可惜最后，什么也没发生，谁让他根本就没种柿子呢。

无论后来结局怎样，祝宁始终确信，那天早晨，如果她告诉强的，她实际很想过这种田园生活，她和强的的关系也许就不会变成后来的哥俩好。

有些事儿，晚了就没必要再开口了。祝宁还是那个满天飞的无乡者，强的也还是守家待业的小老板。有时强的仰望天空，会觉得祝宁没准坐在哪班飞机上保佑自己。他们时常通话，祝宁终于像掌握外语那样纯熟地掌握了一门方言——对的，她才没有什么收集方言的爱好，只不过，婚礼那天，她喜欢强的说方言时的神态，严肃而笨拙的搞笑，才会模仿强的的语言想要拉近距离。他们的关系，也就这样半真半假地固定在了搞笑上。强的想想也只能这样，如果他真的一本正经去问祝宁想不想跟自己一起种柿子，怕，祝宁会当这是一个新笑话。

强的开始相亲了，强的变回原来的那个自己了，强的的新名片上用中英文标明了“Erqiang Yang 杨二强”。他想着，自己应该找机会问问祝宁，如果没有一口方言，她到底能不能分清自己和一风。毕竟，当初给祝宁看自己的初中入学照，祝宁就认错了人。穿白衬衫傻笑的是自己，黄毛杀马特才是一风。当年的庆梅也是一样，喜欢的是那个杀马特一风。如果不是他硬要和一风换了衣服、烫了头，想来，庆梅也不会跟自己有那么一段。

为什么女孩们喜欢的总是一风呢？强的想不清楚，只是，他也不想再把自己改造成别人希望的模样了。假如，再有一个365天，他还放不下祝宁，那么，说什么也要去找她，给她一个热烈的“拥bū”。

02

Mr. Lonely

我也不知道自己从什么时候开始变得完全不能与真实的人沟通，也许是从我妈去世后，我那帮亲戚都恨我连自己妈的葬礼都不参加，再也不肯理我。其实我去了，我只是没能抵达目的地。

说来可笑，我是个网络写手，我写的人物大多擅长交际，有几个还非常擅长人际斗争，但我本人却十分不善社交。我大学毕业就做了这行，一开始，只是黑白颠倒地写东西。渐渐地，我发现，因为昼伏夜出，我跟所有正常作息的人有了时差，我本来就少的朋友，慢慢地也就不再联系了。

而我因为每天晚上能写一万多字，很快就靠这行温饱小康了，我也彻底断了找其他工作的念头。每天白天睡觉，晚上趴在电脑前写东西。“衣食住”全部网络解决，可我觉得，外卖、快递小哥也很麻烦，他们总在我正有思路的时候打断我，或者因为经常送货给我而试图跟我打招呼。我干脆在门口准备了一个盒子，每次把钱准备好放在里面，让他们把东西放在门口，等他们走了我再去拿。

可是到了后来，我发现用钱也很麻烦，现金用完我还需要下楼去取，免不了碰见邻居怪异的打量，我干脆不再点不能网上支付的外卖了。至于“衣食住行”的“行”，我压根儿不需要这个功能，有时候写到某个地方我不是很了解，我就街景地图到世界各个角落旅游。

那时我妈还在，我爸去世得早，她独自住在老家，一个月跟我通一次电话，压根儿没发现，我早已不再出门这件事。说起来，我也很害怕接电话。因为刚入行时，被催稿催得很惨，别人的白天却是我的半夜。“半夜”被催稿催了一年，我就对电话铃声敏感起来，每次听见手机响，就觉得胃疼。一定要找一个绝对安静的密闭空间，才敢接电话。

后来，我阿姨打电话通知我妈突发心梗走了，我在家里哭成傻子，网购了飞机票要回家参加葬礼。临行前，灌了一大杯白酒，给自己壮胆，才能开门走出去。那差不多距离我上次出门已经半年，虽然喝了酒，发现自己还是怕得要死。我都忘了，日光是那么亮，马路是那么嘈杂。我觉得自己呼吸急促，满头大汗，几乎就要昏倒。旁边一个好心路人问我怎么了，他走过来的瞬间，我逃回了家里，发了条短信给我阿姨，说我去不了了。然后，我的亲戚们就再也没理过我。

说句大逆不道的话，我妈的死切断了我和其他人的唯一联系，我竟然觉得很轻松，终于可以每天躲在自己的房子里，不去面对外面那个讨厌的世界了。而且，我干脆连不能用网络或者聊天工具文字下单的外卖都不点了，就连隔着电话跟真实的人交流，都会让我觉得五脏六腑被一只大手抓住往身体外面揪。孤独成了我赖以生存的安全感。

但我也有很多朋友，我在网络社区关注了1000人，被99人关注，这1098人里，只有一个人是我的互粉好友。但我坚定地认为这是新时代的社交，网络是世界上最好的发明，它重新定义了社交。

我的这个互粉好友，是我的责任编辑小加，我跟她合作了差不多有四年。我知道她长什么样子（我点击过她头像的大图，虽然不是很清晰），没听过她的声音。我只是跟她用邮件联系，把稿子交给她，她回复我需要修改的地方，我修改，她通过，然后每个月按时付稿酬给我。有那么几次，她试图邀请我参加她们编辑部组织的活动，我都拒绝了。她也开始发现我有社交障碍，她曾劝过我去看心理医生。

但这不是笑话吗！看心理医生本身就是一种社交啊。预约你要给人打电话吧，看医生你要出门吧，路上可能会碰见一万多人呢……这对于一个严重社交恐惧的人来说，就是“大逃杀”好吗？估计还没见到医生本人，我已经死了一万多次了。

小加后来也没再劝过我，为了照顾我的情绪，她每次都通过文字联系我。我很感激她的照顾，也一直没有换过合作方。

但是，就在刚刚，我居然发现手机上有小加的来电。时隔四年，她第一次打电话给我。我害怕极了，但还是洗了手，躲在厕所，关上所有门窗，在电话铃声响起无数次的时候，接听了电话。

电话那头是个陌生的女人，她开门见山地告诉我：“您好，我是小加的姐姐，小加现在在医院，能不能来见她最后一面……”

我没有听完后面的话，就直接挂断了电话。我觉得自己再次喘不上气，我居然接到了陌生人的电话！我的责编居然要死了！这些事都太吓人了，我该怎么办？小加还好吗，我想发短信去问问，但如果对方再打来电话怎么办？我该去医院看看她吧，但如果我再出现上次我妈去世的那种状况怎么办？

卫生间的空气很差，下水道堵了有半年，我因为不敢去买工具也不敢给物业打电话，所以下水道一直没能修好。镜子里的我，糟糕透了，虽然胡了刮得很干净，但是头发因为太久没剪，只好将其扎在耳后。脸因为很久没有晒太阳而显得惨白，像个刚做了变性手术的女人。

电话没有再响起，小加的姐姐应该是按着手机通讯录一个个挨着打电话，通知小加认识的所有人，我的这个态度，一定让她认为我跟小加是没什么联系的人，放弃了我。我随即想到一个更让我惊恐的事实，如果某天我死在家里，恐怕唯一通报我的死讯的，就是我的尸臭了吧。

就在这个时候，敲门声突然响了。我觉得很困惑，我没订外卖吧？我走出厕所，从猫眼里看着外面：快递员如之前一样，已经离开，一只只能看到顶的塑料箱放在外面的地上。

也许是自己网购的什么东西吧，我开门想把箱子拿进来，意外地发现，那是一只登机箱，箱子里有一只脸很肥的猫，正双爪搭在一起，做贵妃侧卧的姿势趴在箱子里懒懒地看着我。

我惊讶地想关上门，猫却一声接一声喵喵叫了起来。听到动静的邻居开了门，我在邻居想要开口问我是不是我的猫前一秒，把猫提进来，关上了门：吓死我了，差点就跟人说了话呢！

猫进了屋，还是喵喵叫着，我怕邻居过来敲门，赶紧把笼子打开。猫悠闲地踱步出来，仰着脸看着我，试探性地继续叫着。我给它倒了一杯水，它喝了几口，用头蹭了蹭我的手，还是看着我叫。

我没养过猫，不知道它想跟我说什么。赶紧上网查，研究了几个钟头，把冰箱里速冻虾仁给猫煮了吃过，它才没有再惨兮兮地看着我叫。

用自己的旧衣服给不速之猫搭了个简易猫窝，我才得空坐在电脑前，重新回想这一天的事儿：小加的遭遇让我非常难受，我发现虽然在常人的逻辑里，我跟她并不熟，但我实际已经把她当成亲人了。她是我妈死后，我通往现实的半条路。

但即便这样，我居然没有勇气去见她最后一面。我抬头，发现猫不知道什么时候跳到了我的电脑旁边，目光灼灼地看着我。我吓了一跳，它发现我发现了它，狗一样露出了肚皮，脑袋不停地蹭着我的手。我不知道它想干吗，顺着它的意思，摸了它两下，它就发出了满足的呼噜声。我不由得有点替它难过，多容易相处的一只猫啊，有吃有喝就卖萌，却还是免不了被主人遗弃在我家门口的厄运。

然后，我就又想起了小加，她很喜欢小动物，总是在自己的社交空间分享很多搞笑动物视频。想到这里，我鼓起勇气拿起了电话，准备预约个医生给自己看病。没准吃点药，我就可以去见小加最后一面了。就算见不着，对我也是有好处的：小加死了，我总得同新的编辑打交道。不会有谁像她一样尊重我的社交方式了，我得迅速适应这个可怖的世界。

可即便是这么给自己打着气，我还是在电话接通，悦耳的女声传出的瞬间，差点扔了电话。好在，对面只是一个预录声音，告诉我，已经下班了，请在工作时段打电话预约。于是，我再也没有去预约过。

在我三次试图走出家门，最终未果后，我给小加的网络社区，点了一支蜡烛。给她建了一个网上纪念空间，这件事也就被我化为了又一件解不开也完不成的心结。

但我的生活还是发生了变化，我有了一只猫。它到我家的第一晚，把屎拉在了我的米袋子里，还埋得很好。直到我做熟了一锅米饭，才发现这个可悲的事实。我有点生气，但它只是冲我无辜地喵喵叫，卧倒卖萌希望我摸它，我也就生气不起来了。我上网看了差不多五万字的养猫经验，网购了一批猫需要的东西，做好了这只猫在我家长期抗战的准备。

实际上，我已经决定好了，就算原来的主人来要它，我也不会把它送出去了。名字我都给它取好了，叫“朋友”，小名叫“友友”，这样一来，我也有朋友了，现实中的朋友！

友友喜欢在我写作时，趴在电脑后面，时不时站起来看看我写得怎么样。它每次看我的进度，我都很心虚，因为小加没了之后，我只能试探性地在别的网站上投稿，也有很多编辑联系我，我却不敢接电话。

直到一个礼拜后，我发现自己可能快要连买猫粮的活动资金都没有了，这才勉为其难地接听了一个编辑的电话。对方是个健谈的话唠，光是表述对我之前作品的喜爱，就说了整整一分钟！这让我十分怀念小加。但好在，这个编辑给出的稿费跟小加相同，我们还是愉快地达成了合作意向。

直到我最后告诉对方：“以后不要打电话给我。”

对方愣了几秒，答应了。

友友在我打电话的时候，自始至终蹲在我身边给我鼓劲、加油，用我的杯子喝水……我打完电话，它“咻”地一下跳到了衣橱上面，躲过了用我杯子喝水的体罚。

我说：“我给咱们找到饭了。”

它只是“喵”地叫了一声。

以后的日子，我跟友友相处愉快。唯一不太好的就是，我之前都是半夜扔垃圾，但友友却总在白天拉两次屎，而它拉屎又很臭，我每次给它铲完屎都免不了在白天扔一次垃圾，不得已跟邻居打了两次照面，点了一次头。给友友扔了一个礼拜猫屎后，我终于在某个下着雨、没有人注意的傍晚，走进超市买了通渠工具，修好了下水道。

听着下水道“咕咚”一声巨响，随之而来的是厕所里久久不散的味道消失，我和友友都比较高兴，它甚至趴在马桶上喝了几口水，被我一顿胖揍。

可第二天，它喝马桶水的报应就来了。我下午起床给它铲屎，发现它拉稀了，粘了一屁股，自己拖着两条后腿，瘫痪一样费力地往地板上蹭。

我这才想起我在马桶水箱里放过洁厕块，后悔不已，赶紧把友友抱到窝里，用衣服围好，上网查猫中毒的攻略。但找来找去，基本每一条可以自己在家给猫治病的方法后面，都会伴随一个自己给猫治病治死的反例。总的说来，没有经验的猫主的唯一出路，是带猫去宠物医院。

看到这里，我彻底崩溃了，这不是笑话吗！我自己的病我都不敢去医院看，我怎么带猫去医院啊？它还没死，我先死外面了，像话吗！我心一横，给友友开了十个猫罐头，摸着它的头说："能不能挺过来，就看你自己了！"

友友有气无力地舔了舔我的手，把头靠在我手上，软软的爪子捧着我的手，闭上了眼睛，不知是睡了还是累了。我一动也不敢动，怔怔地看着它。心里，有一些不舒服的东西一遍遍撞击。我想起了我没能参加的我妈的葬礼，没能见最后一面的小加。现在，眼看都要在我的猫身上重演。我恨我自己，这样的事情，到底要重演多少次，我才能真正面对自己的问题呢？

我这么想着，友友却挣扎地爬起来，摇摇晃晃地向猫厕所走去。但它没能走到厕所，就拉了一地。我差点就没忍住给自己一拳，友友是多么爱干净的猫啊，当初宁可把屎拉在米袋子里，都不肯乱拉，现在却因为我，落得如此下场……我从未想过，最终促使我出门的，竟然是一只猫。

那晚，我送友友去了宠物医院，因为太慌张被车剐蹭，说了几年以来最多的话。一开始，我面对医生的询问难受得又差点死过去，但医生却误会我是因为猫拉稀而紧张，还安慰我别害怕，猫有九条命。

结果出来后，友友只是着凉了，不是中毒了。抱着"九死一生"的友友走在回家的路上，我非常想揍它一顿。但黑夜里，它的瞳仁完全变成了黑色，显得眼睛格外大。它无辜地看着我，努力地从我手里挣扎着站起来，用鼻子顶了顶我的鼻子，用头蹭了蹭我的头，仿佛在说："你做到了。"

是啊，我做到了，居然是因为一只猫。第二天，我终于预约了精神卫生中心，我是该换种活法了。

在我就医一个月后，我家的门再次被敲响了，门口站的是一个陌生的漂亮女人。我本来不想开门，友友却激动地站到了门口。该来的，总是要来，我心里咯噔一下，门口这个难道是友友之前的主人吗？

我打开门，果然，友友绕着那个女人的脚不停地转了起来。女人伸手把友友抱起来，亲切地问它："丧彪，你好不好，想我了没有？"

原来它叫丧彪，我完全没有想到。

女人看着我，露出一种满意又带点困惑的表情："王峰，你居然给我开门了。"

"你怎么知道我的名字？"我问，虽然还是会因为跟陌生人说话而恐惧，但我做到了。

"我是小加。"那女人看着我，"我之前整容去了。猫实在没地方放，想到你压根儿不会出门，想托你帮我养几天。但考虑到你的情况，就直接放在你门口了。"

我不知道该生气还是该谢谢她。

小加说："我在它笼子里塞了信和钱，你没看到吗？"

我摇了摇头。

"那我改天补钱给你吧，跟稿费一起。"她微笑着，"我姐打电话吓着你了吧？我让她给我所有朋友打电话，见之前的我最后一面，因为现在，就是新的我了嘛，结果她打到你那里去了。"

我摇了摇头，小加道谢想要离开，我叫住她："可以把友……丧彪留下吗？"

"不可以，但你可以去我家看它。"小加停住了脚步，"你知道我为什么把丧彪留给你吗？"

每个人，生命里都有不能独自承受的时期。小加说她自己的故事很俗套，因为地包天很严重被人取笑，几次想一死了之。可一想到自己死了，丧彪要寄人篱下，最终扛了过来。后来，认识了我，想要开导我，又怕逼得太紧我跟之前的她一样钻牛角尖，就在自己整容时把猫留给了我。

“丧彪是我最痛苦的时候一个朋友送的。不管你相信不相信，我觉得丧彪有抚慰一切忧伤的能力。”小加说，“如果不是它，我也看不到今天这个漂亮的自己了。”

后来，我再也没有养过宠物。

小加成了我人生里最重要的朋友，她的老公是我介绍的，我的女朋友跟她无话不谈。有时想想，人生就是这么神奇，很多事发生了，改变也总是不期而至，我跟小加居然都被一只猫救过。

有次我跟小加喝酒，问她如果按俗套情节，难道不是我跟她才该凑成一对儿。她大笑着摇头，一边催我快交稿，一边告诉我，当初她去接猫，第一次见我，吓了一跳，开门那人分明是个苍白瘦弱的长毛怪，她没当场被吓跑已经不错了。后来，我去健身、晒太阳、出门社交，慢慢好起来时，她已经无可救药地爱上她现在的老公了。

“不过说起来奇怪，我虽然没见过你，但我那时每天晚上都在担心你一个人死在家里。”

“你肯定把我意淫成一个帅哥了。”

小加摇头，说：

（以下结局请自行选择）

A正常版：“你是那个时候唯一会用对待女性的方式给我写邮件的异性，虽然我知道是因为我们没见过面，但你给了我努力活下去的动力。”

B惊悚版：“我怕你像我一样死时连个收尸的人都没有，你到底要什么时候才能发现，你送丧彪去看病那晚，已经被车撞死了……”

C神经版：“你死了我要被扣钱的，毕竟，你是我唯一赚钱的作者。”

03

20厘米留白小姐

（注：我必须辩解一句，下文这种看起来比较白痴的叙述方式，是配合文中“我”的身份的。）

我出生时贪恋妈妈肚子里的温度，迟迟不肯出来，结果妈妈难产了。我的爸爸颤抖着在手术同意书上签下“保大人”的字句，我可以理解，因为他喜欢妈妈那么多年才娶到她，而他那时还没见过我，远来不及喜欢我。所以，如果只有一个可以活，他肯定选妈妈。

我不喜欢手术室，有人拿钳子夹我的脑袋，我很气愤，想出来理论一下，可是外面的空气一下子充满我的胸腔，我吓得哭了起来。那个用钳了夹我脑袋的医生草草地给我剪断脐带，又马马虎虎地打一个结，就到另一边照管我妈妈去了。她躺在那里，妈妈肯定因为我离开了她的身体而过于伤心，所以她的身体变得很冷。

我不喜欢那个用钳子夹我脑袋的医生，因为他的潦草，我的肚脐长得很难看，护士们都叫我“凸肚脐小妞”。我住在保温箱里的时候，她们有好多机会看我的凸肚脐，当然还有我被大钳子拉得很长的脑袋。

那些日子总有一个胡子拉碴的男人坐在育婴室外面的长凳上，看着我又哭又笑，我想他一定是从隔壁的隔壁——带铁丝网的精神科逃出来的疯子。后来，这个又哭又笑的男人把我抱回家，让我住他的房子姓他的姓，我才悲哀地意识到，他是我爸爸——为什么每个小孩子都要有爸爸呢？每个小孩还都有一个身上香香的妈妈，有时她们高兴，就买玩具零食给小朋友，有时她们不高兴，小朋友就要被罚站墙角。

幸好，我有的只是公墓里的一只小盒子和许许多多的照片，我爸爸说那是我妈妈。我也不明白为什么别人的妈妈都不是小盒子或者照片，我只是觉得那天爸爸新买的奶粉很恶心，而且他忘了给我拍出奶嗝，于是，我就当着我的小盒子妈妈的面吐了我爸爸一身。他把我放在凳子上，捧起小盒子妈妈好像很伤心。旁边的很多人都在哭，这些人也都捧着一个小盒子。

这个世界真奇怪，有一些人长得像动物园里的猩猩、猴子，有一些人长得像小盒子。而长得像猩猩、猴子的人一定是嫌长得像小盒子的人太沉默寡言了，所以猩猩、猴子们一看见小盒子就抑制不住地流泪。

我是一个凸肚脐女孩，有个长得像猩猩的爸爸和一个小盒子妈妈。

后来，后来，后来，时间如同日历上被风吹得翻滚的日子，“咻”地一下就不见了，那些跟我一起住育婴房的小朋友都长大了，我也长大了。这个时候，我悟出了一个道理：在育婴房睡小床的小朋友可以长到大床那么长，睡保温箱的我就只能长到大纸箱那么高。我一直很矮，我一直只有1.45米。

我站在凳子上踮起脚尖去拿早餐的面包，我的大猩猩爸爸走过来，他叹一口气，把面包拿下来递给我。我跳下来抬头看着他，他有那么那么高，高到我都快看不见他的眼睛。

“我妈妈很矮对不对？”我想一定是妈妈的原因我才这么矮。

“胡说，你妈妈又高又漂亮。”大猩猩转身进卧室，他的图纸袋扔在床上，他的袜子从抽屉里钻出来。

“上学不要迟到！”大猩猩爸爸说，“搞不清楚你为什么总是迟到。”

搞得清楚的。我上高中二年级，却常被迷糊的邻居叔叔开便车带到学校的小学部，“哎呀，你看我，总是觉得你还在上三年级呢。”他这话一说就是八年。于是我走路上学，因为我常常挤不上公车，大猩猩爸爸们站着的时候不知道1.45米的世界里布满了来来往往的腿和忙忙碌碌的车轮子。

我坐第一排，因为我坐在后面的时候时常有老师呵斥我回答问题要站起来，其实，我站着呢。我没有什么朋友，她们都嫌弯腰跟我讲话太累了，而且她们总当我是小朋友。

5月的天气总是晴朗，一天晴，一天晴，一天多云，再一天晴。我上学还是迟到，又被值班保安送到班主任办公室扣考勤分，我知道三好学生必然没有我的份，因为我没有漂亮的成绩单，也不在乎良好的考勤表。

“你个子矮，步子小，以后上学起早一点。”班主任把一盒彩色铅笔递给我，“这星期轮到我们班办教学区的黑板报，好好办，把你考勤扣的分数补回来。”

班主任是一个长得像猴子的人，在我的世界里，人只分了这几类：猩猩人、猴子人、小盒子人。我最喜欢的是小盒子人，他们从照片上微笑地看着你，不会指手画脚，也不会因为你的缺陷看不起你。当然我不是说班主任是个坏人，只是他总是派给我不喜欢的任务。比方，我喜欢画画却不喜欢办黑板报。因为黑板通常很高，我踩着凳子也够不到最上面。为此，我想了很多办法，把边框画成胶片，假装成海平面，但无论如何，也隐瞒不了我够不到黑板上沿20厘米的事实，只要是我办的黑板报，不出三天就会被人恶作剧地签名“20厘米留白小姐”。

为了不当“20厘米留白小姐”，我想尽了办法，这一次，我把粉笔绑在铅笔上，写最上面的大标题。

“字好丑。”

“那有什么办法，绑在铅笔上，我使不上劲。”

“给我。”

我转身，差点撞在石川脸上。他无奈地看看我，叹口气，扬起手在黑板的最上方流畅地写大标题。

“你练过书法？”我问。

“小时候练过。”石川拍拍手上的灰，走掉了。

我很感激石川，这一期的板报，我没有做“20厘米留白小姐”。而且石川的字体，如同他的人一样瘦直颀长，挥洒自如。

“我们班有个写字很好的男生。”

“哦。”

“他人很好。”我又说。

“哦。”

“帮了我的忙。”

“哦。”

大猩猩爸爸如果一反常态地对凸肚脐女儿的话心不在焉，甚至把炒煳的青菜吃进肚子，这个时候，我就明白大猩猩爸爸遇到难题了。不说话迅速吃完饭进屋锁门写作业睡觉——这是作为凸肚脐女儿能做的最聪明的反应。因为大猩猩爸爸一定会随便拎一个人出来做实验，这个房子里只有两个人，最合适的就是凸肚脐女儿。

“你坐在里面有什么感觉？”大猩猩爸爸推着特殊儿童学步车问。

“你的腿能直接踩到地上吗？”大猩猩爸爸扶着六连座儿童自行车问。

“你能控制所有方向键吗？”大猩猩爸爸拿着遥控布娃娃问。

大猩猩爸爸是儿童玩具设计师，为8~12岁的小朋友设计玩具：1.45米的小个子女儿是最佳的头号试用者。

“我高二了，不要再拿这些东西出来问我好不好玩！”有时凸肚脐女儿穿着校服站在儿童自动体操机里也会大发雷霆。

“可是你是我最宝贝的宝贝女儿啊，你不帮我谁帮我？”大猩猩爸爸两手一摊，假装可怜的样子还真是很可怜，“大不了我买新衣服给你。”

而大猩猩爸爸承诺的新衣服，永远位于欢声笑语的童装部。有时我也想穿比基尼，像个高中二年级女孩应有的那样幻想阳光海滩，但童装部的儿童比基尼永远印着粉红米奇头和嫩蓝小花边，一点都不热带。而女装部的比基尼，我穿起来永远像被巨怪抢去做新娘的可怜拇指姑娘，1.45米的17岁姑娘，17年都穿童装部的裙子过夏天。

一定是大猩猩爸爸背地里给我吃了停止生长的药，因为我把妈妈变成了小盒子人，他罚我永远长不高。

我愤懑地看着每次都坐在儿童乐园旁边细心观察小朋友的大猩猩爸爸。他看见我还会热情地挥手，生怕别人不知道他有个1.45米的袖珍女儿一样。

“20厘米留白小姐！”石川拎着刚付过钱的新球鞋，从隔壁的儿童乐园旁边的运动部走过来。

石川站在我面前的时候，我发现他和我们家大猩猩爸爸一样高，我几乎要看不到他的眼睛，我腼腆得有点脸红。这个时候我正穿着一条没拆商标的新裙子，领口上“霹雳宝宝童装”的牌子叮当作响。

“你都是在童装部买衣服的吗？”

石川的脚有44码那么大，我低头不语的时候看见的。

“这个不好看，那条绿色的好看。”石川指了指另一边的架子。

“绿色确实好看些。”大猩猩爸爸不知道什么时候走过来的。

大猩猩爸爸和石川一左一右在我头上撑起一小片阴影，我迅速地把石川归类到猴子人里面，他看起来比猩猩人瘦一点。

“你是那个写字漂亮的小伙子吧？”大猩猩爸爸问。

“你怎么知道的？”我很惊讶。

“他右手中指有厚厚的茧。”大猩猩爸爸低头冲我狡黠地眨眨眼睛。

猴子人石川不好意思地挠挠头，我单纯地决定喜欢猴子人石川：他挠头的样子很可爱。我的大猩猩爸爸有时也会有这种可爱的表情，在每一次我作为儿童玩具试玩者的时候。

猩猩国同猴子国一定是达成了什么谅解备忘录。我在试那条他们都说好看的绿裙子时，偷偷看见猩猩人和猴子人坐在一起聊天，他们聊得那么起劲儿，连大象滑梯上有个小男孩扮超人滑下来这样好玩的事情都没有注意到。有时，个子矮也不见得就一定是坏事情，你总是可以观察到一些别人看不到的事情。

后来，我有了一个好朋友，就是大个子石川，他特别申请来和我坐同桌。大猩猩爸爸有魔力吧，忽然变了一个好朋友给我。于是物理课变得不那么无聊了，石川用橡皮擦讲力学题，在受力点上标注粉红色桃心，给题目取名叫“橡皮擦小人到哪里去”。

“笨蛋，你忘记算摩擦力了，这一次橡皮先生又没爬上斜坡，掉到海里去了。”

石川是个好老师，但我不是个好学生。我考试总是不灵光，我走路慢写字也慢。每一门考试都写不完卷子，气得监考老师直摇头。有什么办法呢？如果我是大个子石川，我也可以把字写得飞快。不过这次，我还保持在全班前50名，班里一共49人。

“进步了，比上次多了5分。”天知道大猩猩爸爸怎么总是这么不把我的成绩当成一回事，可能是习惯了，“明天带着成绩单去给你妈妈看。”

看一眼日历，明天是小盒子妈妈的大日子。每个小盒子人变成小盒子那天都是值得纪念的大日子，大猩猩爸爸出去为小盒子妈妈的大日子买花，我溜进壁橱找到小盒子妈妈的高跟鞋。如果我看起来高一点，小盒子妈妈会不会高兴呢？

我对着穿衣镜，踩着高跟鞋笨拙地涂口红，镜子里对面墙上的妈妈在微笑。我小学时造过“我的妈妈美不胜收”的句子，被老师罚站骂我不认真听讲，可是，现在看见妈妈的照片，我还是只想用一个词形容，就是“美不胜收”。

“对不起公主殿下，我走错房间了。”大猩猩爸爸开门进来，马上又出去了。

我咯咯地笑，脚踩大大的高跟鞋，嘴上涂了厚厚的口红还不习惯地噘着，我除了像个小妖怪以外，哪里像什么公主呢？只是我穿上高跟鞋还没有1.54米。

大猩猩爸爸也不是国王。他不会打领带，这是我们家最大的秘密。他柜子里的领带全都是以前小盒子妈妈还是猩猩猴子人的时候打好的，17年没有拆开过，洗的时候也很小心地不弄散那些漂亮的花结。松一松紧一紧的每条领带都是一戴17年。所以，大猩猩没有新领带。但是这并不妨碍他每次去见小盒子妈妈都很正式，一定要打那条黑底暗蓝纹领带，他说那是小盒子妈妈送他的第一件礼物。

这一次也不例外。我们和小盒子妈妈一起坐了很久，我一直瞪着大猩猩的领带看，忽然大猩猩爸爸说："有时爸爸一个人会很寂寞。"

石川告诉我，那意味着爸爸的生命中又出现了一个女人。我有些沮丧，大猩猩爸爸一直不肯安心属于我一个人。有时他是他自己的，有时他是小盒子妈妈的，现在，他又属于了别人。

"你的数学卷子答得真是烂，完全没有理由考到50分嘛。"石川看过我的考卷说。

有什么办法呢，石川就是我的石老师，板起面孔教育我的样子一流又专业。

下午有石川的比赛，他代表我们学校参加市里的马拉松。我从一群长长短短的腿里面钻到最前排，正好看见发令枪冒出的白烟在空气中弥散。长腿长手的细长石川跑起来一点也不快，被别人超过也不着急，我说他是笨蛋，可高个子的漂亮女生嘲笑我："你懂什么，马拉松哪有一开始就冲刺的。"

我知道好多女孩喜欢石川，所以他什么都好都完美。可我顾不上反驳她，我看见马路对面的大猩猩爸爸旁边站着一个安静的漂亮姑娘，拘谨地对着我笑。

我想这就是石川所说的另一个女人。

大猩猩爸爸拉着她的手不顾一切地冲过来，站在我面前。我什么都明白了，忽然有点委屈，为"美不胜收"的小盒子妈妈不值得。

漂亮姑娘蹲下来："我们做朋友好不好？"

那就只是朋友好了，我有了两个朋友，大猩猩爸爸还真是魔力大王。

漂亮姑娘有一样我爱的绝技，她会看着图样做衣服，我再也不用光顾童装部了。她做了两套一模一样的比基尼带我去日光浴，那时我才明白做一个大女孩有多么幸福。我是袖珍的super model。

石川的马拉松，当然名落孙山。我在漂亮姑娘和爸爸的婚礼上碰见他时知道的，后来我又奇怪为什么他会出现在我爸爸的婚礼上。

"我的堂姐结婚了。"石川指着请柬上"石静"的名字。

我错愕了一小下，怪不得我一开始就觉得漂亮姑娘很亲切，原来她有和石川一样挺拔的鼻子。怎么石川突然变成了我的小舅舅？我依稀有点难过。但很快就又开心了，再高再漂亮的女孩也不能喊石川小舅舅，石川是我的小舅舅了！

我的！

我和小舅舅还是坐同桌，他有时摆家长权威，逼我帮他打开水：“小舅舅累了，口又渴。”不过没关系，我喜欢这个小舅舅，其他女孩也喜欢他。

石静变成了大猩猩爸爸的另一半，她把爸爸的领带全拆开洗过，再一条一条叠整齐。谢天谢地，我们家又有了会打领带的人。大猩猩爸爸和我再也不用吃烧煳的青菜，因为石静做菜很专业。石静有时跟我讲爸爸的坏话，说爸爸是个笨蛋，画不完图纸会趴在书房里睡着，她给他盖好被子，他早晨起来却感谢田螺姑娘。

我只是笑。我偷偷地把小盒子妈妈的照片都藏起来，我怕石静会伤心。可是有一天，我看见石静翻着相册一个人笑，她把小盒子妈妈的照片看上几遍，比着里面的发型拢自己的头发，我猜她也喜欢小盒子妈妈，她也想到了“美不胜收”。

石静是猴子人，她有小舅舅一样瘦长的手脚。

小舅舅和我打赌输了。他不相信我认真做卷子却每次考出那么糟糕的成绩，我们打赌谁的分数更低些。结果我是第一，他是第二，都是倒数的。

小舅舅严肃地说：“我全是瞎填的都比你高10分，你真是考倒数领域的天才。”

我觉得小舅舅简直可以了。

“你天天和她混在一起不觉得可耻吗，全班倒数第二很光荣吗？”又高又漂亮成绩又好的班花冲过来对小舅舅说。

我有意回避了她和小舅舅很般配的事实。

“跟你有什么关系？”小舅舅帅毙了！

“全校人人都知道她是智障，大家都护着她，不伤害她，这已经足够了，你有必要为安慰一个这样的傻子连自己都搭进去吗？”

“她IQ84，大于70了，不属于智障。”小舅舅的脸冷得能掉下冰碴。

“你别装高尚了，你能照顾她一辈子吗？你又不是她爸爸。”

“我碰巧是她小舅舅。”石川拉着我往外走。

我有些糊涂：怎么我脑子不好使这件事没人通知我呢？

“你没有脑子不好，你只是垂体出了问题，8岁就停止生长了，脑子里面有些地方不工作了，所以你一直是1.45米的身高，8岁的智商。”我和小舅舅并排躺在操场的草地上，他这样说，“我早就知道我是你小舅舅了，只是你不知道。”

因为这件事，爸爸最终决定送我去英国外婆家，接受一些手术和康复治疗。

“你恨我吗？”大猩猩爸爸问。

“为什么要恨你？”凸肚脐女儿反问。

“因为我在你出生时就知道你只能停留在8岁，但是我没告诉你。”

“爸爸你为什么做玩具设计师?”

“当我知道我有个永远8岁的女儿。”

“你为什么送我上学？”

“你不是傻子，只是停在那儿了，我想只要你还能念下去，就和正常小孩在一起，我本来以为是小学毕业，结果到了初中毕业，现在你都高中二年级了，我为你骄傲。”

“爸爸，那你恨不恨我把妈妈变成小盒子？”

“怎么会。当时你和妈妈一起挣扎着要回到爸爸身边，最后妈妈没有力气了，只把你送回来了，你是妈妈给爸爸最好的礼物。”

“可我只有1.45米，只有8岁。”

“我知道一个秘密，所有的天使都只有1.45米，太高就飞不起来了。所有的天使都只有8岁，太大就不会飞了。”大猩猩爸爸又哭又笑。

我的登机时间快到了，可是小舅舅还是没来，他没说来送我也没说不来。石静贴在爸爸的身边站着，这样我的大猩猩爸爸才不会捶胸顿足哭得太大声。

我对石静说：“我把爸爸给你了，他老是骗我，你要小心。”

石静鼻子红红地点点头。

小舅舅最后也没有来，我到外婆家很久也没有他的消息。爸爸每天通过网络看我，问问治疗情况。石静做完家务也会来跟我聊天，我问她小舅舅如果只是石川，是不是就不肯做我的好朋友了。

石静笑了：“你们之前不就很好了？他也是在婚礼上才知道姐夫是你爸爸啊。”

小舅舅居然也骗人！

9月的某个清晨，外婆带我去机场说要接一个客人，她年纪大了总是搞不清楚各种出口通道，但我惊喜地看见了等在空荡荡机场的石川。

“小舅舅！我就知道你会来看我。”

“搞什么嘛，我一直憋着不去送你也不跟你联系，吃苦受累地打工挣钱攒机票，就是为了给你一个惊喜，居然被你猜到我会来。”

“我聪明嘛。”

“你聪明？你看你还不是8岁的样子1.45米的身高。永远的‘20厘米留白小姐’。”

没有关系，这个夏天大猩猩爸爸设计出的新玩具是天使扭蛋，里面的天使都长得像我。

“送给你。”小舅舅从口袋里掏出一颗扭蛋。

“这样的扭蛋我要多少有多少，是我爸爸画的。”

“这个不一样，这个编号是14520，这个才是真正的1.45米，20厘米留白小姐呢。天上飞那么多天使，每个都得有编号，你记住你是14520，不然你属于无证飞行，笨蛋。”

我看着小舅舅得意的笑脸忽然有点想哭：爸爸说天使来到人间的代价是交出所有的能力，可是下一次，我还想这样选。你说得对，我真的是个笨蛋。

04

零度

“我再也不愿意回到17岁了，因为那时，我除了年轻，什么也没有。”

成都　北纬30.39度　东经104.04度。

橘子是丁大卫碰见的第一个不想要年轻的女孩。现在，丁大卫站在街边，无助地看着公交站牌。

那是七年前一个初夏的雨后。女孩橘子手里拿着一个橘子从学校卫生部唯一工作人员丁大卫同学身边经过。她把另一只手里的东西随手甩进了草丛，丁大卫为了抓乱丢垃圾典型已经站了整整一上午，看见这一幕，他像踏着风火轮的哪吒一样奔向女孩橘子：“站住！把你扔的东西捡回来！”丁大卫断定这个姑娘往草丛里扔橘子皮了，他理直气壮地叉着腰，只差一个红肚兜和头上的两个髻了。橘子无奈地看着丁大卫，她慢慢地蹲下身去，在草丛里寻找着，然后捡起自己刚丢的东西递给丁大卫：“你是说这个？”橘子的手里安安静静地躺着一只蜗牛，壳子上沾了一点湿润的泥土。

所以有没有规定是不准往草坪里丢蜗牛呢？丁大卫的脑子一下子锈住了。橘子将蜗牛塞进丁大卫的手里：“那你看着办吧。”丁大卫开始打嗝，他从小就是这样，一觉得尴尬就打嗝：“嗝，你叫，嗝，什么？”“我不叫嗝。”女孩扬扬手里的东西，“我叫橘子。”

这就算是认识吧，名字本来就是代号，如果那天女孩橘子手里提的是豆包，估计她就叫豆包了。之后的那些烛光晚餐电影鲜花十八相送都可以算是认识后的过程，当然，连这个过程都是丁大卫做大脑体操时在脑内演练的：高中二年级的丁大卫没再和高中二年级的橘子说过话。但因为这场不靠谱的暗恋，丁大卫坐在草市街的路边活活吃了几个月的抄手，只为了每天等在自己喜欢的女孩放学必经之路，看着她骑自行车从自己身边风驰电掣地经过，整个过程持续0.2秒。成都的夏天很湿热，橘子的脸上总带着薄薄的汗，而对面马路上卖钵钵鸡的摊子总是很吵，这就使得丁大卫永远听不清橘子嘴里哼的是什么歌。这样的日子结束在秋季的某一天。那天，丁大卫吃了十碗抄手，橘子还是没有来。丁大卫觉得有点恶心了，但一想到橘子也许被罚留堂很快就能来，他就又点了第十一碗。当吃下最后一个肉团子之后，丁大卫彻底地支撑不住了，他站起来，隐忍地走到一边，吐了起来。橘子在这个时候出现了，坐在搬家公司的卡车里，穿着短裤背心，这个过程持续了0.02秒，仅够丁大卫看清驾驶室里坐着的是她。

这么说橘子搬家了。暗恋有多辛苦，问问丁大卫吧。暗恋有多辛苦，问问暗恋劳模丁大卫吧。丁大卫没有选择骑车傻子一样追着卡车跑，他怀着那么一点忐忑的神圣心情，向那栋写着“拆”字的楼房进发了：橘子曾经住在那里，她的窗子上还挂着一串橘子风铃。丁大卫站在铲车前面，觉得豪气冲天，他登上那逼仄陈旧的楼梯，正对的那扇门开着，像有什么人在召唤，地上一小片东西在反着光，丁大卫捡起了那片反光的东西，是一张未寄出的明信片：

“我在锦里的星巴克写信给你，成都又下雨了，你说北京的夏天总是晴热，我想明年夏天，我就知道了吧。橘子。”

这时，丁大卫的心里那只断线的风筝忽然又隐约在云端出现。他翻过明信片，背面是一个遥远城市的陌生地址。一年后，丁大卫握着这张明信片坐硬座过秦岭的时候，那地址已经烂熟于心。

北京　北纬39.55度　东经116.24度。

丁大卫没考上大学，他本来计划考到北京的大学来见自己的姑娘，但大学不垂青他更不怜惜他卑微的暗恋。丁大卫毅然决然地做了北漂，买了车票后，他兜里仅剩下一百元，零的。鉴于此，他到北京的第一件事并不是寻找那个陌生地址，而是去找了份工作。丁大卫的第一个工作是送水工，他想着总有天水会送到那个陌生地址附近吧。那么果然，这一天来了，只是有点晚，丁大卫送水到那个陌生地址所在的楼时，已经是冬天了。这期间，丁大卫从朝阳区的地下室搬到东城区的地下室，再变成海淀区的送水工，他终于换到了接近那个陌生地址的工作。

当丁大卫扛着一桶水接近那个地址的时候，他的心激动得快要跳出来了。就好像一块留了很久的好吃的，丁大卫不舍得一口吃掉，他没有进电梯，而是徒步爬了九层楼。经过八层的时候丁大卫迟疑了一下，水该送到八层，但他心心念念的地址在九层。但这样的迟疑仅仅是一闪念，他终于还是站到了一年半以前就想要到达的地方，按响了门铃。开门的是一个年轻女子，不是橘子。

“我没要水啊。”

“不是，我想，我想找人。”

“找谁？”

“橘子。”

“有苹果你吃吗？”

丁大卫越来越不知道自己说什么了，他也不确定自己要找谁，他甚至开始怀疑是不是真的有橘子这么一个人存在。

“对不起，我走错了。”

“等等，你把这些带走吧。”

女子从旁边的鞋柜里拿出一沓信。

“橘子常来信，只是，以前的房客已经搬走了。”

丁大卫握着那些信像握着一只温柔的鸽子，他把水放进女子的房门。

“你留着喝吧。”在女子惊讶的目光中，丁大卫翻着那些明信片头也不回地走了。

“我没有考上……但是我还是想做演员，像你一样……”

“北京的夏天真是干燥，我有点想念成都……”

“今天我上镜了，虽然是当群众演员……”

就这样，丁大卫开始在北影厂门口排队做群众演员，只为了等待橘子。这活一干就是三年，他装过死尸，演过兵丁，他在不同的电影中路过。他受过伤，有过台词，甚至还成了化妆助理。只是橘子一直没有出现过，连丁大卫都觉得自己有点傻了。他还是不习惯北方的冬天，干燥冰冷，他的手因为化妆时常要沾水，所以冻疮生了一年又一年。

那么，这年冬天也不例外。丁大卫跟组拍宫廷戏，早晨四点起床，化妆师塞给丁大卫一编织袋胡子。

“给大臣都粘上胡子，30个，六点出发，麻利点。”

丁大卫迷迷糊糊地站在换衣间门口，给里面鱼贯而出换好衣服裹着军大衣冻得哆哆嗦嗦的群众演员一个个粘胡子，有大胡子也有小胡子。这时丁大卫有点恨祖宗，如果古人不留胡子，他也不用一大早起床粘胡子。

但是到现场的时候，丁大卫他们还是迟到了，当60个群众演员脱下军大衣露出戏服的时候，导演破口大骂。

“谁他妈给太监粘上胡子的！”

是啊，没有人告诉丁大卫有30个太监，另外30个是大臣。一群宫女在角落咯咯地笑了起来。丁大卫在嘈杂的声音中准确地找到了那一丝熟悉的声音，是橘子。她穿着宫女的衣服站在角落，那个夏天风驰电掣地扑面而来，橘子21岁的面孔上映出她17岁的脸。丁大卫幸福地笑了，他又失业了，但他终于找到了橘子。

那天，他一直等到凌晨拍摄结束，当然，没有他的盒饭。他饿着肚子，等着自己心爱的姑娘从宫殿里走出来，娉娉婷婷。

“橘子！”

“嗯？”

“我找了你很久。”

“嗯？”

“我在成都就见过你。咱俩一个高中的。”

“嗯？”

“能留个电话给我吗？”

“嗯？”

“方便联系。”

“算了吧，我明天就去哈尔滨了，不在北京了，换号了。”

“等等，我那儿有一些东西想给你。”

橘子终于停下了脚步，她看着丁大卫，死死盯着他：“你这种人我见多了。”

但你没见过这样的爱情，我发誓。

哈尔滨　北纬45.44度　东经126.36度。

第二天，丁大卫在去哈尔滨的硬座车上，有热情的东北人跟他搭讪。

“兄弟上哈拉滨（哈尔滨）啊？”

“嗯。”

“你是南方人吧，我瞅着你不像俺们那疙瘩的。”

“嗯。”

“俺们东北好啊。”

“嗯。”

见丁大卫不说话，东北人又去找别人攀谈。忽然丁大卫想到了什么。

“哈尔滨有什么地方是外地人必去的？”

“那可多了，中央大街、圣索菲亚大教堂、太阳岛……”

足够了，丁大卫决定选中一个地方，等待橘子的出现，如果她在哈尔滨，如果她会出来玩，总会等到的吧。丁大卫选中的地方是圣索菲亚大教堂，它不像中央大街那样范围广泛，也比太阳岛浪漫。这一等又是一年，丁大卫从北京带去的冬衣都穿烂了。教堂门口每天都有好多人，他们合影留念，只是这些人没发现自己照片背景的某个角落都坐着一个孤独的男子。终于有天有个女人发现了，但那个男人正脸朝镜头另一边焦急地张望，橘子觉得照片角落这个男人讨厌极了，破坏了整张照片的构图，所以她不能将这张照片寄回老家了，所以她决定重新去照一张。

这么说，第一次橘子和丁大卫错过了。但第二次便不会了。橘子拿着数码相机来到圣索菲亚大教堂那天是6月的某一天，她朝着丁大卫徐徐地走来。

“能帮我拍张照吗？”

她对于眼前的男人一点儿印象也没有，17岁时没有，21岁时没有，如今23岁依然没有。但丁大卫不同，他激动地握着数码相机，以至于几张照片都拍虚了。橘子讨厌这个男人的目光了，她觉得这不像一个好人，她照片都没拍好就要回了数码相机，急匆匆地逃掉。这一次，丁大卫学乖了，他没有追上去申明正身，他跟在橘子的后面，看她走到广场旁边骑上自行车离开。丁大卫打了一辆车，一直跟着橘子走街串巷到她住的地方。

17岁的轮回又开始了。只是，这次不是抄手，而是三轮。丁大卫在橘子租住的小区门口开上了无证三轮，他经常被城管呼来喝去，也经常被罚款，但是好像这一切都无所谓了，他想着橘子能某一次搭上他的三轮车，但是一次也没有。橘子每天早晨骑着自行车去上班，晚上再骑着自行车回来，从来没有出过故障。夏天过去了，秋天过去了，冬天来了，橘子的自行车结实得像石头一样。

12月的一天，丁大卫买了一把水枪。夜里，他怀揣一瓶热水出门了，他来到橘子的小区趁保安不备溜了进去，这天夜里，丁大卫干了一件大事，小区里所有的自行车锁眼都被打了水，甚至没放过橘子楼下停的三辆汽车。

第二天早晨，丁大卫早早地骑上自己的三轮来到橘子的小区门口，全小区的自行车主都在骂街，他们发现自己的锁眼结冰了插不进钥匙，有人骂骂咧咧地来搭丁大卫的三轮，但丁大卫像一个骄傲的新郎那样谁也不肯拉，直到橘子穿着羽绒服裹着大围巾焦急地出现在他的视野里。

“师傅，快，圣索菲亚大教堂。”

“欸！”

丁大卫骑上自己心爱的三轮拉着自己钟情的姑娘，走得很踏实。

“姑娘，你是南方人吧，我也是。”

“嗯。”

“现在生活不好过啊。”

“嗯。”

“你长得这么漂亮，不当演员可惜了。”

“嗯。”

“我有时想回到17岁，那时真是无忧无虑。”

“我再也不愿意回到17岁了，因为那时，我除了年轻，什么也没有。”

“那时还会有人暗恋你吧。”

“我怎么知道。”

“如果我这样的人想娶你这样的媳妇怎么办？”

橘子愣了一下。

“师傅你别得寸进尺，虽然是老乡。”

“嗨。我就是开玩笑。”

“你这样的，想娶媳妇啊？除非6月下雪。”

结果天上真的下雪了，只不过是12月。送橘子到站，丁大卫的爱情也到站了，他眼看着橘子走开，忽然觉得自己这些年追寻的东西不过是一场空。他将三轮车停在路边，自己徒步走到公车站，他的手冻僵了骑不动三轮了，他的心也冻僵了。

半年后。赤道以南。

刘福在澳大利亚收到来自橘子的第1000封信，他不明白，为什么一个他根本不记得的女孩能一直喜欢他这么多年。据女孩讲，那是七年前的一个雨后，自己从顽皮的孩子手里救下一只蜗牛的时候她就爱上了他。橘子的信跟着他跑遍了这么多经度纬度，他搬走了她也能重新找到他，只不过有时候用的时间很长。刘福的心里有一丝感动，此时，6月的南半球，有些地方开始下雪了。他离开哈尔滨那天也是个雪天吧，他站在大教堂等了很久橘子也没有出现。也许他记错了日期，那天他乘坐的航班刚好越过本初子午线，只是还可以重来一次吗？

刘福不知道，那天，有三个人结束了还没来得及开始的爱情。

05

Good girl

一、安全守则

机场、车站、码头，都是写满离别条款的地方：一、在飞机起飞降落前后请关闭移动通信设备，切断思念联络的电源。二、在列车运行时请不要将头伸出窗外，防止碰撞上飞驰而来的离别愁绪。三、船舶行进途中禁止随意跳海，以免将过于隐秘的感情以尸体形式曝晒于阳光海滩上。起落架一收，蒸汽一冒，汽笛一鸣，就失去最后临别拥抱的机会。

只是如果，在这样的地方遇见旧时人呢？前尘往事会不会翻滚上心头？

好女孩上天堂，坏女孩走四方。我还在寻找天堂在哪儿的时候，你已经去过了很多地方。

高中时代，年中至年末的学期总是让人印象深刻，因为有溽热的夏季舞会。对于我这样的人来说，夏季舞会总显得多余。身体的协调性表现在大脑灵活搭建各种数学物理模型上，而随着音乐节奏摆动这样的事情，总是让我异常难堪。

“方步，方步，我教很多遍了！”舞蹈老师无奈地看着我，这个老师的前程，恐怕就毁于我简单如史前单细胞动物的手脚上。

就在我不断踩老师的脚、为完不成一个不超过五个动作的舞步尴尬时，敏贤正在远处简易搭建的露天舞台上排练乐队的新曲目。这个学校，你可以不知道校长是谁，但你不能不知道“走失小孩”乐队的女主唱李敏贤是谁：校服背带剪短十寸，裙子就拉高到大腿，不肯绑马尾辫、不肯剪短头发，自然卷永远蓬松妩媚，不知要急死多少教导主任，也不知出现在多少青春期男生不堪诉说的清晨迷梦里。

“下雨了，冒泡了，谁家的小孩不要了。”这是敏贤她们乐队的第一首歌的歌词，也是“走失小孩”每场必演的曲目，翻来覆去只这一句，各种华丽的和弦之下，这句歌词就好像一句不经意的呢喃，代表所有意思也不代表任何意思。而校长每次听到这首歌时，总会摘下他那顶油光锃亮的帽子，扣一扣头发中间狂野的地中海，叹口气再叹一口气。

这个时候所有青春的身体都在随着舞台上跳跃、怒放的敏贤摇摆，这时的敏贤是一串万能密匙，开启每个人心里压抑的青春躁动。但即使舞台上这样光芒四射的李敏贤，也有晦暗如陨石的时候。

“李敏贤，来讲讲大禹的传说吧。”讲史前传说的时候，老师挑了一个最容易的问题。

“大禹，呃，大禹，大禹不是姓大吗？”敏贤站起来睁着无辜的大眼睛。

全班哄笑，李敏贤同学向后转头，冲我诡异地眨眼睛。

“小白，你今天又被她骂了？”下课的时候敏贤走过来，哗啦哗啦地翻着我的参考书。

“没什么，习惯了。”我知道她是指舞蹈老师。

“那我就不管你了。”

敏贤撇下我的书，跑出去洗手，对自己在历史课上出丑这样的事情一点也不在意。我跟在她后面慢吞吞地去上厕所，转眼她已经跑到教学楼天井正中央。楼上高年级的男生冲敏贤吹口哨，敏贤站在天井正中央毫不犹豫地向楼上竖起中指，一群男生开始疯狂地起哄。我看着敏贤如鹿一样跳跃的身影，想还是忍忍下节课再去：我无法想象自己慢吞吞的身影在众目睽睽的天井下通过。

但，我跟你怎么会如此密切，你那么活力直接简单有力，而我这般优柔寡断思考缜密，如果非要有一个原因，那可能是，我潜意识里希望自己是你吧。

二、娱乐场所规定

饭店、酒吧、KTV……都满足着人的各种闷骚的欲望：一、谢绝自带酒水，我们提供您所有宿醉的理由。二、禁止嫖娼赌博，钟点房右转老虎机左转。三、免费停车，车务自理，若丢失尊严与感情，本场概不负责。小酒儿一喝，小歌儿一唱，小舞儿一跳，小烟儿一吸，情绪也就自然糜烂了。

我上课的时候接到李敏贤同学的短信，她措辞不清晰地表达了一个还算完整的意思：去接她。具体她在哪儿，那只有我看着办了。反正这个城市小得没有超过三位的门牌号码，找到李敏贤混迹的场所也不是那么难。

空气中有李敏贤的味道吗？有。那就上完晚自习再去吧。

我还是重新誊写了当天的笔记，收拾了书桌。我到的时候，敏贤坐在她演出的酒吧门口，一身酒气，键盘手、贝斯手、鼓手全不见踪影。李敏贤旁边坐着干净儒雅的中年男子，他微笑地看着已经喝醉的李敏贤："你再考虑考虑。"

敏贤哗啦一下站起来，那男人也不疾不徐地站起来。我走过去扶着摇摇欲坠的李敏贤，男人还是微笑地看着敏贤，我讨厌他那种控制一切的微笑，仿佛面前的敏贤是一个脆弱不堪的婴孩。敏贤用食指一下一下点着男人的肩："你啊，你回去问问你老婆再来跟我说。"

男人微笑摇头："淘气。"

敏贤愣了一下，忽然把头转过来对着我："他想泡我，这个老男人口口声声说想泡我。"

我想我是脸红了，对于敏贤这样的举动我显然没有料到："回家吧，别闹了。"

"对，回家，回家，不闹了。"

敏贤一脚踏空，男人有力地撑住她，我才没被拖累着摔倒。男人挥停一辆出租车，把烂醉如泥的李敏贤塞进车里："我还有事，不能送她。你们自己打车回去。这是我的名片，她醒了转交给她。"

毋庸置疑，我只有傻乎乎地被这个阵势折服。出租车开得飞快，我把男人的名片攥在手里，连扔出窗外的勇气都没有，喝醉的李敏贤在车里高喊："怎么什么人都想泡我，我跟你很熟吗？"司机鄙夷地看着我身上的校服，目光像是恨不得把我的校徽扯下来融掉。我下意识地攥紧了手里男人的名片，汗水把那张坚挺的纸打湿了也不知道。

敏贤的家门口，我腾出双手按着醉酒后力大无比不肯上楼的她，随手将名片塞进敏贤的裤子口袋——潜意识里，我无法扔掉这张名片。

三、实验室使用规定

机房、实验室、标本陈列馆，每个都让我们明白自己是什么：一、进入计算机教室请戴上鞋套，防止灰尘足迹污染内心缜密的操作系统。二、实验室内禁止携带零食，以免碎屑污染搭建人生观的材料。三、禁止触摸标本，以免腐蚀虽死犹生的美好想象。电流嗞嗞流过，硫酸铜变成粉末，猿猴标本的眼球被玻璃球代替，这告诉我们是怎么一步步从文明退回到野蛮。

上机操作的时候我一般不开即时聊天工具无论是QQ还是MSN，可是敏贤隔着三排电脑冲我比画，我只能打开MSN，她发来闪屏振动，哗啦啦的声音经由耳机震得人脑仁儿都疼。

我看着屏幕上敏贤发来的一行行字，果断地关了电脑，走出教室。我经过敏贤身旁，她的眼神有一丝倔强有一丝愤怒，除了失望。我假装没看见她在看我。我担当不起。

“你陪我去医院，我可能怀孕了。”

“你怎么不说话？”

“我想这个周末去市医院，你陪我去。”

……

“你怎么能那么不小心。”

“你怎么能那么不会保护自己。”

李敏贤的电脑上，对话框里这几行字还在傻乎乎地闪烁光芒。

我想，也许还是下个周一的考试比较重要吧，周末要复习的，怎么能出去呢？因为我衡量不出一个生命从另一个生命身上剥离有多少重量，我更衡量不出那种疼痛在敏贤心里有多重，所以，考试比较重。

但周末的时候，我依然心神不宁看不进书，我上网搜索了“堕胎”这个词，跳出各种花哨的条目，让人应接不暇。我还是决定去医院，反正在这里坐着也是坐着。

市医院门口，我看见那晚没有送敏贤回家的男人的车，这个时候的电影镜头，应该闪回我的手将名片放入敏贤裤子口袋的特写吧，因为男人扶着面色苍白的李敏贤上车，多像场散场的电影啊，女二号在影院门口碰见男女一号。敏贤冲我挤出一个惨白的笑容，像不曾责备我什么，还是，她没有力气责备。

我们坐在男人的车里，在回去的路上，男人自顾自地在活跃气氛："我说啊，你们年轻人就是不小心，这种亏吃一次也就罢了，你那个小男朋友还不陪你来，敢做不敢当。不过也好，年轻，恢复得快，好好养养，不几天就活蹦乱跳了……"

"要你管！"敏贤将车后座的靠垫使劲扔到男人身上。

我看着她用虚弱的力量捏白了手指关节，咬红了嘴唇。只是这样的力量过于虚弱，靠垫轻轻扑向男人像一个贴心的背后拥抱，松松软软地又滑落到敏贤膝盖上。男人扭头饶有兴味地看着生气的女孩，扑哧一声笑了。

四、中国男性生长发育参考数据

身高、体重、身高体重之间的关联，有时影响一个人的观感：一、15~18岁的青春期男子，身高应在1.70米左右，所以找男朋友越高越好，这样就不易发现他其实面目可憎。二、1.70米左右的19岁以下青春期男子体重在57公斤左右，太沉或太轻都不意味着他能或多或少地有担当。三、体重指数等于体重公斤数除以身高米数的平方，实际上体重并不因责任变重，身高也不因压力减小。

"孩子是谁的？"

"平川的。"

怎么会是平川，学生会主席，意气风发的好学生，马上保送进名牌大学，他昨天走过时甚至都没有多看你一眼，而孩子怎么会是他的？有些人你永远不懂，他们的爱情，你也不懂。

"那你想怎么办呢？"

"什么怎么办？已经打了，就这样办吧，这事过去了，难不成哭着闹着要他娶了我负责任？"敏贤修改着为夏日舞会的表演准备的歌词。

我的目光触到她依然苍白的面孔，有一点迟疑。

敏贤忽然直视我的眼睛，一束目光照进我的心底："我知道结果会是这样，他担当不起。"

我也是那样担当不起，所以被你原谅了吗？如果仅仅一个担当不起就能原谅所有被伤害的错，那么你有多勇敢呢李敏贤？

"你看看我的歌词。"敏贤递过来她涂改得乱七八糟的纸。

Good girl

第一站　换乘 二十秒黑暗 栅栏景象 广告 麻木表情

下一站 Please Wait

嘿 Guy

阅读 碰巧的古典主义巴洛克还是哥特

谁是卡拉瓦乔 猛然想起 却已忘记

光影冲突 明暗对比 自然主义？

夜光 行走 音乐暴怒

要飞 飞 飞 飞起来对面的不开心

麻木的脸孔 不用你来关心我下意识的自言自语

喷嚏

鞋带又开 左右左左右左右左

两个暧昧

学会乖巧 明眸皓齿 巧笑 顾盼

假装是天使 敷衍 和善

没有光环 藏起尾巴和犄角

瞪大眼睛 不咬指甲 无懈可击

下一秒 念头已变

红灯 快车道 惊叫穿行 Oh My God

下一站 终点 乘梯靠右

请在出口 捧着翅膀 等待 天使降临

只是她无法在舞台上演出这样的曲目，夏日舞会那天，我依然不停地踩舞伴的脚，舞蹈老师在一旁急得直搓手：学校就是学校，什么都好笑，连夏日舞会都要评选先进的班级。简易舞台上响起“走失小孩”的音乐声，贝斯手嘶哑了喉咙唱敏贤的新歌“Good Girl”，女主唱没有来，居然没有人发现，即便是万众瞩目的李敏贤，也可以做到不到场的情况下被人忽略。

我的眼睛翻检着人群里修理得差不多的脑袋，找到属于平川的脸，他站在舞台旁边，和另一个挂着工作人员证件的老师一丝不苟地说着什么。年轻的父亲不懂得伤心，失去了孩子也可以若无其事地工作。年轻的母亲淋淋漓漓地出血，一小时前还躺在医院里，前后忙碌的是另一个中年男子。

五、学生守则

一、在校期间不准谈恋爱，以免发生感情困扰需要多聘请心理医生增加学校负担。二、对于成绩特别优异的学生采取适当奖励，同时也采取适当保护以免发生因被无良少女拖累考不上大学之行为。三、好好学习天天向上，以免心存杂念无法修成正果。

就是夏日舞会那天，堕胎的事情被学校知道了，地中海校长目光炯炯地看了敏贤十五秒之后，敏贤说：“我退学吧。”

“我们不希望任何一个同学掉队，但是你在这里，已经严重影响到了其他同学。”校长好像很惋惜。

敏贤嘴角翘翘：“我不会耽误平川同学考大学的。”

校长嘴角抽搐：“你们年轻人啊。”

只不过是少了一个主唱，校园乐队这种玩意儿，远没有化学物理兴趣小组的存在有道理。

敏贤收拾东西的时候，我在一边默默地看，敏贤拍拍我的肩膀：“小白，好好学习，咱家就你一个有出息的孩子了。”

我的眼泪就哗啦哗啦地流出来，李敏贤你干什么连堕胎的事情都帮我扛？只是因为你是比我早出生一分钟的姐姐吗？或者你姓了爸爸的姓，所以比我坚强就要如同男人一样扛了所有的事情吗？

“你看你，哭什么哭，没事的，反正我也不想上学了。”李敏贤潇洒地甩甩头发趴在我耳边轻轻地说，“不要告诉任何人，听到没有？”

“平川喜欢的是你。”

“我知道，但是你喜欢他啊。只是无论有多么喜欢都不该冒险去蛊惑他。”李敏贤眼睛也不抬轻轻地说。

“他以为是你。”

李敏贤笑了：“我都以为是我，谁想到你这个丫头这么大胆，不愧是我妹妹。”

这是多么荒唐的玩笑，我爱了一个人，他却不知道。你停留的每个房间都很空，只有心里塞满破败的家具。

六、尾章

我在机场碰见的旧时人是平川，他意气风发一如当年，客气地寒暄：

“这些年你都在干什么？”

“没干什么，就跟所有人一样呗。”

“你姐姐，最近好吗？”

“她今天回国，我来接她。”

“代我向她问好。”平川的表情忽然尴尬，“当年，我不懂事，对她造成的伤害太大。”

“她早就忘记了。”

是啊，她早就忘记了。敏贤帮我扛下了整件事情，包括父母那边都说是自己，这样的丑事爆出来，敏贤被爸爸妈妈送到国外去了。我龟缩在她建造的安全堡垒里，安安心心地做我的优等生，读她从国外写来的信，北欧寒冷的冬天，异域风情的生活。我想过，我什么都想过，她是怎样一个人在异乡生存，或许敏贤也曾咬着被角哭吧，她一个人过了我们的18岁、19岁、20岁生日，今年她21岁。

今年我21岁，我也早就忘记了。敏贤走后，我按部就班地读书，上大学，我也开始了我的经历，我恋爱分手恋爱，循环往复，爱过值得、不值得的人，伤过该伤、不该伤的人，平川这个人在记忆中渐渐远去。时间真是可怕的东西，能让曾经深刻与炽烈的都归于死寂，我不曾被任何人记得，这些人的面孔也会离我远去。我几乎都忘记了，生命是怎样的一团纠结。

我真的，曾经躺在那里，不停地淋淋漓漓地流血吗？我的身体也不肯给我答案。

“我想我还是不要见她了，还是代我问候。”平川强调了一句，不等我应承就转身走了。

我看着他的背影，当年敏贤对我说的话又在耳边回响：“不要告诉任何人。”自然，也包括平川。她是怕伤我呢，当年的平川爱的是敏贤，如今的平川谁都不爱。

“你想什么呢？”敏贤不知道什么时候出来的。

“没有，刚才碰见一个熟人。”

“在哪儿？”敏贤四处张望。

“走了好久。”

“不管了，回家吧。”敏贤的行李箱上贴满了行李纸，她快走了大半个地球。

06

楼间花园

1.作家与模特

像所有编剧一样，严编剧也拖稿。最近他心情很不靓，欠了制片方15集剧本，被心情更不靓的王老板抓住封闭写剧本。王老板认为自己之前给了严编剧太多最初的宽容与最后的疼爱，导致对方不顾自己几十人的剧组都开工了还在磨磨叽叽磨剧本。

王老板给严编剧租了一间大房子，派了两个服务员兼保镖，日夜守在门口满足编剧各种需求，一日三餐直接送到编剧电脑桌前。但，写不完剧本不许出门，当然，网络和电视也是没有的。

严编剧对于这样的软禁很郁闷，不过，也没提出异议。在家里还不是自己软禁自己嘛，吃的、住的不见得比现在好。更妙的是，王老板给他租的这套高档公寓，有一个楼间花园。

这是一栋带裙楼的“Z”字形建筑，平行的两幢高层塔楼都是公寓，斜线形的裙楼只有7层，被整体租给了一家公司，裙楼顶被物业改造成了花园。严编剧住的8楼，正好是“Z”字的连接点之一，从他的窗子翻出去，就是屋顶花园。花园只有裙楼顶的一扇门通达，这扇门一直锁着，从未有人上来过。

于是，这座楼间花园，目前只属于严编剧一个人。不知道王老板是不是出于这个目的租了这间房子，反正严编剧是充分利用了这座花园，他在咬指甲、揪头发、挤粉刺、一遍遍擦写字台、清理键盘……之后，还写不出来时，会偷偷从窗户爬出去，在楼间花园散步。

一般，他不敢走太远，怕门口的两个彪形大汉服务员发现。同时，他近视程度太深了，双眼矫正后视力也只有0.6，他总担心自己一不小心踏空了栽下楼去。所以，直到入住一周后，物业园丁上来修剪花木，把参差不齐的翠柏剪平，严编剧才发现，这栋花园并不属于他一个人——“Z”字另一个连接点还有一户人家。

这个发现让严编剧很兴奋，像所有编剧一样，严编剧也有隐秘而旺盛的好奇心。他用自己0.6的视力，坚持不懈“偷窥”对面的那扇窗。又一周的观察之后，严编剧成竹在胸地分析出了对面住户的职业：一个兼职女模特。

她很高，大概有1.8米，她有无数顶各式假发，无数件各种风格的衣服。她每天晚上7点左右回来换衣服，正好是上班族下班到家的时间，所以应该不是全职。她花大概两个小时搭配各种不同造型，有时候会脱下来换回居家服，有时候会穿上走出去，凌晨再回来换回居家服。她喜欢戴很多层硅胶内衣，把胸挤得很大。

自从有了这个发现，每天晚上这个女人的换装秀，已经成为百无聊赖的严编剧唯一的娱乐，他以这个女人为主角，脑补了无数个故事，他甚至在他剩余的剧本里，加入了这样一个角色：被侮辱被伤害的绝望女子——美艳的。可就是这样一个带给严编剧灵感的女子，却在他的剧本写到大结局的时候忽然消失了。

那天晚上7点，严编剧在电脑上打上“完”的字样后，就躲到窗帘背后，准备最后看一次换装秀，期待着女人今天是穿上亮片还是豹纹。但那女人却没有出现……

但严编剧的剧本已经写好了，本来，他可以交稿走人，等待收钱，结束这种被软禁的生活，但他在接听王老板催稿电话时，却迟疑了：“明天再交，毕竟是结局嘛，想改得精彩一点。”

挂上电话，严编剧轻轻反锁了房间的门，无声地打开窗子，跳了出去。他决定到对面去看一看，那个给了他无数灵感的女人，是不是出了什么意外。虽然，作为一个编剧，他明白出差、度假、生病等一切借口，都比“意外”更符合逻辑。但他就是按捺不住自己的好奇心，想要到对面去看看——实在想临走前看清那个女人到底长什么样，哪怕是一张照片也好。不然，这个女人就会像一首想不起歌名的熟悉歌曲一样，变成他生命里永远的未解之谜。

推开那间暗中观察不知多少次的窗，严编剧跳进那间暗中观察不知多少次的房间，房间里的一切都显得陌生又熟悉：那些光泽的假发、散发着香水味的衣服，都是他靠远远偷窥无法感知到的细节。遗憾的是，这间放满了各色衣服的房间里，并没有女人的任何一张相片。

严编剧鼓足勇气，走到了门口，拧动通往客厅的球锁。锁头发出运转正常的“咔嗒”声，门开了。

客厅里，一个女人怔怔地看着意外出现的严编剧，两人同时都愣住了。

严编剧在心里给了自己一万多个大嘴巴，好奇害死近视编剧，这一次，他要是可以成功脱险，再也不要干编剧这行了。

严编剧走上前去，想要解释：“对不起……”

在他飞速编造脱险借口时，脑子里闪出一个疑点：这个女人好像不是那个模特，她太矮小了。

果然，女人愣了几秒之后，拔腿跑向门口，扭了半天发现门是反锁的，又转身跑向严编剧进来的房间，一跃进入了屋顶花园。严编剧再想叫她的时候，已经晚了，那女人已经跳进屋顶花园。严编剧再看时，屋顶花园上已经没有人了。

只听见楼下有人喊：“跳楼了！”

2.投诉与售后

小齐的本名叫晓月，微信名叫“齐天大圣”，网名叫“寂寞是多数人的狂欢”。但是，大家都管她叫5148，这是她的工号——在接听客户电话时，预录声音播完“为保障您的权益，您的电话可能会被录音”后，她准确地接起电话，以那种经过标准化训练的声音与流程报上自己的工号：“您好，工号5148，请问有什么可以帮到您？”

她是一名电商企业的客服，工作的内容就是接听客户的投诉电话。做这个工作之前，专科毕业的小齐对于自己能通过面试很知足：不就是坐办公室接接电话，记录一下问题嘛，这家大企业给的待遇比她那些在私企做小文员的同学好很多。

培训时，老师给他们讲了很多细则，大部分在小齐看来属于画蛇添足，比方“不可以挂客户电话”。服务业，“客户就是上帝”这么简单的道理，小齐还是懂的。发牢骚的客户忍一下不就好了，到底是有多暴躁才会挂客户的电话。

实际操作时，小齐发现，这条规定确实是画蛇添足了，挂客户电话怎么能解决她对电话那头陌生人的恨意呢？每天一万次的负能量攻击，让她无数次想冲到电话对面的陌生人家里杀他全家：

“你们卖的这是什么破产品！刚用一个礼拜就坏了……”

“你有没有脑子，转圈话来回说，你这个工作换条狗也能做！别再道歉了，我要解决，要解决……”

“我不是骂你，我是骂你们公司，你们都是干什么吃的……”

小齐曾想过辞职，但面试了几家公司，看看对方开出的条件，她决定还是先在这儿干下去。并且，她找到了一种很好的放松方式。

第一个月工资发下来，小齐就爱上了网购。工作越痛苦，她买的东西也越多。

这晚，小齐买的电饭锅到货了。回到宿舍，她迫不及待地拆开电饭锅，左看右看，终于，在泡沫塑料底部找到了一只单独包装的压力阀。

此时，正是晚饭时间，楼上那家，又传出女人跟男友撒娇的声音。小齐打开窗子，在楼上女人嗲死人的撒娇声中把压力阀扔出了窗外。随后，她拨通了售卖电饭锅的电商售后。

在大同小异的“您的电话可能被录音”的提示后，一个工号三位数的姑娘接听了电话：“您好，请问有什么可以帮到您？”

“你们给我发的压力锅没有压力阀，让我怎么用……”

一个小时后，小齐把脑海里能想到的、客户骂她的话全都骂了出来。

对面的姑娘已在啜泣：“小姐，您看这样好不好，您的问题我帮你转给投诉部门……”

“你叫谁‘小姐’！你全家都是卖的！别以为我不知道你们踢皮球，你必须给我解决。”

“女士，您的要求我已经记录了，我们的经理会在48小时内回复您……”

“不行！凭什么48小时！别跟我提流程！你们耽误我时间怎么算！”

别以为我不知道，我不挂电话，你们也不许挂——小齐放松地想。

3.男朋友与女朋友

笑笑觉得男朋友大壮最近行踪诡秘，他总是支支吾吾、遮遮掩掩、似有似无地隐藏一些什么。她跟大壮是上下级，六个月前，她进公司时大壮已经是公司中层。在她的印象里，他们这种工程企业的风里来雨里去、喝酒喝到胃出血、加班加到过劳死的、工地当老板的土鳖领导印象不同，大壮的衬衣永远是干干净净的，并且，他似乎总能避开饭局、加班，出色地完成自己的工作。

笑笑以为，这样的男人一定有出色的老婆照顾，才能把自己打理成这样。没想到同事们告诉她，大壮还没结婚。笑笑又想，那么这样的男人一定是喜欢男人的。同事们又告诉她，大壮虽然没有承认过，但他刚进公司时和女副总打得火热。这样一来，笑笑就动心了，她不在乎大壮花心，哪个男人不花心呢，穷丑矬尚且花心，何况是大壮这种高富帅。

于是，刚进公司三个月，笑笑就对大壮展开了猛烈地进攻。对此，大壮表现出了一个成功负心汉的特质，不主动不拒绝不负责。在众人眼中，笑笑是一副倒贴的模样，大壮是“敌军围困万千重，我自岿然不动”。

不过，谁都没有想到，笑笑每天早请示晚汇报，晴天带饭雨天送伞地追了大壮不到一个月，大壮居然同意了。而且，是把笑笑往未婚妻方向培养的那种真心，颇有点“霸道总裁爱上我”的恶心宠溺感。

大壮在公司公开自己跟笑笑的关系后，笑笑就主动申请调到其他部门避嫌了。大壮则在不到一个月内送了笑笑好几个包、无数首饰，还给笑笑买了部经济型小车……大壮三不五时地策划浪漫，光是玫瑰、烛光晚餐，笑笑就打卡一样晒了无数次。这一下，所有女同事都嫉妒疯了，未婚的想挖墙脚，已婚的天天闹离婚，仿佛世界上只有大壮这一个男人了。

但笑笑却仍在这甜得腻人的幸福里，发现了危机：大壮每天总会失踪那么一段时间。虽然之前已经无数次提醒自己，这样优质的男人不可能没其他女人惦记，但直到她在大壮公事包里发现一件D罩杯内衣，才彻底崩溃。她可以接受男人花心，却不能接受竞争对手比自己胸大。

这一晚，笑笑跟大壮彻底摊牌了：她跟踪过大壮，发现大壮每晚都会去同一间从来没有提过的公寓。

笑笑说完这些，怨毒地看着大壮："说！你是不是出轨了！"

大壮吃惊地看着笑笑，从包里掏出一枚戒指："那间房子，是我为你准备的求婚惊喜，我爱的只有你。既然你都知道，我还是告诉你吧，本来准备求婚时告诉你的……"

笑笑脸上闪过一丝不忍，但很快，她调整出一个笑容："大壮，别说了，我怕你说了，我就不忍心跟你分手了。"

笑笑停顿了一下："我出轨了，只是想找个跟你分手的借口。"

4.大壮与大秀

目送笑笑开着一辆玛莎拉蒂离开，大壮心里某些部分崩塌了：原来，她想说的并不是自己真正想坦白的秘密。不过，就算笑笑不知道，他的秘密可能也守不住了。

大壮是一个异装癖，晚上在酒吧表演钢管舞时他叫大秀。他很享受自己这种双重生活，他甚至为变装的另一个自己，买了一套高级公寓——女孩富养嘛，大秀应该过富足的生活。

但某一天，他在酒吧里发现公司女副总熟悉的面孔，仓皇躲进休息室后，就有些心虚。这个女副总曾在他刚进公司时表达过好感，他利用了对方的感情获得了升职。但他总觉得对方年纪比自己大、职位比自己高，很不体面，就借着笑笑的追求跟笑笑在一起，结束了跟女副总的隐秘暧昧。为了掩盖愧疚，他送了笑笑很多自己不用的东西。如今，女副总发现他的秘密，万一说出去，他在公司就没法混了。

一开始，他还抱有侥幸心理，那么浓的妆，对方应该没有认出他吧。但时隔几日，他某次换装离开秘密寓所时，却意外发现女副总在暗中不知看了他多少天。大壮慌了，他准备向笑笑求婚。万一女副总鱼死网破说出他的秘密，他大可以反咬一口，说自己跟笑笑的婚事刺激了她，而那间公寓，是自己为笑笑准备的求婚惊喜，一屋子女人衣服嘛，自然也是惊喜之一。

但今晚，笑笑居然告诉自己，她出轨了！这也不是重点，出轨了就不可以结婚吗？为什么要因为出轨而放弃自己呢！太不负责了！

夜里，大壮失魂落魄地回到自己的秘密寓所，想要销毁全部的女人衣服。却发现，他才一晚上没有按时回来，警车已经停满了公寓楼下。看热闹的人告诉他，可能是雌雄大盗入室盗窃，女的坠楼了。而“失窃”的，正是他家……

5.楼间花园

大壮一眼就认出，死者是女副总，女副总居然从他的秘密寓所跳楼了！这一下，跳进黄河也洗不清了，大壮在警察局里心乱如麻。在警察对任何可以证明自己身份的东西都没带的女死者展开调查时，出于某种自保的心理，大壮并没有告诉警方，他认识死者。

严编剧更郁闷，作为一个不著名编剧，莫名被卷入一桩死了人的案子，虽然他没有偷窃，但过失致人死亡的罪名也足够他这辈子都无法著名起来。更让他郁闷的是，那间房子是房主给未婚妻准备的结婚惊喜，其他人根本没钥匙！自己这段日子看见的模特天知道是鬼还是贼。严编剧反复解释，跳楼的女人跟他一毛钱关系也没有，他只是偷窥，但他太近视了，一直以为是个高个儿女人，兴许就是跳楼的这个女人吧……

小齐当晚做了一个梦，梦见跳楼死的女人厉鬼一样来找她索命，说她做了太多亏心事，应该把知道的东西都说出来。迷信的小齐一大早就跑到警察局“坦白从宽”了：她住的员工宿舍，正是两幢公寓楼的裙楼，公司租了整栋楼，把顶层辟为员工宿舍。小齐就住在“Z”字斜线最角那间，她知道她住的7楼顶有屋顶花园，只是门锁着，她从未上去过。她一直以为旁边高档公寓8楼离自己最近的那间，住的是一对情侣，因为最近，她晚上打电话拿别家的客服撒气时，都能听到楼上的女人在跟另一半吵架或者撒娇：

“你是爱我的，对不对？”

“大壮，我爱你到死！”

“你怎么能这样对我！”

之前，她也奇怪过，怎么只有女人的声音，没有男人的声音。

小齐说的事情，在“别家”客服的电话录音中，得到了验证。警察很难相信，看起来文文弱弱的小齐大骂电话另一头的其他客服时，居然这么歇斯底里。但录音记录却如实记录下了小齐的这一面，同样被记录下的，还有背景音里跳楼女人人生最后几天在大壮公寓里的自言自语。警察调取的附近监控也显示，跳楼女最近确实在跟踪大壮，出入这间公寓。

大壮得知实情，心悸不已，他告诉警察昨天太慌张，没敢多看死者的脸，今天想起来，那个跳楼女可能是自己的领导。死者身份查明了，女副总和大壮的隐秘恋情也浮出水面。

大壮说，兴许是女副总知道他跟笑笑求婚，受不了打击自杀了，不要错怪无辜的严编剧。至于严编剧偷窥的那个女人，一定就是女副总了。这个女人太贱了，不但在公司偷配他家的钥匙，还要偷穿他买给笑笑的衣服……什么？衣服上全是大壮的DNA。这不是很正常吗?每件衣服都是他亲手挑，每天亲自整理的啊。什么？尺码比笑笑大很多。这不也很正常吗？他一个男人给女人选衣服，尺码出错很奇怪吗?

警察当然调查清楚了事情的来龙去脉：女副总最近因为压力大在酗酒，而大壮是异装癖的事实，又严重打击了她，加之所有证据都指明了是自杀，这个案子算是结了。

可惜，警察不会大喇叭一样全世界八卦这件事。于是，在公司里，大壮是异装癖的事情，依然没有任何人知道。倒是他被精神不稳定的女副总跟踪，那女人还偷偷进他家、穿他给笑笑买的衣服，弄得笑笑最终跟他分手的悲剧，被大壮在公司“无意”间放大。也许是作为某种补偿，大壮接替了女副总的职位。更妙的是，大壮可以无所顾忌地保留那间换装的房子了，凶宅嘛。不过，他加装了好几层窗帘。

笑笑也跟自己的新未婚夫王老板渐入佳境，工作都辞掉了准备嫁人。她很庆幸，自己跟踪大壮到秘密公寓，认识了在楼下催稿的王老板。她永远不会知道，自己差点戳破大壮异装癖的事实。依旧蒙在鼓里的笑笑，唏嘘幸亏自己命好，早早钓上王老板打得火热，没工夫管大壮和那个死女人的事儿。不然，现在她就要住在大壮的凶宅里。不过，大壮送她的东西，她还是一件都没打算归还。

小齐辞职了，跳楼的女人给她很大启示，她决定开始一场说走就走的旅行。当然，拖拖拉拉“说走”了好几个月，把自己在这个城市所有的东西都换成现金、在公司大闹了一场取得三个月工资“辞退”赔款，她才开始自己的旅行。

严编剧食言了，通过这件事，他意外地成了著名编剧。他并没有转行，反倒是把这件事写进了他的剧本里。他依然是那个好奇心旺盛的职业偷窥者，有时他会有点遗憾，如果当初真的判了他过失杀人，他就可以坐牢了！他的人生就要比别的编剧多好多与众不同的经历了！这些都是多么好的素材啊。

6.尾声

7月的某天，园丁小张决定去楼间花园修剪一下翠柏，因为他发现，8楼长期出租的那间房子，搬来一个白天睡觉晚上数钱的文身男。他很想知道，这一次会发生什么故事。想什么时候把灌木修短一点，是小张的权利。

毕竟，他有楼间花园入口的唯一一把钥匙。

07

旅程

我猜，这还是一个孩子，她也只有17或者18岁。她一定是第一次独自乘火车，她的父母还很不放心。她一定是乐观且任性，偏选了一双拖鞋开始这也许漫长，也许短暂的行程。但，不管怎样，这只是印证了萍水相逢。

列车颠荡着向下开去，车上很安静，有间断的广播和音乐。这个夏日的午后，空气浓稠得像胶冻一样，让人疲乏无力。单一的隆隆声在脑海中如丝线般绵延不绝地扯过，也不知要走多久，更不知道走了多久。我常常是怀着这样一种近乎疲惫的情绪，任人推挤着，在单行线一样的人生轨迹上“勇往直前”，没有希望，更无所谓失望。我也幻想成为一个设计师或是厨师，更简单地，做个建筑工人，可那仅仅是幻想，因为我从来都没有看过这街上女孩子的漂亮衣服，炉台里跳动的火焰或是高楼上缠绕如蛛网的脚手架，我也仅仅是听说……

“啪”，我想我一定是碰掉了什么东西，用手去摸，一直放在腿上的钥匙不见了。我俯下身子去摸，钥匙却被什么人推到了我手边。

“谢谢。”我拍拍沾上尘土的双手，对着空气道谢。

“不用客气。”那声音如明亮跳跃的音符——是那个穿拖鞋的女孩。

也许，我不应该再同她交谈了，我是一个“陌生人”，该维持在安全的距离外，就像女孩的父母叮嘱她的那样：不要同陌生人交谈。我也常常被人这样好心地嘱咐，我明白，我看不见东西，要更加小心。但，真的有这个必要吗?

“喂，你看不见东西吗？”女孩首先打破了沉默。

我想她这样唐突的问题应该让我很生气，因为所有的规则都告诉我，作为一个盲人，我应该避讳这样的问题。但现在，真的有人这样问了，我倒并没有什么不舒服，我想起那个大叫“皇帝什么也没有穿”的孩子。

“是，看不见，一生下来就看不见。”

“好可惜啊。”女孩的语气显得十分惋惜，我甚至可以想象她懊恼地看着窗外，微微偏着头的样子。

“也没什么，一开始就看不见也就习惯了。要是中途瞎了，一定难过得要自杀。”说出“瞎”这个字，连我自己都有些惊讶，我从不说自己是瞎子，只是说“我看不见”，但今天，面对这个很不把我的“盲”当作一回事的女孩，我似乎是得到了极大的尊重，愈发地，不再把这件事放在心上。

“喂，我讲给你听好不好，外面的风景很美的。”

“好，谢谢你。”我微微地笑，愈加肯定这是一个对世界毫无戒备的孩子：善良且单纯，她早已将父母的叮嘱抛到一边，以她的方式来表达她的友善。

“……对，那些种在两边的树，我一直觉得它们像中世纪的欧洲妇女，提着裙子向前奔跑，呃，中世纪的裙子，应该是……”

“……像高更的一幅画，高更是我朋友最喜欢的画家了，我有一本高更的画册，上面的画都美得像天堂，柔软的沙滩、碧绿的海、丰腴的裸女……”

慢慢地，这女孩的声音在我的脑海中如水汽一样蒸发，我进入了她带来的世界，很难形容，就像我做过的一个梦，我觉得那应该是彩色的，许多斑驳的色块在眼前晃动，但梦醒了，我才明白，我根本不曾看见什么颜色，只是感觉到了快乐。

“……那边有一个村子，唉，那儿有个孩子冲我招手呢！”女孩的声音变得很兴奋。

“他不过是冲着整列火车招手罢了。”我忍不住提醒她。

“那又有什么关系，他看见了火车，我在火车里看见了他，于是他也是在冲我招手。”她的声音没有丝毫的不悦。

我很想像她那样对一切都保持旺盛的好奇心和希望，但怎么说呢，总有些羞于表达，有时我希望自己生活在一个罩子中，就像时钟一样，每天只要一成不变地走就好了。或者我希望我已经死了，躺在墓地里，等着清明有人送一束花给我。

“你在想什么呢？”女孩突然不讲了。

“没什么，有一点累了。”我摸着手里的钥匙，上面的每一个齿我都清楚，它简直可以啮合到我心里面去。

“噢，对了，你是做什么的呢？”

“按摩师。”我苦笑，一个看不见的人还能干什么。

“那很好啊，我妈妈腰不太好，后来听人推荐找了个按摩师治疗了一段时间，现在好多了，我曾经也想学……”

我明白这是她的礼貌或是客气，健全的人，谁会想到要当按摩师呢。

“你呢，还在念书吧？”我问。

“对，念美术学校，其实也不是什么正式的学校，正式的学校大都不收我，但我又喜欢这个，就让爸爸找了一家私立学校念。”她的语气有一点低落，这么长时间，第一次的低落。

每个人都会有烦恼，哪怕这个似乎什么都难不倒她的女孩。只是她这样小小的烦恼，会随着年龄的增长慢慢消散，我却不同。像这列车一样，她是行驶在平原上的那列，偶尔穿越隧道，就如生活中的调剂一样新鲜刺激；而我，将永远在黑暗的隧道中穿行，永无天日。

我嫉妒你，你明白吗？

“对了，给你画张画吧。”女孩像要拨开黯淡的情绪一样大声地问。

“可以。”我并无多大兴趣。听着她起身，请邻座帮她把放在上面的行李取下来，然后是拉链开合的声音，把什么东西支在了我对面的小桌子上。

“这儿可真挤。”女孩的声音的确像一个被挤得喘不上气的人。

我只是笑，无论你画得好不好，我都看不见，有这个必要吗？

“我尽量画得好一点吧，但如果你的朋友说不像你，你可千万不要笑话我啊。”她很认真地说。

我听见笔在纸上“唰唰”划过的声音，我想象女孩一边用手来比配景框，一边在纸上画——有人告诉我，画画是这个样子。这么多年了，虽然不断有人告诉我这个世界是什么样子，但我仍活在自己的世界里，不是我不想接纳外面的东西，而是，我无法想象除了黑夜以外的东西是什么样子，哪怕自己的颜色。

“你能摘了墨镜吗？”女孩试探着问。

这没有什么不可以，无论她看见我的眼睛时，那表情是厌恶也好，惊讶也罢，我都看不见。我取下墨镜，心里暗自期待一个评价。

“有没有人告诉你，你的眼睛很漂亮，只是有点浑浊。你介意我把它们画得明亮一点吗？”女孩诚恳地问。

“随便吧。”我有一点焦躁不安，像动物一样被人看让我觉得很不舒服，而且，列车广播下一站我就到站了。

时间在我身边流过，女孩不再说话，突然的安静让我有些不安和尴尬，也许别的乘客也都在看她画画，他们都在看我这个瞎子。真是讨厌透了。

列车进站了，我马上站起来：“我要下车了。”车厢里很嘈杂，有人起身拿行李。我听见女孩把画纸撕下来的声音，她站起来。车身剧烈地晃动一下，我失去重心，下意识地去抓女孩的手，希望不要摔倒，但我还是摔在了地上。因为，我只抓住两条空荡荡的袖管。

“你不要紧吧，对不起，我没办法扶你。”女孩蹲下身。

“你，我……”我嗫嚅着，不知说什么。

“没什么，小时候被电的，然后就没有手了。”她好像在讲一个别人的故事，“幸好，我还可以用脚画画。”

我明白她为什么穿拖鞋了……

我拄着我的手杖在人流里穿行：

妈妈，自我懂事起，你就告诉我，我跟别人是不同的，我是残缺的，我不懂。

妈妈，你告诉我头上三尺有希望，但我不跳起来就永远抓不到，我不懂。

妈妈，你怎么不告诉我，除了残缺，我也没什么不同。而希望，我终于看见了。

这街上车来车往。

08

朋友的朋友

一开始，他只是个朋友的朋友。

你知道吗，图书馆那边那个是我男朋友韩钊，对，就是那个看着一个漂亮姑娘微笑，并且无限温柔地拨开挡在她眼前的头发。五分钟之前，我打电话问他在哪儿，他说他正要去篮球场。结果，我却偏偏在这儿看见了他。多可笑，一直到昨天，他还问我学校里那栋叫“团什么馆”的地方是不是新开的二食堂。我告诉他那是繁体的“图书馆”，他还一脸揶揄地挤对我听了不少港台歌认识不少繁体字。

当然，他也是有特长的，比如头发、身高、吃饭、睡觉都算他的特长。而且，他特别文艺，特别有范儿，特别有feel。他喜欢摇滚，最爱的摇滚女歌手是蔡依林，他觉得蔡依林跳舞特别rock and roll。他爱文学，总是随身携带一本《在路上》，虽然，直到后来他都没有把书的塑封打开。他爱绘画，尤其擅长在自习教室的课桌上画竖中指的手。他掌握了若干门语言，如上文出现的几个英文单词，他的发音比伦敦人还美利坚；他还掌握了大量北方方言中与交配有关的形容词、动词、名词等。

对，就是这样一个男的，我从17岁到21岁，整整跟了他四年，甚至偷偷复印了他的志愿表，补习了两年才如愿以偿从一本考到三本跟他进了同一所大学，成了他的师妹。我隔着十几张桌子打电话给他，他按掉，我发短信说我看见他了但我想确定是不是真的看见他了，因为我不愿相信这是真的。但是对方特别文艺地回复我：“小某某，我跟你在一起感到窒息，放手吧。对不起，我已经爱上别人了。”

而我也特别文艺加不要脸地边哽咽边回复他：“我知道，我知道是我束缚了你，你是自由的。但你爱过我吗？”

他迟疑了很久，叹了一口气，缓缓地问我：“什么是爱啊？”

顿时，我就清醒了。你当这四年是《走进科学》吗！敢情四年来，我为你进行了爱的科普教育，一日为师终身为父，你不能这样对待你爹我。

“唉，小某某，那边那个长得好像你男朋友！”

说话的这人是我的好朋友，文学院的小支芝。我们之所以成为朋友，主要原因是我总不合逻辑，她总不合时宜。于是，我哭得更厉害，她只好拍着我的背试图安慰我："别哭了，你看，你男朋友旁边的那个也不是外人，好像是你师姐赵金子。走，咱们去跟他们打个招呼吧。"

你又何必提醒我，被朋友抢了男朋友这种事，自古就有。

"我看他们没什么，不是你介绍他们认识的嘛，让赵金子帮你男朋友补高数。他们一定是在补课。"

你又何必再提醒我，把姊妹介绍给男朋友，于是，就有了新姐夫。

但我最难受的并不是这些，我难过的是，他居然陪她泡图书馆，这就好比小美人鱼为了王子不在乎每一步都踩在刀尖上。我认识的这个男人，他一直告诉我他恨图书馆，所以他从没陪我来过图书馆！四年的感情，分崩离析的时候居然是这样。根本就没有什么束缚或自由，只有爱和不够爱。

我简直辍学重读的心都有了，我不知道怎么面对赵金子这个死三八、十三点、二百五，理智告诉我，女人何苦为难女人，她只是个最无辜的第三者。我匆匆忙忙地抱着枕头跑出宿舍，冲到支芝的寝室，要求她陪我度过这个万恶的分手夜。

我们躺在床上，瞪着眼睛仰望天花板，我对她的脚说，我觉得我以后再也不会爱上谁了。她打哈欠的时候，头发蹭到了我的脚心，她说睡吧，你明天不是还得去替你男朋友上选修课。我气愤地纠正她那是前男友。她只说，善始善终。

于是，学期末的时候，我前男友挂了那门选修课，因为我从网上找到任课老师写过的一篇文章署上韩钊的名字作为期末考试作业交了上去。这就是我对他做出的最后的，也是唯一的报复。你不是我最伤心的爱情故事，但愿我做你心头的一块老伤，平时无大碍，但阴天下雨总要疼的吧。

恋爱是一个冗长的过程，从开始的臭味相投狼狈为奸，到在一起的弹冠相庆无病呻吟，分手的惨绝人寰五马分尸——基本完成了序幕部分。但，作为一个文艺青年，爱上谁并不重要，重要的是如何在痛苦中伤怀，并体验到悲剧撼动人心的力量，这才是爱啊！分手后文艺青年的爱情才刚刚开始。

于是，我决定暑假去旅行，美其名曰“逃开这个伤心地，独自舔伤”。按照我的预想，我本该穿棉布裙子光脚穿帆布鞋，背十升旅行袋，住十元一晚的青旅，孤绝行走在两旁种满麦子的道路中央，手捧一本《圣经》反复吟诵爱比死更冷。但是实际情况是，我因为没有明确的目的地，所以找了个卖打折机票的网站，赫然发现到成都的机票只要两百多元，于是占便宜没够的心开始作祟。当听说有这么便宜的机票时，另一个占便宜没够的人提出她也要去。于是，我只能带上拖油瓶支芝，去掉了“独自旅行”“失语”“寂寞”等关键文艺词汇，实在让人扼腕。

与此同时，这场旅行开始变得跟文艺一毛钱关系都没有：我们去投奔了她在西南地区开矿的叔叔，于是我住青旅的苦逼梦想破灭。听说我们要来，她热情的婶婶更是早早准备好了一堆土特产准备给我们带走，于是，我只好带上了拉杆箱。最令人震惊的是，一下飞机我才知道，人家的麦子早都收过了，哪有什么一望无际的麦田啊。

坐在支芝婶婶的车里，看着窗外此起彼伏的灯火，我忽然想明白了：我一点都不文艺，我从来就没有文艺过，我只不过是傻乎乎地喜欢上了一个人，然后非要变得和他一样才高兴。爱是什么，爱让人心甘情愿易装。从成都回来，我默默地更换了手机号码，注销了原有的各种网络即时通信账号，重新申请了邮箱……于是，我一厢情愿地认为自己从他的世界里消失了，我以为这样，之前的种种伤心也可以假装没发生过。

新学期开始的时候，韩钊对我视而不见听而不闻，让我时常怀疑自己的存在感是否已经因跟韩钊分手就彻底降为0了。支芝安慰我说他做了亏心事自然怕鬼叫门，这话一如既往地让人心里百味陈杂——这么说起来，韩钊跟我分手颇有点人猿揖别的味道。我真的有那么难看吗?

故事已经发展到这个时候，我的男主角本来早就该出场，我不得不承认支芝是对的：要不是长得过于黔驴技穷，我都不知应该花前月下缠绵悱恻过多少个排比和对仗了。但此刻，我却不得不被安放在悲伤校园的理发店里，剪去我象征爱情与纠缠的长发。理发师是个戴眼镜、梳辫子的饼脸男子，操一口蹩脚的普通话，理发店的桌子上摆着他引以为傲的“××区劳动技能二等奖”的牌子，我十分希望他至少得的是理发技能奖励，但小字部分提示，这个在我头顶挥舞剪子准备给我以“空气剪”的方式弄一个“动感飘逸”造型的男人，在十个月之前还是一个优秀的社会主义水暖工。支芝对我的惨况目不忍视，干脆借口上厕所出去了。

理发店里电推子的声音嗡嗡作响，坐我旁边的男生盯着镜子里自己理了一半的光头发愣。忽然他的手机响了起来，手机上的海豚挂饰玩了命地闪烁，铃声是一个男人肝肠寸断地唱着“Tonight I wanna cry”。我本以为他会接起手机说喂，可没想到，他直接把手机扔出窗外。于是，整个理发店的人都震惊了，那么一瞬间，我和他的目光在镜子里交会了，我满头湿漉漉的好心说：“同学，你手机掉了。”他尴尬地看着我回答说：“没关系，不要了。”

于是我们都很尴尬，幸好几分钟后，支芝大笑着进来举着一部手机说：“哎呀小某某，你不知道，我上厕所回来居然在楼下捡到一部手机，不知道是哪个傻逼掉的。咦，手机链上好像有名字，叫陆添。”

这时，支芝手里的那部手机又适时地响了起来，男歌手如同做了肛肠再造一般表达着自己的心情“Tonight I wanna cry”，气氛冰到了极点。扔手机的男生脸色铁青地低声说：“这位同学，我就是那个傻逼陆添。”

“那你要不要接电话啊，你这上面显示是‘亲爱的你’，我猜是你女朋友吧。”支芝继续说。

陆添同学的双眼瞬间如同被熄灭的蜡烛一样暗淡下来，他沉默不语，任凭支芝把手机塞在自己手里，待光头理成，顶着一个像出生时被产钳夹过的脑袋出门了。他甚至还为这个糟心的发型，付出了十元钱的代价。我的心里忽然就生出了一丝愉悦，原来这个世界上，为情所困的并不止我一人。

我顶着丧家犬一样的发型走出理发店时，陆添的海豚手机链安安静静地躺在路边的草丛里，我鬼使神差地捡了回来：海豚雪白的肚子上，用圆珠笔写着秀气的“陆添”二字。看来最后时刻，陆添还是收回了手机抛弃了纪念。就是的，女朋友可以不要，但是没有手机，怎么继续泡妞呢。我想，这一定是个悲伤的故事，他另结新欢于是连她送他的小海豚都遭此厄运，但见新人笑哪闻旧人哭。那只悲伤的海豚静静地躺在我的手心里，也许，我也曾经拥有过这样的挂饰，它看起来如此熟悉。难道这种熟悉，预示着我也只是个被别人丢弃的装饰？

从那天之后，我就开始在校园里频繁地偶遇陆添，我依稀记得这是一个什么什么效应，大概意思是如果你购买了绿色小汽车，你就会下意识地留意绿色小汽车，因而街上的绿色小汽车就会显得特别多。陆添就是我的那辆绿色小汽车：从那天之后，我开始下意识地留意陆添，并怀着同仇敌忾全天下怨妇是一家的心，想知道他的新欢是谁。我这才发现他总是和我使用同一间自习教室，他应该是比我大两级学法语的，他很用功但好像脑子不大灵光，总在不停地查字典。然而，根本就没有什么新欢，他每天独来独往，偶尔和几个工科男孩打打篮球——排除他喜欢男人的可能——我相信，我和陆添都属于被分手的那一方。

因为在暗中默默地观察了陆添很久，导致我下意识地误会我们已经认识了，也许是我在某个楼梯口左手煎饼右手豆浆下意识地对陆添微笑过，也许是在某个雨后他手握一把翻了边的破伞忧伤地坐在我身边过，总之，我们渐渐熟络起来。自然而然地，陆添成了我跟支芝这对寂寞芳心姊妹花的荣誉弟兄，出现在每个生理期躁郁的日子，进行无微不至地关怀。但是，我们都默契地没有问起对方的过去，仿佛那个伤心理发店的下午，根本就不曾存在。失恋如一项不可示人的痼疾，被询问起必十分难堪。

我和支芝常嘲笑陆添是个具有中老年迟暮气质的人：早晨一定会吃早饭，夜里十二点之前必须上床睡觉；冬天一定要穿保暖内衣加棉毛裤，保暖裤一定要塞在袜子里；不知道什么是重金属，更不知道什么是小清新，喜欢玛利亚·凯莉、惠特尼·休斯顿这类人民大众喜闻乐见的“美国宋祖英”。如果你告诉他你今天很高兴，他会请你吃东西庆祝；如果你说你今天不高兴，他还是会请你吃东西安慰你；如果你说陆添不要每次都用吃东西搪塞我不如换个办法吧，他会认真地想一想说，那不如我们去公园玩吧。如果你说好，他会说，那需要给你买点零食吗，他是这世界上另外那部分不文艺也不参加文艺活动的大学男青年，但是，我和支芝都觉得跟他做朋友很轻松。

万圣节那周恰逢本校艺术节活动周，学校停课大家搞艺术活动。所谓搞艺术活动，就是有对象的同学去校外搞活动，没对象的同学在校内搞艺术。于是，在这周里，有对象的同学能否找到没对象的同学结成帮扶对子，成了确保我校艺术节活动周顺利进行的重要条件。因此，我已经跟男朋友分手的消息不胫而走，只要能拉上关系的，甚至连外系的都来找我帮忙他们的艺术节活动：

“小某某，你替我演话剧吧，我男朋友外地的，难得这么一个假期，我去看看他……没事，不需要演技，就是需要点体力，我那个角色是迎风招展的行道树呀。”

“小某某，你帮我顶上画展吧，就是布置布置会场，我得去我女朋友家见家长……去年？去年是见过了，但是我今年不是换了个新女朋友嘛。”

“小某某……”

支芝那边也出了问题，她不知抽什么疯，强烈建议她们班弄一个英文冷笑话比赛，还做了可行性分析报告。结果果然冷了，总共三个报名的，还都是她们班争抢保研的积极分子。

“要不你帮帮我吧。”支芝面露难色递给我一张印制粗糙、设计精良的报名表，“我跟班主任说得天花乱坠，弄成这样，我很没面子。”

“可是我该讲什么呢？”

“哎呀，这个我都帮你想好了，你那天穿两件羽绒大衣去会场。上台，先脱一件，说‘cold’，然后再脱一件说‘colder’，然后你就鞠躬下台就行了。”

支芝一脸得意，我深以为她冷场王的身份无人可以撼动，但出于朋友义气，我还是在收受了她三套煎饼的早饭贿赂之后，接受了她的邀请。

此后一周，我很少见到支芝和陆添，大家都忙于各种文娱活动，常常是刚参加完别的系的活动，再作为组织者逼迫外系同学来参加自己的活动。这种情况一直持续到万圣节那天，

这一天，支芝终于忙完了她所有的事情，邀请我去看学校为大家放映的一部名叫《目光直肠》的电影，我大惊，居然还有这样重口味的电影?

“是《暮光之城》！你忙傻了吧。”支芝挥舞着两张电影票，“我好不容易搞到的票，去吧，放松一下。”

“可是，我晚上要参加你们班的冷笑话大赛啊，你不去吗？”

“我又不是评委干吗要去？哎呀我都忘了，对不起啊，小某某你自己去吧，你用我教你的那个办法肯定能拿第一，奖品很丰厚的。”支芝说这段话的时候气都没有喘一下，“那我找陆添陪我去吧，这票可不能浪费了。”

好像，就是特意安排好的。

那天上午，我帮人布置了画展，下午穿着行道树的道具服，挥舞着树枝在舞台上站了整整两个小时，连衣服都没来得及换就赶去冷笑话大赛，喊了两声“冷啊”，拿到了一个最佳表现奖——其他三位参赛者分别拿到了一二三名。颁奖时，他们给了我一箱冰红茶，上面写着红字“全校最冷王”。

这时，已经是晚上九点了，艺术节活动接近尾声，我搬着沉重的饮料从冷笑话比赛的教室走出来，脸上还涂着扮演行道树时的油彩，连把自己从道具服里拔出来的力气都没有了。学校主干道上热闹非凡，外出度假的情侣们三三两两地返校，参与最后的狂欢：有人在放烟火，有人在吵架。陆添和支芝从我身边经过，热络地聊着电影情节，他们经过我身边，都没有认出我。

“支芝。”我叫住他们。

两人同时转身，支芝不自然地看着我：“哈，我还说前面那个穿成那

样的人也不嫌丢人，原来是你，呀，拿奖了？太好了！”

陆添接过我手里的箱子：“你去干吗了？”

“参加活动。”

我有点困惑，支芝没有告诉陆添我是为了她去参加的活动吗？支芝伸手帮我擦脸上的油彩，干冷的空气中，我的脸被扯得生疼。陆添喊住一个骑车经过的男生，告诉我们，先把饮料帮我们送回去，就抱着箱子坐在男生车后座走了。支芝停下了，看着我，我预感到她要说什么，但我一点都不想听，我想拦住她。

“电影好看吗？”我说。

“我喜欢陆添。”她说。

我们同时开口，她就在我面前，我不能再假装我没听见或我不知道，她明确地告诉我她喜欢陆添，我不能再告诉她，我才是先喜欢陆添的那个人。终于，还是被人抢了先。

我觉得我的声音有点发涩，像许久没有转动过的绞盘，猛一启动，发出吱吱咯咯的声响：“所以你特意安排我参加你们班的活动，促成自己跟陆添的约会吗？你既然安排得这么周密，干吗不等你们在一起后再告诉我。”

“你想得太多了。”支芝帮我把道具服脱下来，“我一直想告诉你，我喜欢他，但是，你刚失恋不久，我怕我们谈恋爱会刺激你。”

我看着她，她低头不语，终于她承认：“是我安排好的，只有这样，我才能顺理成章地约他单独去看电影。本来想等在一起后再告诉你，但是，我忍不住了。你是我最好的朋友。”

“你根本就没有拿我当朋友吧。”我回身往前走，泪水濡湿了脸上的油彩，冷风一吹，撕撕拉拉地疼。

“小某某，你谈过一次恋爱了，我还没有。”支芝在我身后低声说，“我怕你病急乱投医，因为失恋喜欢上任何一个对你不错的男生。陆添不适合你，他太老实了。”

其实她也看出我喜欢陆添。只是，这算是威胁吗？虽然这一次她没有不合时宜，甚至表达得恰如其分、十分得体，但我却不能像以前的若干次那样原谅她，设身处地理解她并无恶意的话。

“我不喜欢陆添，从来没有喜欢过，他不是我喜欢的类型。还有，你问过陆添了吗？你这样一厢情愿，他愿不愿意跟你在一起呢！”我提高声音质问支芝，“为了一个陆添，你就这样对我吗？”

“东西给你们送回去了。”

陆添不知道什么时候回来了，我和支芝忙着争执，谁都没有注意到他，更无从得知我们的对话他听到多少。此时，他面无表情地看着我们两个，这种表情还出现在我们第一次见面的理发店镜子里。我忽然明白了国画和西洋画中留白的区别：陆添此时的面无表情，在韩钊脸上就叫百味陈杂。

我又急又气，暗恋被戳破的尴尬，被朋友背叛的难过，我决定把难堪一股脑地扔给支芝：“陆添，你来得正好，你知不知道她喜欢你。还有，是不是我碍了你们的事？如果不是因为你，她也不会这样吧？”

支芝的眼睛要冒出火来：“小某某，别说了。”

陆添一字一顿地看着我说：“你们并不是我喜欢的类型。”

然后，他转身离开。支芝追上去想拦住他，陆添甩开她的手，三步并作两步一样地离开。我第一次看见支芝这么谦卑地追着一个男孩，忽然觉得有点难过：第一次失恋，我还有朋友。第二次失恋，连朋友都没有了。

回到宿舍，那箱冰红茶静静地坐在我的桌上，“全校最冷王”的标签上，每个字都显得兴高采烈。寝室里的其他姑娘都在忙着打电话，你侬我侬的男朋友热线，刺激着我脆弱的神经，仿佛这世界上所有的幸福都是为了衬托我的不幸。

正在这时，支芝推门进来，她一脸疲惫，好像刚哭过。我冷冷地看着她，准备以居高临下的姿态，迎接她的节节败退：如果我死不承认我也喜欢陆添，她就一点道理也没有，我要让她承认，她的小心眼伤害了她最好的朋友。

“今天看电影的时候，陆添跟我说他喜欢你。”

支芝没头没脑地抛出这样一句，我愣在当场。

“我觉得他是个好男孩，比韩钊好多了。今天是我搞砸了，本来，我想跟你开个玩笑。可没想到，你居然觉得我处心积虑就是为了甩掉你，单独约陆添出去。我有点生气，就把玩笑开大了。”支芝诚惶诚恐地看着我，“你别生我气了，陆添已经不理我了。”

也就是说，其实根本没有什么安排好的伎俩，也没有什么一边是友情一边是爱情的无解命题。是我一朝被蛇咬十年怕井绳，得了被害妄想症。假如时光逆转回到45分钟前，支芝说“我喜欢陆添”的时候，如果我没有因为羡慕嫉妒恨而指责她，她的下一句话就是“哈哈，大傻瓜逗你的，陆添今天说他喜欢你，我觉得陆添不错……吧啦吧啦……”

亲爱的支芝，自始至终，你都是那么不合时宜。

“小某某，你真的从来没有喜欢过陆添吗？”支芝问我。

“这话伤到他了是吗？”我反问她。

支芝点头：“你要是不说这话，今天晚上没准陆添就在楼下给你摆蜡烛弹吉他了，虽然他可能不会弹。”

也许我该感到惋惜吧，但是一想到图书馆带来的启示，我就有点死不足惜的感慨：只有爱和不爱，没有中间态。如果足够喜欢，我们总还会有机会；如果就此别过，那么也未尝不是一件好事，至少，好过在一起后不坚定。

于是，王子和公主幸福地生活在一起直至白发千古——跟我没关系——那天之后陆添消失了。自习教室、篮球场、食堂……任何一个曾经经常能看见他的地方，都再也找不到这个人了。我偷偷地把陆添丢掉的海豚手机链挂在了自己的手机上，海豚雪白的肚子上，写着“陆添”，每次看看就很开心。

转眼，寒假到了，再接着，新学期来临，陆添也快要毕业了吧。这所学校有23500人，我每天使用4~5个教室，去2次食堂，一次图书馆，一次操场，假设每间教室最多容纳100人，食堂500人，图书馆500人，操场上散落200人。假设在点对点的路途往返中与我擦肩而过的是100人，假设这些人中有10%的人是重复的，那么，我与陆添相遇的最大可能是0.06510638297872340425531914893617，再排除我数学不好算错的可能，再排除这是一个假命题的可能，最终的结果是：

我在学期末，遇见了半年未见的韩钊。

以往，他看见我会远远地走掉，加之我是一个低头走路的近视，基本可以忽略看见他的可能。但这一次，他径直朝我走来，十分大方地打了个招呼。我想主要原因是，又一次临近期末考试，我上次给他挂掉的那门，如果他再不及格，那么他连毕业都难。

“小某某，你最近过得怎么样？”他寒暄。

“挺好的，你呢？”我寒暄。

“要不你把替我上的那课的教材和笔记给我吧，快考试了。”他连寒暄两句都懒得，干脆直奔主题。

“凭什么？”我笑了，“教材是我买的，笔记是我记的，你又不是我男朋友，你没道理再使唤我啊。”

“你别这么小气嘛，事情都过去了。”

“你什么时候有空去找我拿吧。”我并没有真的想为难他，我只是气不过他居然半年没理我。

韩钊笑逐颜开地表示感谢，这时，他的手机铃声大作，我竟然听到那支熟悉的《Tonight I wanna cry》。果然，他掏出手机，手机上赫然挂着一只熟悉的小海豚，我下意识地把自己的手机往口袋深处又塞了塞，不想被他误会跟他使用情侣手机链。韩钊接完电话，见我盯着他的手机链，以为我喜欢，忙解释：“这个是赵金子送的，不能给别人，不然我就送你了。”

“呵呵，不用了。只是，我可能在哪儿见过这个挂饰，觉得有点眼熟。”

“是吗？”

“是啊，好像赵金子挂过一个吧。”我笑，“你们现在怎么样？”

"咳，就那样吧。"韩钊挠挠头，"说不好……"

我看着韩钊一脸郑重其事的惆怅，忽然想起为什么我一直觉得陆添扔掉的手机链十分眼熟：赵金子有三条一样的海豚手机链。两年前的秋天，我和她一起去逛街，在一家文具店里，她买了三个一模一样的海豚挂饰。

"要这么多这个干吗啊？"

她笑着说："我喜欢海豚啊。"

"你一个人又用不了三个。"

"可以送给喜欢我的人啊。"

是啊，总会有用处的，比如作为廉价的爱情纪念品，亏得陆添还曾经为她理了光头。我迫切地想找陆添求证一下，草草打发掉韩钊，我拨通了那个一直期待对方能够打来的电话："陆添，我是小某某。"

"我知道，我有你号码。什么事？"陆添的语气似乎很愉悦。

"我想问问你……"当"赵金子"三个字即将脱口而出的时候，我忽然勇气全无，"……我想问问你能不能帮我写一份作业。"

"可以，我等会儿去找你。"陆添爽快地答应了。

"你前女友是不是叫赵金子？"我终于还是没忍住。

"你认识赵金子？"

"她抢了我前男朋友。"我说。

寂静，死一般的寂静。多可怕，我竟然差点又一次堕入赵金子的陷阱，为什么这世界上会有一个人跟你如此相似，你们接二连三喜欢上同样的男人，于是这人不再是你的朋友，反而变成你久久不能释怀的心头疤。我很害怕跟你撞衫，撞男友。

是的，赵金子曾经是我最好的朋友。通常，你们称之为闺密。

开学那天，宿管科漏分了我的宿舍，是她跑前跑后帮我安排了床铺，她是我在学校认识的第一个女生。在没有宿舍住的日子里，有整整三天，我跟她挤在同一张床上。

是她介绍我认识了支芝："小某某，你是不是跟同级的小孩玩不到一起去啊，我介绍你认识个师妹吧，叫支芝，人不错就是不太会说话，你们可以做个伴，这样等我毕业了，也好有个跟你一起吃饭的人啊。"

她待我像个姐姐，尽管我比她大一个月。所以当我发现她跟我的男朋友在一起时，我甚至没有勇气问她为什么。仿佛我所有的一切，只要她想拿走，就是她应得的。所以当我误会支芝喜欢上了我暗恋的男孩时，反应才会如此强烈，这感觉就像时光在一遍一遍地循环往复，同样的伤害弄得人精疲力竭。

"你能不能告诉我，你们为什么要分手？"说出这句话时，我心跳加速，脸颊发烫。一直以来，我拼命逃避知道结局，但最终，还是有人将我引导向那个结果。

"她毕业要移民了，所以，我们其实根本没开始过。"陆添淡淡地说，"你要我帮做什么作业？"

"啊，不用了，我忽然想起来支芝帮我交过了。"

该来的总会来，游戏机里的小英雄，一路向前无论跑多快总是不能一下子跳到第二关。他要打BOSS，打完BOSS才有资格晋级。

我的BOSS在2号女生公寓三楼靠走廊的那间，门上还有我用铅笔写下的"赵金子在此，妖魔鬼怪退散"的淡淡痕迹。推开门，她总是坐在阳光填满的那一块窗影中，微笑着说小某某你个死鬼终于来了，我饿死了，咱们今天吃什么。她通常是伸着懒腰，像猫一样眯着眼睛看我。

这一次，我推开门，她不在。以前热闹的宿舍，如今只剩下还未来得及搬走的简单物品。一个正在收拾行李的师姐，看见是我，并未有太多惊讶："小某某啊，好久不见了，好长时间没来我们宿舍玩了。"

"啊，是啊。"

金子的行李已经全部搬走，原来她常坐的椅子被塞进宿舍的角落，没有了那些明显的个人信息，我甚至记不清她住在哪一张床。

师姐递给我一个信封："你来晚了，昨天毕业答辩就结束了，金子已经走了。”

“走了？”

“她没告诉你吗？她要移民嘛。你们不是很好吗？”

对呀，我们不是很好吗？从什么时候开始不再好的呢？

一周后，我收到一封厚厚的航空信：

“小某某，展信佳。不知你最近过得怎样，是否也曾经想起我……我相信人与人之间的缘分，开学第一天，我跟着同学们去接新生，你在一群愣头青中间显得傻乎乎的，但不知为什么，当时我就知道，我们会成为好朋友……后来，发生了很多不愉快的事情，总的来说，我不喜欢你的男朋友，我帮他补习的第二周，他向我表白了。那是在图书馆的一个午后，一只蜘蛛爬到了我头上，你知道，我最怕蜘蛛。他帮我拿掉蜘蛛，我说谢谢……”

终于，那些通往误会的道路被一一斩断，我看到了事情的另一种面貌：那天下午，我当时的男朋友跟我当时的好朋友表白了。如果当时的我，哪怕对自己和她有一点自信，走上前去问一问，事情就不会发展到今天这个地步。我只看到他伸手拨弄她的头发，看见他和她在交谈，却不知道，她正试图说服他真心待我。我走后，她也走了，韩钊和赵金子并没有在一起。只是，爱面子的韩钊对我隐瞒了这个事实，同时，他也没有告诉赵金子，他已经不再是我的男朋友。

闺密之间是有多少的细腻情绪需要呵护，她怕伤害我，就小心翼翼地维持着跟韩钊的距离，她还是照常替他上课，想尽办法回避他的百般示好。只是她不知道我为什么忽然就冷落了她，直到她无意中发现，我跟陆添走得很近。她痛苦地明白了一些什么，于是托韩钊转交给我一条海豚手机链，希望我能懂她的意思：我也曾是“喜欢她的人”。但是，韩钊告诉她，我退回了那条手机链。那只海豚，本就是属于我的，只不过，我一直不知道。

原来，在赵金子的世界里，我也曾是个背叛者，她亲眼看见我跟她喜欢的男孩在一起。只不过，与我不同的是，她认为反正她和陆添没有未来。既然这样，两个她喜欢的人在一起了，也未尝不是一件好事。

“……好好珍惜陆添，虽然我这么说显得很虚伪，但是，我真心喜欢你们两个，你们两个都曾让我拥有美好的回忆……”信的末尾，赵金子如是说。

最后，你还是赢了不是吗？无论是你的审美、你的选择，还是你的道德，你都完胜。我对你的感情，已经不能用嫉妒来衡量，我恨你连做受害者的机会都没有留给我，我更恨这一年的时光充斥了可怕的误解，本来我们可以享受这为期一年的闺密生活。

故事结束的时候，他也只是个朋友的朋友。

那年夏天，陆添顺利毕业了，他请我和支芝吃了一次小范围的散伙饭，那晚，我第一次看见陆添喝醉，他说：

“小某某，不知道为什么，我总觉得你很像赵金子。”

“哪里像？”

“不知道，我第一次看见你时，是在理发店吧？你知道吗，那天，我问赵金子，虽然她迟早会离开但是能不能跟我谈一场有期限的恋爱，她拒绝了我。我喜欢了她整整两年，我相信她对我不是没感觉。我高兴时，她陪着我，我难过时，还是她陪着我。她送我的手机链我当宝贝一样珍藏，我一直以为她默认了自己是我女朋友，可没想到她拒绝了我。”

“那跟我有什么关系？”

“哈哈哈，因为当时那种场景，如果换作赵金子，也会假装若无其事地提醒我‘同学，你手机掉了’。”陆添好像是哭了，“你们，都一样地善于逃避和推卸责任，好像这世界上，做错事的永远都是别人。”

“陆添，你说得太精辟了！”支芝拍着陆添的肩膀，大有黑社会把兄弟的劲头。

亲爱的金子，我觉得陆添是对的，我想你也是一样的吧。因为生命里有太多不愿承受的痛苦与责任，所以，宁愿退后假装被世界背叛，也不愿向前看清楚，背叛的，其实是自己。

09

青春涂炭

作为这一段时间的见证，我想给它一个伟大的开头，之前我参考了各种流传于世的名著，最后挑出了两个人见人爱、鬼见鬼笑极其伟大的开头，比如马尔克斯式的“多年以后，奥雷连诺上校站在行刑队面前，准会想起父亲带他去参观冰块的那个遥远的下午”，多年后，我摊开手掌看见那个烟疤，还能想起那一段青春激扬的岁月。再比如托尔斯泰式的“幸福的家庭都是相似的，不幸的家庭各有各的不幸”。成年以后的生活殊途同归，但是成年之前却各有惊心动魄。

但，这仅仅是一段平凡少年平凡时光的见证，并不足以说明什么，除了对我。可是连我自己都不大能回忆起一些细枝末节了，就好比一个肥胖的人看不见自己的脚，我可以感知它，但我看不见它，时间就如同这个胖子日益肥壮的肚子，终有一天，我的脚尖会隐没在我厚厚的皮脂下，远离我的视线。

当然，这个故事要有一个女人存在，同样，这个故事中的女人不是主角。我认识她的时候，我们还称其为“女孩”，女孩孙丽珍那一年17岁。我本不应该认识孙丽珍的，第一，她不漂亮，我作为一个荷尔蒙分泌正常的且处在青春期的男性，对于所有不漂亮的雌性总是可以进行选择性忽略，哪怕是一只母猫。第二，她不突出，总的来说，她的不漂亮决定了她的不突出，我对于漂亮女生有着偏颇的宽宥，任性等同于可爱，刁蛮等同于有性格。但不漂亮却咋呼的女生，我归结为一句“丑人多作怪”。第三，她不漂亮也不突出，既然是这样，我为什么要认识她？是作为支持老区建设还是作为捐助希望工程？但，你永远不会知道西方的上帝、东方的玉帝在想什么，同样，你也无法断言17岁的苏又翔会认识孙丽珍，但恭喜你猜对了一点：对，我就是苏又翔。

孙丽珍和她的女伴从远处走过来，女伴说要上厕所，孙丽珍眉头一皱，你怎么一天上八次厕所，你这个大便狂。我听见她的女伴嗔怪着怪叫一声“孙丽珍你欺人太甚”。我当时貌似刚刚从学校外面五元钱吃到胃穿孔的小饭店吃过晚饭出来，我的胃里塞满了各种各样油腻味厚的食物，当时的我必定很饱足，所有的血液都涌向我蠕动的胃里去消化那些快要冒出来的吃食，这样我的大脑就供血不足了，这样我的智商就降低了，这样，我听见孙丽珍这个并不是很逗的玩笑时蹲在路边笑得直不起腰来也就不是那么难以解释。

孙丽珍她们看着我一脸油光吊儿郎当的样子，肯定是心生不屑了，她们对我小心翼翼地指指点点，然后从我身边战战兢兢地通过，好像我是一堆秽物。孙丽珍你太逗了，我不过是一个和你一样的高中学生，你至于把我想成洪水猛兽吗？孙丽珍如所有好女孩一样一本正经或者假正经着。

那时那刻，我对女孩孙丽珍产生了好感，同时，我对她身上散发出来的那种一本正经表示强烈的不屑，在黄河以北的这个地区，我们把这种行为通称为“装三”。或者，我应该叫她孙丽三或者孙三珍。

我笑了好久，然后在校园里溜达了一会儿才回教室，这个时候晚自习已经开始了，教学区里一片寂静，这样的安静时常让我不寒而栗，比如我会常常在安静的课堂上惊醒，然后发现讲课老师哀怨如午夜凶铃一般的眼睛正翻着大白眼，并把它们牢牢地戳在我的天灵盖上，但是我却可以在嘈杂的课间安然入睡，我的脸贴着桌子，外面嘈杂的声音从桌子震动到我的鼓膜，让我想起小时候妈妈一边哄我睡觉一边和邻居阿姨聊天的情景，妈妈的声音从胸腔振动传到我的鼓膜里，也是这样闷闷的，让人心生温暖。

我准备坐到自己座位上的时候，发现我的班主任——一个年过半百、身形健硕的女人，正坐在我的已经被历届学生折磨得形销骨立的凳子上。她转过身来，我听见了我的凳子不堪重负地一声惨叫。

“你又迟到了，这个礼拜第四次。”

班主任气急败坏，如果不是在上课，我简直可以相信她要对我大打出手。其实，她记错了，今天是礼拜四，也就是这个星期的第四个晚自习，我不是每天都迟到的，我星期二的晚自习根本就没有来。不过我真的不想跟她争辩，如果我是我的学生，我早就痛心疾首从此金盆洗手告别讲坛了。

但是，我的同桌安达，情况就大不同了，安达是个循规蹈矩的好学生。我不知道这个时代“老实”还能不能被称为一个褒义词，我丝毫没有贬低安达的意思，他是一个老实孩子，成绩又好得意料之中，所以深得班主任的赏识。

“今天写份检查交给我，不能少于一千字。”

班主任说完就气鼓鼓地踩着她的高跟鞋回办公室了。她太胖了，背影有一些摇晃，在这个盛夏，她的绸缎衬衫几乎包不住那些水一样随着她的晃动四处游走的肥肉，好像要胀破一样，她的内衣把她的身体切割成不均匀的几块。对于女人的穿衣我没有什么研究，我不明白为什么班主任要把自己的身体搞成这个样子。

我望着班主任的背影想了很久，班主任走后，我又开始无所适从，看看旁边的安达，他聚精会神地做着一份化学卷子，我很羡慕他这种状态，至少他知道自己是干什么的，可是我就不知道。我有很多事情要做，比如已经高三了，我至少得复习些什么，不应该像现在这样翻开化学课本发现自己连上面的字都还没认全。但是，就是因为我可以做的事情太多了，所以我才觉得闲：给了太多的选择就等于根本没有给任何一个选择。

我拿出一本书，翻了翻。就是在这个时候，我开始想抽烟了，其实我没有什么烟瘾，就是闲的时候不自觉地想拿烟，这跟很多女孩喜欢吃零食是一样的，我总不能天天弄一包蚕豆、话梅什么的放在书包里。我兜里就剩一根红河了，我决定去厕所把它解决掉。烟这个东西我不知道它是不是有地域性，但是我可以肯定，高中的男生大部分都还在抽这种四五元钱的烟，比如我在厕所常常碰见的小平头抽的是中南海点八，我觉得他比我高了一个档次是因为，虽然那也是四五元的烟，但是我们这里不好买。这样的烟长期控制了我的生活，以致我抽烟的行为终于由地下发展到半公开再发展到公开，以致后来老爸把他的苏烟中华之类的给我抽，我发现，越是好烟我越抽不习惯，没劲儿。

如果要求讲究故事的效率性，我上厕所的途中应该发生一点什么，比如我应该碰见我那天刚刚开始感兴趣的孙丽三，这样我就可以跟她搭讪，然后我们认识，然后我们相恋。可是，这只不过是我一厢情愿的臆想，我在前往作为高中男生吸烟室的厕所的时候没有碰见任何一个人。我在厕所的楼梯间里吸完了我口袋里的最后一支红河，然后晃荡着回教室，一边想着是今晚放学的时候还是明天上学的时候再搞一包烟来。

这个时候，第一节晚自习下课了，我也不知道是我迟到了太久还是这支烟我抽了太久，反正，第一节晚自习下课铃以迅雷不及掩耳之势在我回教室的路上拉响了，整个教学楼如同被轰炸一样乱糟糟的，我讨厌这样的热闹气氛，我觉得我被混乱所干扰不能安静思考，本来我的思维就已经很混乱。我摇头叹气往回走，碰见出来上厕所的安达，我冲他笑一下算是打过招呼了，他经过我身边的时候使劲儿地嗅了一下，每次我从厕所抽烟回来他都要这样使劲嗅一下，然后意味深长地拍拍我的肩膀，好像与我共同保持着一个什么心照不宣的秘密。说实在的，我讨厌他的这种意味深长，安达作为一个标准好学生是不抽烟的，但他的所作所为又仿佛在拼命拉近与我这种人的距离，这就让他的意味深长显得处心积虑，我讨厌他这样的自以为是。

我就是在怀着对某一个特定情况下的安达的极端厌恶的情形下又遇见孙丽三的，原谅我已经喜欢叫她孙丽三了。孙丽三拉着一张脸从老师办公室走出来，这让她本来就很普通的面容显得愈加普通，你懂，我的意思是那时的孙丽三都显得有点丑了。这个姑娘急匆匆地往她们班里走，我忽然想逗逗她以消我心头对安达之恨，于是，我冲她吹了口哨。这个姑娘惊讶地看着我，她惊讶的表情比刚才拉着长脸的表情好看那么一点点，所以我笑了，然后孙丽三就飞快地冲回她们班去了。

可是，在楼梯转角的时候，我分明看见她的表情已经变成微笑了。我开始糊涂了，到底，这个微笑意味着什么？当女人还是女孩的时候，她们的心思，我就已经无法揣测了。

如果说这个时候我还跟孙丽三不清不楚不明不白，那么后来的一节体育课上我彻底地认识了孙丽三。我现在依稀记得那天艳阳高照，孙丽三不知道是穿了一身校服还是什么别的东西，反正我是很不经意的……好吧，我承认我处心积虑：那天是10月15日，我特别打听了好久知道孙丽三她们班跟我们班同一天测八百米跑。那天，最高气温28摄氏度，我在校服里面套了我最喜欢的一件T恤，孙丽三那天穿了短袖校服，把辫子高高地扎在脑袋后面。我都记得。

孙丽三在跑第三圈的时候明显体力不支了，她汗如雨下，短袖校服贴在背上，我看见她里面穿的白色T恤的长颈鹿图案。我就是那个时候产生了冲动，追上去陪她跑一程。我一言不发地跑在外道，孙丽三认出了我是那个冲她吹口哨的小流氓，她气愤地想说一点什么推开我或者骂我一句什么，但是这一腔的怒火转换到最后就变成一阵撕心裂肺的咳嗽。我说小姑娘你别说话了，不然你就要不及格了。她果然没有再想要表达什么，但是她把脸转到另一边去不肯看我。我们就这样跑着，我一直说马上就要到了马上就要到，她使劲咬着嘴唇好像那能减轻她的痛苦。四圈跑完，孙丽三同学终于及格了，不用重新跑。我想也许我的义务就止于此了，我正踟蹰着自己该不该就此走掉，孙丽三同学痛苦地蹲在了地上说她岔气了。我就走过去扶起了她。

于是，我和孙丽三之间就此冰释前嫌。

我问安达，你有没有对哪个女孩产生过什么特殊的情感。安达说他曾经特别崇拜年级第一的女孩。我说，不是崇拜而是一种其他的感情。安达说他很喜欢英语课代表的口语，常常让他如沐春风想睡觉。我说，也不是那种感情。我不知道我对孙丽三是一种什么样的感情，我讨厌她的假正经，但是我觉得她很好玩。但是，或许任何一个普通女孩也都能具备一两点“好玩”的特质，为什么偏偏是孙丽三？这就好比鬼打墙，我绕来绕去都绕不出这个问题。我不确定我是不是喜欢孙丽三，但是我决定试试看。

在我连续七个晚上送孙丽三回家之后，我对她说不如我们在一起吧，我没有想到这个姑娘很干脆地就说好啊。我说过了，我对女人不了解，不了解！我本来做好了打持久战的准备，我把孙丽三命名为4号高地，因为4是我的幸运数字，我本来准备狂轰滥炸即使夷为平地也要拿下4号高地，但是我没有想到我刚刚带着一把驳壳枪来到这儿，高地就已经插着我的旗了。孙丽三答应得太快让我无所适从，我不知道该说什么，或者这个时候我该做什么。我愣在那儿，然后，我说，你早点回家吧，我也走了。于是我就回家了。

这之后，孙丽三成了我的第一个女朋友。当然，这不是我的初恋，我从小学开始暗恋音乐老师到初中喜欢同桌女生到现在，七七八八喜欢过的女孩不下十个了，每一个我都以为将是我最爱的那个，并且每一次与这些女孩分开都让我心情板结很久，但到了最后，每一个我都记不得名字和外貌。本来，孙丽三也该成为这每一个中的某一个，可是，她非常无辜地成了那个例外。

“你跟四班的那个孙丽珍真的好了吗？”安达问这话的时候像街道居委会爱打听的妇女干部一样眼睛里充溢着兴奋的光芒。

“啊，好了。”

我几乎能听见安达嘴里发出了鄙夷的啧啧声，其实啧啧本来该是赞叹的声音，但安达的奇异表情总让我觉得他一方面在鄙夷，一方面又在赞叹。我觉得好笑，安达这种人总是觉得我大逆不道，但是同时，他又很好奇：究竟“大逆不道”是什么样的感觉?

“我出去走走。”

我不想面对安达那些汹涌而来的问题，我又不是号码百事通，我不觉得我有义务解答他的好奇心使然的问题，我更加不明白他看我的目光里的那点鄙夷和羡慕交织的情感，我不过就是一个不大热爱学习、做一些违反校规校纪事情的学生，除此之外再无其他了。我在厕所里，点着一根红河暗暗地想：再过个几年，你就会变成和我一样的人，到时候是谁看不起谁呢？你变成我的样子，而我还是我。

那天晚上，我又没坚持上完晚自习，从厕所出来，我的脚就自动地往学校门口走去。我看见了学校传达室坐着那两个和我相熟的保安，我进去，递给他们一人一支烟。他们说你小子怎么又逃课。我说烦了出去逛逛。他们说最近你们年级主任在学校附近网吧蹲坑抓人你别去上网，我说谢谢。然后我就出去了。

这个城市的夜还是很美的，尤其是上晚自习的时候，街上没有什么人，因为全市的学生除了已经洗洗睡了的小学生，剩下的都在晚自习。而这些学生的爸妈要么一起窝在家里看电视吵架闹离婚，要么分别在各个饭局或者洗浴中心或者KTV或者别的什么地方，反正不在街上。街上只有茂密的法国梧桐，法国梧桐底下藏着绿色的照明灯，法国梧桐旁边立着橘色的路灯，再加上混乱的霓虹和偶尔滑过的车灯，这个城市的夜晚美得光怪陆离。我忽然想如果孙丽三在我身边是不是就很完美，我可以牵着她的手一起走进这越来越深的夜里。我就顺手给孙丽三发了一条短信，我说你出来吧。结果我等到下课才得到她的回复，她说不好意思我刚刚在自习没看见，她说出来好啊可是门口保安看着怎么出去。我就懒得跟她说了，女孩真是麻烦，她要是想出来怎么都能出来，她这样瞻前顾后地出来肯定也要担心被老师骂， 我说算了你好好学习吧。

我一个人在街上晃荡着，果然看见了骑二八自行车的年级主任，那个时候他没有骑在车子上，他的车子停在网吧的门口，而他蹲在网吧门口吸烟。等着任何一个我们学校的学生从网吧出来撞在他的枪口上，其实哪个晚自习出来上网的学生会穿着校服给他逮呢，何必呢?

我选择了我生活的一个转折性质的横切面，来尽量完整地告诉你，苏又翔是一个什么样的人，我假设你已经明白，后面发生的事情如你所知，就是学习、高考、落榜——你当然想到了落榜。如果苏又翔们不落榜的话，安达们就要把名牌大学挤爆了。如果苏又翔们不落榜的话，孙丽三们就要把普通大学也挤爆了。幸亏苏又翔落榜了，所以安达和孙丽三各得其所，都上了比较满意的学校。

安达在B大，他本来想学生物的，但是被调剂去学了一个什么学科，反正，不是生物。孙丽三成绩一直飘忽不定，她被分到H大的商学院学国际贸易。对于她来说，这已经是最惊喜的结果。

我的生活好像在某一个时间点上被卡住了不能往前走了，所以就得回放一遍。我不觉得补习对于我来说是个灾难，我很喜欢我的高中，我喜欢在男生厕所二楼偷偷摸摸抽烟的感觉，我喜欢旁边有许多个穿着校服长了一张像孙丽三一样平淡无奇的脸的高中女生做广播体操的感觉。我已经习惯了这样的生活，虽然它常常让我觉得乏味，乏味何尝不是一种味道。

12月的月考结束的时候，孙丽三逃课回来看了我一次，那天她站在学校门口，穿着短呢子外套，格子短裙，翻毛皮靴，脸冻得红红的，她已经变成一个漂亮姑娘。我很远地就看见了那个在学校门口等人的漂亮姑娘，只是我不大愿意相信那是我的孙丽三。是的，我喜欢漂亮妞，但是我更喜欢我那个穿着校服、土里土气的孙丽三。变漂亮的孙丽珍让我无所适从。我看见我们学校里还在读高中的女孩，穿着难看的校服从已经学会打扮的孙丽珍面前带着艳羡的目光走过。我从空气中嗅到了孙丽珍得意的味道，从那一刻起，我开始审慎地把她的名字还给她“孙丽珍”。我忽然觉得这挺逗趣的：她究竟是回来看我的还是回来看她的过去的。我穿着校服站在她面前，她打扮得成熟漂亮，我觉得自己像她的儿子。而她笑得那么开心。

孙丽珍同学终于不再是那个平凡的丫头，她用她的行动向我证明了这个世界上没有丑女人只有懒女人。

“你最近怎么样啊？一定要好好学习啊。”孙丽珍请我吃饭并教育我。

我一直就是那个样子，她又不是第一天认识我。我埋头吃饭，我和孙丽珍之间的某些东西在变化，我明确知道，变化的不是我，因为我确实没变。

自己的女朋友变漂亮应该是一件值得高兴的事情吧，但是我却高兴不起来，有些改变是岁月积淀后的美，那种美确实很吸引人，但孙丽珍的改变让我看来像一夜暴富，乍一看无懈可击，细看之下错漏百出：她穿着两百元的衣服，背着八千元的LV。一看，就知道是假的，我甚至不能排除她身上的衣服还有不到两百的可能。何必呢？就算你背着你高中时用的旧书包来看我，我也依然很开心。

我的烟疤长了整整三个月才好，现在想想这是一件傻事，但当时当地，绝望确实攫住了我的心，我也不知道从哪儿发散出来的那么一股感慨，也许是少年不识愁滋味，才越要衍生出一点苦难折磨自己，事实证明，我确实是一个装三的人。就像我原来设想的那样，安达变成了我的样子，可是，我还是我。但是这种变化并不让我感到欣慰——虽然我早一年就预测到了，但是它真的来的时候，我觉得有点奇怪，怎么，人是会变的呢？这真逗。我为安达感到惋惜，过去的安达如果看到现在的安达该是多么痛心疾首啊，如果有时光机器能让安达看到未来，他一定会把自己的生命终结在未来还没到来的那天。

寒假的时候，孙丽珍回来了，她把头发烫成了大波浪，这样她就跟我们这个城市中千千万万的穿着名牌套装挤公共汽车的小白领没有什么区别了。我看着她，笑了。她以为我是欣喜于她的改变，其实不然，我是在想她到底怎么了。我实在想告诉她，年轻就是你的资本你不知道吗？你不收拾就挺好看的，非得把自己拾掇得跟个大妈一样你才开心吗？

我带着孙丽珍去找安达，我牵着孙丽珍的手站在安达家楼底下喊他。他打开窗子，露出一个毛茸茸的带着惺忪睡眼的脑袋。我说出来吧，他说游戏通关直到今天凌晨，现在要睡觉。我说浑蛋睡死你吧，就拉着孙丽珍离开了。

那天，一定是那个冬天最冷的一天，因为我牵着孙丽珍的手冻僵了，怎么都牵不住，所以我干脆就把手放在自己的口袋里，让孙丽珍老老实实地戴着她的手套。这样孙丽珍就不高兴了，她别别扭扭地不愿意跟我走。我说你不愿意走就算了。她说你最近怎么了，我说是你最近怎么了。她说苏又翔我知道你补习了很不爽，但是你不要心里不平衡把气撒到我头上。

我笑着说那再见吧。我喜欢的孙丽珍终于不见了，我不知道面前这个漂亮妞是谁，管她是谁呢，与我无关。我笑着过马路，笑着回头，笑着向马路对面瞠目结舌的孙丽珍挥了挥手：

“再见了！”

那一刻，我知道，我挥别的不仅仅是孙丽珍。那歌是怎么唱的？“等不到天亮美梦就醒来，我们都自由自在，回忆还没变黑白已经置身事外，承诺不曾说出来关系已不再，眼泪还没掉下来已经忘了感慨，就像一碗热汤的关怀不可能随身携带……”对，蝴蝶飞不过沧海没有人忍心责怪，但是怎么就我的蝴蝶蜕茧后变成一只丑陋的蛾子。

我看见我的蛾子站在马路对面，向我比了一个下流的手势，然后转身走掉，对，应该这样，这样你才活得真实一点。

我翻看前面写的东西，发现我留给你们的印象一定是一个不折不扣的烟鬼，我好像动不动就在抽烟。现在，我不抽烟。连安达都惊异于我“戒烟”这件事，其实，我没有烟瘾，根本不存在戒不戒的问题，我只是觉得我再这样下去就一定要得肺癌了，所以我就不再抽了。这是很简单的事情，只是我怎么解释他们都不明白，现在的安达倒是变成一个彻头彻尾的烟鬼，他的手指和牙齿都呈现烟熏火燎的黄色。

我至今还记得那年的第一场春雨，它来临之前整整阴了一天。天气让我变得焦躁不安，我看过一个调查报告说是三分之一的人对天气的变化有生理上的反应，我肯定就是那少数派，每当阴天下雨我就情绪低迷。

这个阴冷的春天，我没有任何情绪做其他的事情除了听我的歌，我开着音乐把声音调到最大，不停地只听一首歌，Eskobar的《Whatever This Town》，我也不知道我为什么一直不停地听这首歌，我闭上眼睛想到一个人骑着摩托车一直在公路上，一直不停地往前，景物在他的后视镜里不断地退出，我同样也不知道我为什么会想到这样一个画面。这个场景让我对未来产生了一种美好的假设：或许我可以做一个MV导演。

就在这个时候，我的班主任进来了，我有没有告诉过你，我补习班的班主任非常不凑巧的是我原来班的那个健壮女人？好吧，我忘记告诉你了。现在她走进来，一把扯下我的耳麦，于是，音乐停止了，我听见她尖厉的如同指甲划过铁锅底的声音：

“你看你像什么样子，要听回家听去！”

这个时候，我听见了落雨的声音，我也听见了隔壁教室讲课的声音，然后，我听见了孙丽珍骂别人大便狂的声音，我听见了以前的安达那千百个傻问题、你是不是和孙丽珍好了、你又去抽烟了、你昨天没上晚自习你干什么去了……

我承认我有点急躁：“还给我快点。”

“你还有理了是不是，你想干什么，管不了你了！”

我脑子里的声音越来越大，我现在必须要戴上耳麦继续听歌，不然我就会觉得脑子里乱糟糟的，因为我本来就是一个乱糟糟的人。

“给我！”

班主任的脸气青了，她双手握着我的耳麦把它们掰成了两截。她果然是个力气过人的健壮女人，我一把推开她，大步走出教室，那个时候我觉得我热血沸腾几乎可以飞起来了。我在楼梯转角的时候看见班主任坐在地上，她不相信似的看着我，我想我是笑了，我一定是对她笑了一下。我感觉到了自由，我冲进雨里，我站在教学楼的地下。我看着一个一个安着铁栅栏的教室窗口，它们在阴雨的天气里显得雾气蒙蒙，我对着这些窗口，发出了我一直想要发出的那种摇滚似的嘶号。

现在我已经忘记了我那时喊的是什么，但毫无疑问地，那一定是一个乐音。因为，我看见好多人把头伸了出来，我看见健壮的班主任带着年级主任向我走来，雨还在下着……

10

拳击手

向雄把毛巾放在一边的凳子上，这时候拳场里下注的人渐渐多了起来，账房在一边大声嚷嚷着维持着秩序。向雄的新对手——一个新来的拳手在赛场一隅静静地抽着烟，他很紧张，烟灰滚烫地落在他腿上，他也没有什么感觉。这间废弃工厂车间里一盏高瓦数的大灯在新手的脑袋顶上不停地摇晃，好像随时要掉下来，这样的光线让人觉得隐隐地焦躁。

你当然无法想象作为一个黑拳手，向雄的生活中充斥了多少血腥和金钱混合的刺鼻气味，你也无法准确估计这个地下黑拳场的交易量，也许在拳手的每一挥拳间，几万至几十万的钞票已经从一个人的口袋转移到另一个人的腰包。这个城市的地下赌博业，除了轮盘赌、老虎机、地下六合彩外，最刺激的莫过于赌拳：这种极富观赏性的比赛带来的刺激是双重的。向雄乐意称自己为一个拳击手，虽然实际上他只是一个替老板卖命、打黑拳挣钱的。

的士刚刚停在春妙酒楼门口的时候，敬三就嗅到了钱的味道。他看见一个瘦子提着一个黑塑料袋从车里下来，掀开春妙酒楼的塑料门帘，老板兼小二就立刻走上去招呼，问瘦子吃点什么。

“青笋炖老母鸡汤，米饭一碗，啤酒一瓶。”瘦子说。

春妙的老板还想再推荐几个拿手菜给瘦子，总不能光喝汤吧，这菜点得奇怪。瘦子不耐烦地挥挥手，找一张靠角落的桌子坐下：他当然不会再多点一个菜，不然接头暗号就对不上了。

理论上讲，这一场如果想赚一些的话，那最好买向雄赢：作为一个老拳手，向雄这个赛季的成绩是13胜2平1负。而这个新手，从外表看来没有什么优势，就更无经验可言了，但赌博的地方总是需要这样的新人，比如这个，他虽然没有什么胜率，但却提供了高赔率：1赔30。

“想下注的各位抓紧啊，比赛马上就要开始了，向雄大家都认识吧？他可是本场的大热门，旁边这位新人，我希望他是大家发财的新门路，他的赔率可是1赔30。”账房在一旁怂恿人们下注。

“致癌，少抽。”这是向雄在比赛开始前对新手说的唯一一句话，虽然他知道这个年轻人不久就要被他打得比癌症强不到哪里去。

敬三走到瘦子对面坐下，看着瘦子的眼睛说："老板，加一碟老醋花生、一瓶啤酒。"

暗号对上了。瘦子慢条斯理地问："货带来了？"

敬三拍拍桌上的手包："钱带来了？"

瘦子将踩在脚下的塑料袋缓缓地移到敬三脚下。

敬三笑眯眯地把手包推给瘦子。

向雄在新手的旁边逡巡，伺机而动，寻找他身上的弱点。新手被向雄晃晕了头，只是将手放在胸前做守势。向雄的嘴角突然有了笑意，他冲上去给新手一记正面直拳，在离新手半个臂长的位置转成左勾拳，被新手闪开，新手乘这个空当出重拳直捣向雄的肚子，可是他的全身力道都压在这一拳上，向雄瞅准这个好机会反身绕道侧面，新手的拳落空，重心不稳来不及回身的当口，被向雄一拳击中右肋下方。新手疼得倒抽着冷气。

观众开始尖叫："打，打，打！向雄打死这个娘娘腔！"

春妙酒楼的老板端着一碟老醋花生出来的时候惊奇地发现，他仅有的两个客人都不见了。老板骂了一连串的三字经，自己坐在桌前吃起了花生。

这个时候，敬三已经拿到了卖货的钱准备回去交差，今天的生意出奇顺利，他看了看手表，时间还早，估计这时候英雄哥还没吃完晚饭，不如晚一些回去，英雄哥就会觉得生意不好做，而我又把钱带了回来，没准能留个好印象日后提拔我。这样想着，敬三就拐进了一旁的一家娱乐城。

新手被人群的叫喊激怒了，他已经完全不再讲究章法规矩，简直有点胡乱出拳了。向雄嘴角的笑意越来越明显：想干这行就不要讲什么面子尊严。新手一拳打在向雄的胸大肌上，这不是要害，反而会震痛自己的手，向雄已经胜券在握，他没有耐心陪新手玩下去了。他看准空当一拳打在新手的胃上，这一拳的力道让新手头昏脑涨，一个踉跄差点跌倒，手也下意识地离开了应该护住头的正确位置去摸他抽搐的胃。这样，向雄的第二拳就毫不费力地打到了新手的鼻子，新手惨叫一声，终于没有跌倒。显然，鼻梁已经骨折了。向雄没有浪费更多的力气，他不紧不慢地照着新手的伤口持续出拳。新手终于倒在了地上，场外买向雄赢的人开始倒数，十个数数过，新手仍没有反转的迹象。向雄向人群挥手致意，可是没有人看他挥手，输钱的开始叫骂，顺便走进场去再踹那个新手几脚，赢钱的到账房那里排队领钱。

黑拳比赛就是不正规，不然他向雄不可能一个粉丝也没有——向雄如是想——这帮人脑袋都钻钱眼儿里了，没有一个注意到他精妙的拳法。

向雄看了看被他打得不知死活的新手，走进了场边简易搭建的拳手休息室。老K正在休息室里换衣服，准备下一场比赛，向雄径直走到镜子前检查伤口："今天那个新来的真不经打，凿巴几下就没电了。"

老K将鞋带绑紧："你也省着点力气，出来混谁都不容易，打黑拳，打死了都没人知道。"

向雄没有在脸上找到伤口，就开始检视自己两天没刮的新胡楂："你什么时候变得仁慈了？下场到你，我就不信你不往死里打。"

老K笑道："最近不行了。这胃不知道怎么回事，一打拳就抽抽，我想赶紧赚点钱退休。"

"我说你最近比赛怎么左手总缩在肚子上。"向雄把放在凳子上的外套拎起来，"小心点，我可不想明天来的时候你已经挂了。"

老K的那句"那不能"还没有说出口，向雄就已经迫不及待地离开了拳手休息室，每天比赛结束向雄都能由衷地冒出一种生活真美好的想法——至少还健全地活着。他迫不及待地要回去吃点东西冲个澡，然后把自己放平了摆在床上睡觉。如果运气好，向雄的女人会做好了饭在家等他，当然，这是极少的情况：女人的工作性质注定了她比向雄回来得还要晚。

敬三早就喝大了，他的面前摆满了各种啤酒的瓶子——这是他还没有醉的时候喝的，那个时候他还能比较理智地要便宜的酒。他的脚边放满了各种洋酒的瓶子——这是他喝醉了以后莺莺帮他叫的，酒的提成在小姐的收入里也算一个部分，关键是得让客人喝。

“老板这是最后一杯了，喝嘛，喝嘛。”莺莺的声音嗲得让她自己都觉得出神入化。

敬三无力地摆了摆手，莺莺才不管那么多，继续灌。但是她实在是理解错了敬三的意思，敬三冲着莺莺倒下去，想寻找一个支撑，他的脑子跟七彩大转盘似的那么色彩缤纷地旋转着，他的胃跟撒了气的气球似的那么转着圈地抽搐着。终于，敬三没憋住，一阵犯恶心一口秽物全吐在莺莺身上。

莺莺的脸马上就绿了，刚才的莺声燕语转化成一声凄厉的叫骂：“老娘新买的皮衣让你个龟儿子给吐了！”

莺莺站起来将外衣脱掉，也是的，屋子里这么热非要穿什么皮衣的，还不是新买了衣服想炫耀一下。莺莺悔不当初的当口，敬三失去重心，一头磕在桌子上，莺莺慌忙去扶敬三，随手将衣服塞到沙发上的一个黑塑料袋里。

莺莺把外面的侍应生叫来：“你带他去楼上客房休息，看好了，别早晨跑单了，喝了不少好酒呢。”

侍应生连拖带拽地把敬三弄出去了，莺莺灰着脸提着装衣服的袋子准备提前下班，她跟前台打了个招呼，就直接回家了。

向雄正在吃饭，响起了开门的声音，向雄看了一眼表：一点不到。向雄就着锅将最后一口汤喝掉，满意地擦了擦嘴，点上一支饭后烟：“今天怎么这么早就下班了？”

莺莺沮丧地一屁股坐在沙发上，踢掉高跟鞋，整个人陷在沙发长期靠坐压出的坑里：“倒霉死了，一个客人喝醉了，吐了我一身，前天刚买的皮衣啊！”说着，莺莺将手里的塑料袋打开，将里面的衣服倒在地上，当然，倒出来的不只是衣服，敬三帮英雄哥卖货得的五万元此刻也躺在了向雄的出租房的地上。而这个时候，酩酊大醉的敬三正躺在某牌号为顺又发、发又顺或者顺顺发的天价客房里呼呼大睡，他早已将回去向英雄哥报账的事情忘得一干二净。

“这么多钱你是从哪儿弄的？”向雄打了几年的黑拳除了在账房那儿，从没一次见过一刀刀的这么多钱。

“估计是今天那个醉鬼的。”莺莺已经忘记了皮衣的事情，连皮衣被她踩在脚下她都没有发现，“发财了！”

此时向雄作为一个拳手的冷静突然表现了出来：“到你们那儿玩的怕都不是什么好鸟吧，你敢秘他们的钱，你不想活了?”

此时莺莺作为一个没什么脑子的人的短浅见识表现了出来：“那怕什么，打死也不承认不就行了。”也许是预见了被打的惨状，她迟疑了一下，“要不，我们拿着这些钱出去避避，等风头过了再回来。”

向雄狠狠吸一口烟，冷笑道：“躲得过初一，躲不过十五。”

莺莺沮丧地一屁股坐在地上：“到手的鸭子总不能不要吧。”

向雄抓了抓头：“那不能，问题是怎么要。你明天晚上不要去上班了，带着钱去看我比赛，按照我教给你的步骤做，那儿的人不认识你，你装成去玩的，然后用所有的钱买我输。明天来的又是一个菜鸟，估计赔率不会低于1赔20……”

第二天早晨敬三醒的时候头快要爆裂一样地疼，他环顾四周想找一杯水，却发现自己在一个完全陌生的环境，敬三穿好衣服准备离开，门口等待多时的侍应生却将他堵了回来：

“先生您一共消费5800元，这是账单。”

敬三快要爆炸的头在这个时候炸开了：钱，英雄哥的钱呢！他返回屋里翻箱倒柜地开始找昨天装钱的塑料袋，他当然找不到，因为这个袋子此时正躺在莺莺的劣质高跟鞋旁边。

“老板，有个客人恐怕要跑单，我向他要钱，他装作丢了钱正在找呢。”侍应生给老板打了电话。

“给祥子打电话让他过来处理，保护费不是白交的，让祥子管他要，他就是干柿子也得给我放榨汁机里榨出钱来！”

此刻，祥子也在找敬三。英雄哥等了一晚上不见敬三回来，忽然如坐针毡了。他恍惚觉得敬三这小子不是卷了钱跑路了吧？虽然不是个大数目，但传出去他韦英雄镇南城的面子往哪里放？以后还怎么带小弟，怎么收保护费，怎么打理赌场，怎么做娱乐城的生意，怎么……英雄哥俨然已经在事情定论前将一脑袋账全都算在了敬三的头上，他早晨六点就把祥子从被窝里叫起来，让他带二十个人出去找敬三。

祥子接到娱乐城电话时还骂了一声："干！老子正忙着呢。"手下的小弟嘟嘟囔囔地说，祥哥，都已经找了一上午了哥儿几个还没吃饭呢，不如去平了娱乐城的事在那儿吃个饭再找。碰巧祥子也饿了，于是二十几个人呼啦啦开到娱乐城去。

当然，这二十多个人来了也没吃上饭。祥子他们在侍应生的引领下进了客房，发现要收拾的正是他们要找的敬三。祥子上去就照正在沙发底下翻找的敬三屁股踹了一脚，侍应生知趣地从外面关上房门，将"请勿打扰"的牌子挂上。

"找了你一上午了，你小子玩得不土啊，英雄哥的钱呢？"

敬三的头卡在沙发底下，动弹不得，他支支吾吾地说："钱，钱正在找。"

几个小弟把敬三从沙发底下拉出来，按在地上，祥子将脚踩在敬三脸上："小三子，别跟你哥哥我报花账，你别忘了是谁带你出来混的，要不你小子现在还在村里跟着大队会计的傻女儿屁股后面吹口哨呢。"

敬三的声音已经有了哭腔："祥哥，我真没拿那钱。我昨天喝大了，什么也不知道了，醒了就躺在这儿，钱也没了。"

祥子踩着敬三的脸蹲下："三子，你说这钱它不能自己长腿跑了吧？除了你可没有第二个人见过这钱了。"

敬三也许是从祥子笑里藏刀的阴险表情里找到了灵感："我知道了，肯定是昨天那个小姐趁我喝多了把钱拿走了。"

祥子拍拍敬三的脸："三子，别跟我耍花样，我出来混的时候你小子还穿着开裆裤和尿泥儿呢！"

“我不敢啊祥哥，求求你给我点时间让我去找找。”

祥子抬起放在敬三脸上的脚，敬三刚准备松一口气，他放在地上的手又被祥子狠狠踩住：“给你三天时间给我把钱找回来，一分都不能少，不然你这手就别想要了。还有，别想跑路，我记得你乡下家里还有个老娘吧 。”

敬三想脱身的希望就此被祥子掐灭。

祥子带着人走了，敬三趁着娱乐城的人没发现，也偷偷溜了出去。

可是，怎么找莺莺呢？娱乐城是不能再回去了，5800元的账还没结，但似乎不回娱乐城就没有任何线索。敬三在娱乐城门口转来转去，终于看见昨天那个侍应生下班出来，敬三尾随他到一个僻静处……大鱼吃小鱼，小鱼吃虾米——敬三踩着侍应生的脸终于问出了莺莺大概住在城西土山路的那一片出租房里。不花一分钱得到最可靠的消息，黑社会无疑也是一本万利的买卖：我们搞黑社会的，身体倍儿棒，吃嘛嘛香，您瞅准了，英雄牌黑社会。

莺莺还不知道敬三已经向着她住的方向挺进了，她在去拳场的路上满脑子想的都是大捞一笔，她把装钱的劣质皮包紧紧地抓在手里。向雄早已经走了，他叮嘱莺莺去的时候一定要镇定，照他教的做，不然门都进不了更别说赌了。莺莺是没见过什么世面的人，但没什么脑子弥补了她缺弦又不够数的弱点：就是傻大胆儿。此刻，她站在地下拳场的那个废弃工厂门口，看门的男人不耐烦地说：

“倒闭了，不让进人了。”

莺莺伸手欣赏着自己涂得血红的指甲：“朋友介绍我来看厂房，想盘了加工服装。”

男人见是有些路数的人，便继续盘问：“小姐是诚心要租吗？”

“看你们黄老板出的价钱合适不合适了。”

“小姐带了多少钱？”

“100一注，10注起压。”莺莺按向雄教的做得滴水不漏。

男人见是正经来赌的，就给开了门：“紧后面那间厂房边门进去。”然后递给莺莺一个简易的号牌。

向雄对今天的比赛有九成把握，这个新手看起来块大力足，作为一个富有经验的拳手，想要不着痕迹地输，还是有希望的，但是仍需费些脑筋。毕竟来赌的都是有些背景的人，人带人地给介绍来这个地方，一般的老百姓想也不会想到这个城市还有地下拳击业。庄家也不是好惹的，能把赌场开得这么隐蔽还不生事端的，怎么说也是有严密组织的。这几股力量相互制约形成的潜规则强硬凶狠不允许半点越界，所以打假拳被发现可不是闹着玩的。但相比可能的收益，这点风险又算什么呢？今天的赔率已经公布：1赔25。向雄几乎不敢算5万的25倍是多少，他仿佛已经看到日后的幸福生活在金光闪烁地向他招手。

向雄浑浑噩噩地上场，新手被人推上场，拳场的大灯依然让人隐隐焦躁，这样的心理暗示效果特别容易让比赛变得格外血腥。围观的人开始骚动，气氛变得热烈。向雄早已习惯这样的场景，而新手就显得焦躁不安，他表情紧张，向雄甚至看出了他在哆嗦。向雄放慢节奏给新手一个缓冲的过程，他想先试一下这个新人的成色再按方下药，他绕到新手的侧面一记直拳特意打偏了些，将自己的腹部柔软区暴露给对方，可是新手只忙不迭地躲向雄这一记直拳，毫无还手的意识。向雄暗骂了一句，继续在新手附近游走。向雄不再选择侧面进攻，他开始正面直接进攻，将自己完全放在新手视线可及的范围内，向雄出了一拳攻击新手的横膈部位，出拳不快，也是在新手有准备的情况下。本来向雄希望新手躲闪一下哪怕是侧出半个身位给他，他就可以顺势将拳打在新手无关紧要的部位，但是这个新人竟然吓傻了一样站着没动，这一拳就结结实实地揍在他的腹部，新手的脸疼得抽了一下。人群沸腾着叫着向雄的名字。向雄冒汗了：这个新手太菜了，想让他赢居然这么难。向雄干脆走上去双手抱住新手的头，这样向雄就完全没有任何保护地暴露在新手面前，他本希望新手就此机会大力击打他的腹部，但这个新手却疯了一样，两只手一起上希望拽开向雄的双手。人群开始哄笑：他们不知道向雄的实际用心，在他们看来，向雄是在戏弄这个菜鸟。

向雄万万没有料到，在这个时候新手突然跪下了：“我认输，别打我，求你别打我。”

买向雄赢的人开始欢呼，新手干脆磕头求饶，向雄要拉他起来继续打，场地内演变成一出闹剧：新手就是不肯起来，向雄在拼命拉他。最后，向雄一想到手的钱马上就要飞走，丧失了理智，他开始疯狂地击打新手的头部：

“起来，我还没有开始打呢……”

等向雄终于停下来的时候，新手已经血糊糊地瘫在地上：向雄胜。

“你真的都买了我赢？”回到家的时候向雄问莺莺。

“都买了。”莺莺有些胆怯地继续说，“而且我看赔率那么高，想多赚些，就又跟庄家借了三万，也买的你赢。”

向雄站起来揪着莺莺的头发要打，这时，剧烈的敲门声响了起来：

“开门，什么莺莺燕燕的给我出来，我知道你在里面！”看来，敬三经过多方打探，终于找到了莺莺的准确住址：这是个没有隐私的年代。

“怎么办，昨天丢钱的人。”莺莺吓坏了。

向雄反而平静了：“别出声，让他敲去。”

时间一分一秒地流过，敬三在门口的声音越来越弱，越来越干涩，内容也逐渐由叫骂转变为哭求：“莺莺姑奶奶，我求求你开开门，把钱还给我吧，我拿不出钱给英雄哥是要被剁手的，姑奶奶你可怜可怜我吧……”

向雄走过去，开了门：“告诉你，想拿回钱就得听我的！”

屋子里面坐着三个人，一个说书的向雄，一个候场的莺莺，一个听书的敬三。待向雄将整个事情说完，敬三还试探性地问：“真的，全都没了？”

向雄眼都不抬，莺莺肯定地看着敬三，敬三万念俱灰：“他们一定会剁了我的手。”

“办法还是有的。”向雄愁容满面地吸着烟，“就看你们肯不肯干了。”

当然是肯的。

一介武夫向雄想到第一个办法是：抢。第二天早晨，三个人分头行动，莺莺去商店买了黑色丝袜——抢劫必备，好用不贵。敬三到玩具店买了一把仿真枪——连发六球，儿童之友。向雄在一家偏僻的巷子踩点，他看准了巷子末尾的便利店：巷子窄又深，警车进不来，等警察跑进来，他向雄早已逃之夭夭。

三个人会合在巷子口。莺莺将丝袜从玻璃纸中剥出来，向雄拿过来试了试就直接扔到莺莺脸上："你出门把脑子忘水池里了吧，谁让你买加厚的！还连裤的。"向雄无法想象自己戴着这样滑稽的装备怎么抢劫，看不见外面容易窒息不说，还多了一条腿像个大耳朵兔子。他就直接拿了敬三买的枪进了巷子。

便利店里一个小青年在看店，戴着劣质耳麦跑音严重与公放无异，但小青年乐在其中，随着耳麦里的摇滚乐左摇右摆上下其头。向雄进店来没有人招呼他，他有些紧张地先在店里转了一圈，就来到收银台，把枪掏出来拍在桌上："抢劫！"

小青年什么也听不到，他把向雄手里的枪接过来，用刷条形码的机器刷了一下，什么也刷不出来，这一切发生在三秒之内，向雄目瞪口呆，他疑心自己究竟说了"抢劫"还是"请结"。

"谁让你拆包装的，没在超市买过东西啊！"小青年不耐烦地从收银台后面走到最里面的一排货架，那儿放了一整列与向雄这把一模一样的玩具枪，他翻了翻价签！"27.8元。"

向雄无奈，将口袋翻了个底儿掉，付了钱。

一介武夫向雄想到第二个办法是：再抢。这次他计划得更周密也更大，他还借了一辆没有牌照的报废车做逃跑时的交通工具。向雄他们开着车到银行前的一条小巷内停住，他叮嘱莺莺五分钟后就把车开过去接他和敬三。向雄设计的抢劫过程要领就是稳准狠快，五分钟能抢多少是多少，决不恋战。

这样，向雄和敬三就下车直奔银行，还没到门口，向雄就觉得气氛不对。银行昔日气派的大门如今冷冷清清的，被几张水泥袋糊成的简易墙围起来了，几个民工在乒乒乓乓地把银行围墙上的大理石砖敲下来。再看银行里面：空无一人，天花板已经不见了，几条破三合板在摇摇欲坠。

“装修哩，十天半个月好不了，去别处存钱吧。”一个好心的外地民工告诉向雄。

一介武夫向雄的两个计划全都失败，离敬三的大限也只剩一天了，这天晚上，三个人在出租屋内谁也不说话，本来，莺莺不用为了敬三的大限这么愁苦，她不是讲什么道义的人，她仅仅担心怎么在庄家发现之前把庄家的钱还了就行了。本来向雄也不为了敬三和莺莺担心，他本来也不是个能担当的人，他还侥幸钱不是他丢的，赌不是他下的，只要庄家不发现他打假拳就行了。但是，这三个人的情感早已产生了微妙的变化：几天的事情把他们变成绑在一根绳上的蚂蚱。一种惺惺相惜的奇异情绪弥散在这些冤家之间。

“只有最后一个办法了。”向雄打破了沉默。

莺莺疑惑地看看向雄。

向雄坚定地看着敬三：“钱怎么没的，再怎么拿回来。”

“你不是说让他去打黑拳吧？”莺莺问。

这是一介武夫向雄想到第三个办法。可是本钱从哪里来呢？向雄还是动了脑筋的：他参阅了大量法制小报、地摊故事。

这天一大早，莺莺就穿上自己最好的行头到了本城老字号的一家金店，她手里拿的是自己唯一值钱的一枚金戒指，那是向雄打黑拳的第一个全胜赛季花了一千多元从这里给她买的。也是当时运气好，正好赶上这家金店发售创店五十周年的限量金戒指。

莺莺进了店直接就找到经理，说当年发售的这只限量戒指她买了一对做婚戒，现在有一只丢了，希望捡到戒指或者偷戒指的人送回来卖，请经理务必帮她买下，她愿意出双倍从经理那儿买回戒指：

“我的目的就是拿回戒指，花钱多少我不在乎，如果有人来卖你一定要包个红包给他，就算是你认定那人是小偷也不用报警了，别给我找麻烦触霉头，我生意很忙，经不起天天跑公安局的。”

金店经理何等精明，他笑眯眯地全答应下来，其实心里根本不相信：你这样的骗子我见多了。

万福集团的何董事就是这个时候进来的。何太太挽着何董事的胳膊来选珠宝，莺莺的榆木脑子终于也开窍了一把，她走过去亲亲热热地对何董事说：“哎呀，这不是何董嘛，好久不见啊。”

何董见是莺莺，脸色一变，他可不想让自己的太太知道自己和一个娱乐城小姐这么熟。

莺莺当然料到了这一步：“怎么？这一段我们公司和你们经营部的合同终止了，你就不认我这个老朋友了？”

何董见莺莺给了个台阶让他下，赶忙接着说：“哪里话啊，李经理，以后我们公司的生意还要你们公司照顾呢。”

要的就是何董这句话。莺莺笑眯眯地挽住何太太的胳膊：“何太太好福气，嫁了个好老公，不像我，嫁个窝囊废结婚戒指都弄丢了，害得我还得来这儿看能不能补回来。”

何太太客气地说：“李经理哪里话，你这样年轻有为不用靠男人的。”

这一切金店经理全看在眼里：莺莺他虽然不认识，但是何董事可是他们店里的大主顾，这下对于莺莺身份的疑虑全都打消不说，经理还庆幸自己差点有眼不识泰山。所以，下午向雄去卖同一只戒指的时候，顺利地把价钱提到一万块。

这天晚上，三个人都顺利地进入了拳场。向雄之所以会选择这天作为拼死一搏是有原因的，这一场的比赛是老K和一个新人：老K是有弱点，就在他的胃上。关键是如何让敬三上场。向雄偷偷溜到拳手休息室：新手不在那儿。老K一个人躺在凳子上用热水袋敷他的胃。向雄又溜到简易厕所，看见一个陌生人在里面。

“来玩的？”向雄站到陌生人旁边。

“打拳的。”

“跟老K比？”

“对。”

“别紧张。”向雄拉好裤子拉链，走到新手后面，在他毫无防备的情况下猛击他的后脖颈，“别紧张！”

新手应声倒地。向雄趁四下无人将新手拖到仓库捆起来塞住了嘴巴。

这时候，敬三已经苦苦哀求账房先生近十分钟："让我打拳吧，我在这儿把钱全输了，走投无路了，高利贷要杀我全家。"

账房不耐烦地挥挥手："都像你这样的我们还怎么开场？不下注就赶紧给我滚。"

"给口饭吃就行了，让我打拳吧。"

这时老K已经在场上等候多时，下注的人微微有些骚动。一个人走过来在账房的耳朵边嘀咕了什么，账房眉头一皱："妈的，马上开始了跑哪里去了。"他迟疑地看着敬三，"那你打一场试试吧。"

还是那盏摇摇摆摆的大灯，敬三上场了。今天的赔率是1赔20，莺莺已经照向雄的指示将所有的钱买了敬三赢，成败在此一搏：赢了，敬三的手保住了，莺莺欠赌场的钱也还了还有得赚，向雄的事情也就瞒天过海了。输了，敬三的手没了，庄家一定会找到莺莺要钱，向雄做的事情也必将败露，没有一个人可以躲过这一劫。敬三想到这里胸口一闷，老K的拳扑面而来，敬三被打得头晕眼花，老K如同耍弄一只鸡崽一样打得敬三团团转。敬三牢记向雄的话，时刻留意想要攻击老K的胃。可是老K的左手始终密不透风地护紧了胃。敬三如困兽一般发出绝望的哀号。终于，老K一个勾拳打在敬三的太阳穴，敬三的脑子一声闷响，眼前一黑，倒了下去。场里沸腾的人声如慢放磁带一样在敬三脑子里回旋，他努力睁开肿胀疼痛的眼睛，看见老K正骑坐在他身上双手高举过头顶向观众致意，敬三使出吃奶的力气照老K的胃打了过去……

这一场居然平了，上哪儿说理去呢？

11

杀手的故事

每年的这个时候，她都会带一捧花到这里看一个人，她穿黑色A字裙，灰色开衫，墨绿色浅口皮鞋，我不明白为什么是墨绿色。有时，她会哭，那眼泪也许是在阳光下发生了折射，或许还发生了散射，所以，璀璨如钻石一般。她来的每一年的这一天，都是晴天。在公墓这种地方，晴好的太阳总显得与气氛不符合。她在这通透的阳光下，会显得有些羞怯，迅速用手背抹去眼泪，再若无其事地假装推墨镜。

所以，我从未在墓地见过她的眼睛，我记得它们很美。

我是一个杀手。关于一个杀手的结局，人们通常只会想到死亡。让我来告诉你，每个人的结局都是死亡，不同的仅仅是死因。而我，见过了无数种死因。而我，碰巧是那个见过无数种死因的人。没有为什么，我没有传奇人生，不曾被拐卖、绑架、贩卖给杀手集团——那是不存在的，只是人们臆想中的江湖。所以从这个角度来说，每个亡命徒都是天生的。而我，也必将是天生的亡命徒：我出生的时候，我妈在深切地恨一个男人，这个男人是我父亲。他没有爱过她，而她发疯一样爱着他，她报复的方式也很奇特，她生下这个男人的孩子，再将这个孩子从他身边带走。我不明白我妈在想什么，我甚至不能确定我父亲是否知道我的存在，但我妈斩钉截铁地告诉我，她一定要让我父亲明白得不到是什么样的滋味。我或许是懂了吧，《圣经》上说，爱比死更冷。这样的冷在我的生命中就是这样，我从没有单独的房间，没有固定的生活，没有自己的玩具。别人的出生是因为爱，而我的出生是因为恨。

但我并没因此就患上强烈的厌恨症，我不恨任何人，无论是没有见过面的父亲还是以不负责态度生下我的母亲。我只是觉得，既然事情是这样，那就这样吧。每每我以这种无所谓的态度看着我妈的时候，她的目光都很复杂，有一点疑惑一点怨恨，甚至还带着那么一点爱恋。她说，这样的我很像那个我没见过面的男人——我父亲就是这样一个什么都无所谓的人。这样也好，至少证明我身上携带的另一半不是不知名物质。我妈那个时候很担心我在她死后不久，会因为对任何事情都过于无所谓而十分无所谓地死掉。所以她临死前警告我说，我必须活着，像野草一样努力顽强地活着。

“如果你死了，你就跟你爸一起报复了我。”

这是她对我说的最后一句话，说完这话，她就死了，手还紧紧地攥着我的手，苍白的手指几乎要掐进我的肉里。她没有闭上眼睛，那种眼神牢牢地刻进我的心里，我坚信那就是恨，也许临死前她最想看一眼的，仍是我的父亲——她看我父亲，一定是这样的眼神。感情这档子事，说不清道不明的，爱与恨之间，只隔这么一点。那年我12岁，我不知道我妈究竟是怎么死的，或者她得了急病，或者她积劳成疾有慢性病，反正她从没跟我讲过，她也不曾安排她的身后事，她就是那么个不负责的女人，如果她会担心她死了我怎么办，她当初就不会生下我了，她只是交代我必须活着，仅此。但我想，我还是爱她，热切地爱她。她是我在这个世界上唯一的亲人，她活着的时候与我息息相关，所以我决定在她死了之后遵照她的想法，努力地活下去。

我妈给我讲过一个故事，她说世界上的东西水有源木有根，只有人不能归根溯源：每个人都从父母那里来，再离开父母去讨生活，爱上某个人，越是爱越是要放弃自我，最后归于尘土还是漂泊不定。所以，她什么也没给我留下，也许她根本就不想我记得她。除了，这张照片。这是我们唯一一张合照，一张立可拍照片，下面印着“快相十元”。是某年我的生日那天吧，或者是她的生日，谁知道。我们的节日总是很少，因为我们没有钱，我们又每天都是节日，因为她很少有工作做。照片上她很瘦，有一头浓密的卷发，一直垂到腰。她鼻子上有一小块骨头微微凸起，显得鼻子很挺拔，她穿一件黑白格的夹克，白色球鞋，细瘦的手臂环绕着我，像所有没有心事的妈妈那样坐在公园的草地上，身后是徐徐旋转的摩天轮，也许是旋转的吧，我不大记得了。我妈是一个漂亮女人，即便是生了我之后，她的样子更像是我的姐姐。这样说来，就更加奠定了我的私生子身份，因为，她是一个看起来太年轻的母亲。

那之后，我从一个城市流浪到另一个城市，我想尽办法躲避各种收容部门。天性自由，也许是我妈给我的，也许是我爸给我的。我时常挨饿，经常挨打，因为我不肯加入任何一个流浪孩子的团体。后来我找到--种好营生，在游戏厅里跟人比赛打枪，赢了就去吃顿好的，找个地方洗澡睡觉，输了就饿着肚子睡工地水泥管、公园长凳。慢慢地，我就再也没有输过：一时消遣和为生计而赛的感觉是完全不同的。对方输的只是口袋里的零钱，而我输的就是活下去的资本。他们在玩，我在活。

有天，一个赌输的男人问我愿不愿意真的比一把。于是，我成了一名杀手，并在这个城市定居下来。两个月以后，那个跟我真的比一把的男人死了，他是带我入行的人，也是我干掉的第一个目标：这个城市，有两个杀手显得太多了。本没有那么多人出钱让别人死掉，人们都希望出钱让自己舒舒服服地死掉。

对于一座城市，你不能对它有太多奢望，它提供源源不断的机会也生产附属的绝望。只是有些人找到了机会，有些人只有绝望。这个城市每天都有人因绝望而死，所以，那些死在我手上的人是幸福的，他们毫无准备就永远闭上了眼睛，那个时候，我脸上挂着幸福的微笑：如果死亡令人恐惧，我让他们免受这种恐惧的折磨，一瞬间，死亡就成为过去时了。也许我是那种让不寒而栗的嗜血魔王，但我自己并不觉得。

后来，事情就变了。至于究竟怎么变的，我也不甚了解：那天我接到了一个新活儿，那天我刚住进一间廉租房并准备在天亮前搬走，那天我搞到了一把新枪……

那是一把柯尔特M16A2式步枪，5.56毫米口径，有效射程600米……战场上他们曾用这种枪出生入死，其实我并不需要全自动步枪，我并不需要让自己看起来像控制了整个区域那样像是在拿胶皮水管扫射，我面对敌人也不会紧张得瞄不准。但是，我迷恋这种金属冰凉黏腻的质感，手指摸在上面会觉得那是潮湿的。我端起枪，从百叶窗的缝隙中将枪口对准了外面。那时，我看见了那双眼睛，那双我后来一直认为很美的眼睛，也许是幻觉吧，后来我觉得我不可能看得那么清晰，而且，那是一个夜晚……那双眼睛，睫毛微微抖动，瞳仁很黑眼白清澈。我下意识地后退几步，才意识到那双眼睛并没在看我：窗外是灯火通明亮如白昼的城市夏夜，而我的房间并没有开灯。

我放下枪，细细观察那双眼睛的主人，于是我看见了对面楼的女孩，她站在阳台上，手扶着栏杆向外看，穿着背心和牛仔裤，很瘦。我拿起望远镜看清她的脸，她的鼻梁上有一小块鼻骨像我妈那样微微凸起，她的头发全都松松地绑在脑后。那么一刹那，我想起了胸前口袋里那张照片上我妈的笑脸。只是，这女孩并没有我妈漂亮，我时常觉得我妈的美是带有毁灭性的，有摧枯拉朽的力量，也许我父亲始终不肯爱上她也正是由于害怕被她毁灭。而对面的女孩带着平淡的气质，她站在那儿，背后就是整个世界。

所以，那天晚上，我没有做完我的工作，我没有搬走。我接到的新活是，杀一个人，这个人，本该在当天晚上搬到我租住的房子对面的某一间里。这个人如期出现了，是个女孩。在我的工作日志中，她的代号是15。我喜欢上了15号，电光石火一瞬间。

只是，15号是一个警察，从她进房间换下制服站到阳台上开始，这个古老的兵和贼的故事就开始了。

一个杀手的首要素质是像一口井一样沉默：不问为什么，也不回答任何为什么。说起来是对雇主负责，实际是对自己负责。每一桩死亡都由一个不稳定的不可告人的秘密构成，这些不稳定的秘密越来越多……你听过面粉工厂爆炸的故事吗？小时候我妈妈经常讲给我听，她像一个神婆那样带着诡异的微笑，告诉我不要靠近那些看起来普通的地方，因为往往是这些地方隐藏着意想不到的危险，比如面粉工厂，那些含碳物质可以燃烧，它们爆炸的重要条件是粉尘的颗粒特别细。在工厂里，这些大量的细致的粉尘四处飞扬，堆积，浓度越来越高，最后，一粒火苗、一滴火星、一段电弧带来的适当温度都使这些温和的东西发生猛烈的爆炸，威力不亚于炸弹。而这些秘密，就是一粒粒研磨极细的粉末，它们在我的身体内高浓度累加，只要一开口言说，它们就会带来爆炸……只不过这爆炸来自于别人的枪管。见到15号之前，我是一口沉默之井。但那之后，就不再是了。

第二天，本应到账另外80%的佣金没有打到我的户头，明天，雇主一定在某个角落观察我的一举一动，没有行动，自然不会有收获。我按兵不动，静观其变。那些天，女孩很配合地没有出门，她在阳台晾晒了很多东西，床单、被褥，甚至是窗帘。我妈也有这样的习惯，每次搬到我们更简陋的新居里，她都会清洗所有的物品，说那样这个家闻起来就像我们的了。我的记忆中，家，如果真的有这么个词汇存在的话，它应该是棉织物散发着被太阳照射过的温暖味道。

我不相信一见钟情，所以为了证明我不是一见钟情，以及保证一个杀手的良好品质和坚持一贯的工作素养，我在这些日子，一直在百叶窗后用望远镜观察15号的一举一动。她的作息并不规律，她习惯用左手，她总是穿跑鞋，她很瘦……有时，对人的观察并不是因为某些特殊的欣赏嗜好，而是由于特殊的工作习惯：她的作息不规律，我就可以在别人察觉不到的时间干掉她；她用左手，近身搏斗时空当在右侧；她穿跑鞋， 所以她逃跑时我要多耗精力；她很瘦，对道具选择并无多大限制，比如，对付一个脑满肠肥的胖子，用水果刀是徒劳的。一个杀手，有时看所爱之人的目光也是凶残的，只是我没意识到罢了。

第三天的时候，佣金仍未到账，雇主也未出现，没有任何新的信息。我有些慌张，对方明知我过了期限还没动手却仍气定神闲。那么，一半的可能是，我的另外80%的佣金被用来雇用别的杀手了，杀两个人：15号和我。只是，我还不想死，更不想15号死，于是冥冥中，事情有了些变化。比如，杀手变成了暗中的保护者。

第四天的晚上，15号准备出门了，她在房间里有些焦虑地走来走去，为穿什么鞋子犹豫不定，一双双鞋换下，一双双鞋穿上。我暗自觉得好笑，如果她是去约会一个男人，这大可不必了，对方根本不会注意到她穿了什么鞋子，女人总是为无所谓的细节焦虑。

但15号的焦虑通过漫长的焦灼等待传染给了我，现在，她的生命就如同一只放在桌角的玻璃杯，随时都有跌得粉身碎骨的危险，她还不自知地准备要出去，外面某处没准早就有一只黑洞洞的枪管对准了她的太阳穴。为了缓解这种由她的不确定死亡带来的焦虑，我决定跟着她出去。

那天天气晴好，15号最终还是穿了帆布鞋，这使她看起来不像个警察，而更像去上学或者仅仅因为天气好出去逛街的普通女孩。她穿过安静的居民区，汇入拥挤的人流，走上车流缓慢行走的街道。她在我前面忽隐忽现的身影活泼跳跃，这个时候我有一种时间被拉伸的怪异感觉，仿佛身边的每个人都是静止的，只有15号在这条静止的河流中缓缓游动……

“你为什么跟着我。”就在我不注意的时候，15号突然站在我面前。

“只是走路而已。”我说。

我没想到和15号的第一次正面接触会是这样，之前我从来没有被任何我盯上的人发现过，从这个角度说，15号是特别的，她让我放松了警惕。不过，我不该忘记跟踪一个警察远比跟踪一个普通人更应该多加小心。

15号停下来，我只好走到她前面去，好向她证明我确实仅仅是走路而已，于是我在街角转弯的时候，15号已经不见了。我没有试图去寻找，她是警察，比我更懂得侦查和反侦查。我只是觉得可惜，如果她就此死掉，我连一张立可拍照片都没有。

电话就是这个时候响的，许久没有消息的雇主自动现身了。

“我要见你。”是个女人。

很多人想要见我，比如那些见到尸体见不到凶手的警察，那些死了家人找不到仇人的人，那些雇我杀了人又想杀了我封口的人……他们排着队都在追踪寻找我，只不过我运气一直很好，没有被什么人找到。鉴于此，我没有答应过任何陌生人的见面要求，我只接受靠得住的委托。只是这次，又是因为15号，我破例了，想也没想就答应了，我也很好奇。

这个世界上本没有秘密，只是每个人都握着拼图的一角，所以永远看不到事情的全貌。

见我的是一个45岁左右的中年女人，穿着打扮一看就是大富之家，但是早年吃过不少苦，一双手青筋暴起瘦骨嶙峋。她等在约好的咖啡店，只点了一杯果汁："我喝咖啡睡不着，你喝什么自己要。"

她像招呼一个朋友那样对我说，我明白这是商人的一贯手段，他们想让你先放松警惕。

"不必了，什么事？"

她抿一口果汁，看着我，过了半晌尽量轻描淡写地说："我想知道为什么她还没死。"

"时机不成熟。"我面无表情地说。

女人把杯子放在桌上，身体前倾看着我，目露凶光："我要她死。"

笑话，如果你不要她死，你雇我干什么。

"你知不知道她害死了我儿子，我儿子才22岁，我求她，放过他，她要什么都可以，可是她那么狠心……"女人说着说着竟有点抽噎。

"你最好别在这儿哭，我想这事你不想让别人知道吧。"

女人的眼泪像倒流回眼眶一样不见了，她从皮包里掏出钱包："我知道，你迟迟不肯下手是嫌钱少，没关系，你要多少我都给你，只要让她死。"

"你儿子犯了什么事？"

我彻底明白我之前高估了这个女人，在她毫无反应的几天里，她没有采取新的行动更没有去找新人来代替我，她只是忐忑地等在那儿，等着我下手，或者我要求加价。现在她坐在我对面，更像是一个失去主见的妇人。这让我更加无所顾忌，询问起自己本不该关心的问题。

"过失杀人。"

"一命偿两命，你儿子的命很值钱。"我想我可以忽略她说的"过失”二字，谁都知道那是怎么回事。

“我从来没做过赔本的生意，这回是我儿子。”女人恶狠狠地说。

“我需要时间，之前你没告诉我她是个警察。”我故作为难。

女人急切地看着我，那种眼神让我不寒而栗，生命的流逝在我的概念里不过是地球的新陈代谢，但是人掺杂了太多欲望的眼神，总是让我感到恐惧。

“你需要什么只管开口。”她笃定地说，“我就算倾家荡产也得让她给我儿子偿命。”

人都是这样，遇到大的不可抗拒的打击就拼命地想自我麻痹，比如这个失去儿子的女人，她无从诉说，从心底里也知道事情唯有如此，是她儿子自己把命玩丢了，可她一定要谁偿还一点什么才肯罢休，或者，永不罢休，她的生命是一场赌博，而谁又不是在赌呢?

与那个女人分手时，见面前那种焦灼状态已经不见了，如果说这是15号生命争夺的角力，那么现在15号的大半生命是握在我手里的，只要我妥善照料雇主的情绪。

“你还解释你仅仅是在走路吗？”15号从我的公寓楼下楼梯的阴影中闪出来。

“现在是你跟踪我。”

15号上下打量我：“你比看起来聪明。”

“你不是。”我闪过她直接上楼去。

“张耀，我们不抓你只是还没有证据。”15号轻轻地说出这句话。

我怔住了，自从我妈去世后，好像就没有人再叫过我的大名。我当然知道警察早就在关注我，但是这种怪诞的感觉就好像是在暗恋着谁，你清楚地知道他（她）的名字、生辰、电话号码，就是不能说破。

“有人要杀你。”既然窗户纸已经被捅破。

那么一秒，楼道里的气氛是凝固的。快落山的太阳正好从门口射进光来，15号站在那里，光从她身后射进我眼里，我看不清她，只看见一个剪影：她的轮廓镶上了一层金色的光圈。她的身后，是整个世界。

“一直都有人要杀我，这不是第一次。”15号固执地说。

“随便你怎么勇敢，我住在你阳台正对的房间，有问题可以找我。”

我转过身直接上楼，15号没有说话，我想了想转过身问：“你为什么不问我为什么帮你？”

“你有你的道理，况且我也不觉得你会帮我。”

15号走了。很好，她还没有鲁莽到认为自己可以搞定一切。

那几天15号的房间始终拉着窗帘，有时她的身影示威样地在窗帘后晃动几下，端着一杯水走到阳台上，冲我的方向举杯示意。望远镜早就没有用处了，我每天只是坐在那儿，看着15号出来、15号回去。强热带气旋登陆带来气象灾害，狂风暴雨瞬间即至，环流中心下沉气流形成风眼，平静无风，无云，甚至有阳光。这几天，我时刻觉得自己身处死寂的风眼中，周围早就风起云涌，只是，这一刻的平静，也是美好的。

那几天我时常在想，如果我是一个普通的上班族，或者甚至是普通的失业者，面对15号的时候内心会不会好受一点，或许我可以像个普通的青年一样追求她，而不是坐在这里日复一日地看着她，这多像浪漫诗歌：他日夜在她的窗下唱着歌。只是我已经过了读诗狂热的年纪，我也不是有高雅情趣的文艺分子。只是，我也不会唱歌。只是，没有任何人告诉我如何爱一个人。

有天晚上发生了突发状况，15号房间的灯突然全部熄灭，这让我十分紧张。这种事情我也干过，在动手前先掐灭电源剪断电话线。我用最快速度跑到15号那栋房子，突如其来的黑暗让我的眼前蓦地一黑，楼道里很安静，过于安静，有熟悉的金属嘶嘶摩擦的响声。

直到我的眼睛适应了这黑暗，才看见15号踩在凳子上换灯泡，我这才想起那种熟悉的声音是灯泡在卡槽里摩擦的声音，不是武器的声音。

“你觉得你满屋子的灯都灭了会是换一个灯泡的事情吗？”

“我就是把走廊的灯泡换了好检查保险丝啊。”

“那你觉得走廊的灯是怎么不亮的呢？”

“保险丝坏了啊。不过关你什么事。”15号意识到在做无用功恶狠狠地跳下来。

“你确实没有看起来聪明。警察小姐，在没有任何证据证明我是杀人犯时，请不要用对杀人犯的语气跟我说话，手电或者蜡烛或者打火机。”

只是跳闸了而已，灯亮起来的时候，15号惊喜地看着我。我苦笑，女人在物理生活常识方面基本都是这样，但是，我换灯泡的手艺是我妈教的。想到这里不由得一阵心酸。

“你不要太嚣张，迟早我会找到证据的。”这也许就是15号表达感谢的方式。

“不过是换个灯泡的举手之劳，你不必这么客气。”我苦笑，适当地表达了我的幽默感。

那天晚上我做了一个梦，梦见15号死了，她牵着我妈妈的手来告诉我，她恨我，就像我妈妈恨我爸爸那样地恨我。我说，那不是爱吗，只是变了质而已。她说，那不是，恨就是恨，没有一点爱的余地。

是啊，恨就是恨。猫吃老鼠是天性本能，15号憎恶我也是天性本能。

我有时跟踪15号，只是没再让她发现过，但只跟到警察局门口，我看到那个辉煌的门口还是会有一点心悸。雇主那边我还在拖延，借口需要更多的15号的背景资料。月底的时候我终于“如愿”，资料很详尽，包括15号的爸爸是银行劫匪拒捕被击毙，那次追捕15号桀骜不驯的爸爸牺牲了一名警员，伤了两个。我想象15号爸爸疯狂的样子，实在想不通她女儿怎么做了警察。

“她是变态的，肯定是为了光明正大地杀人才做警察，我就不信那种变态老子能生出什么好种。”中年人恶狠狠地说。

我眉头紧蹙故作为难：“做掉警察可不太容易，他们比其他人警醒，难对付。”

“没关系，我找了另一个人帮你。”女人不无得意地说。

事情峰回路转突显出狰狞的一面，女人真的找了新的杀手，不过她的动机是双保险万无一失。杀手不见面，是这行的规矩，我的师傅就是坏了规矩带我入行才死的，他临死前笑着跟我说我终于自己参透了一个杀手的工作原理。所以女人雇的杀手是谁、怎么活动，我一无所知，我只能没日没夜地守着15号，和她相比，我更像是挂上倒计时牌的人。如果我是个普通人，我就可以带她离开这里了，也许吧。

15号有周六去图书馆的习惯，总是坐在固定的靠窗位置。另一个杀手，就是那时候出现的，他隔15号两张桌子。他拿起一本拉丁文书的时候，我看见了他手心的茧子，只有长期握枪的人才会在那个位置长茧，而且，那本拉丁文的书他拿倒了，怎么解释一个长期带枪的不认识拉丁文的人到图书馆来看拉丁文书籍？他的一只手插进口袋，我的心猛地一揪，径直走到15号身边，把她和那人隔开：

“带我回警局，我自首。”

15号讶异地看着我，兴奋地站起来，用手紧紧地攥着我的手腕，好像生怕我跑掉。离开的时候，我回头看了一眼那个带枪的男人，他把手插进口袋，并没有掏出我想象中的那支枪，而只是掏出一块巧克力。他冲我挑衅地笑着，事件明朗了：谁都明白谁跟谁一边了。

“要杀你的人坐在你对面。”在警局的路上我轻轻地跟15号说。

“你的意思是你为了救我才说你要自首的吗？”

“恐怕是。”

“那我也可以告诉你，你谎报扰乱警察正常工作，得接受治安管理处罚。”

“有个22岁的死刑犯妈妈想贿赂你，让你网开一面，你拒绝了，她雇我杀你。”

“那你为什么不杀我？”

“你很像一个人，我不能杀你。”像是我会爱上的人。

“所以呢？”15号饶有兴致地看着我。

“今天坐在你对面的男人是她新雇的杀手。”我诚恳地看着15号，“你还不肯信我吗？你爸爸是银行抢劫犯，死于拒捕还袭警了对吗？”

15号的眼睛忽然灰掉了：“你怎么会知道？”

“因为那女人要我杀你，她给了我你所有的资料。”

15号忽然停下了：“你走吧，我的事情不用你来管。”

“你不是一直坚持想把我缉拿归案吗？”

“你最好别犯事，抓你是迟早的。”

“你为什么当警察，我很好奇。”

15号看着我，过了一会儿轻轻地说：“死的那个警察，是为了救我妈，我爸爸带着我妈，我妈当时怀了我，没有一个警察开枪……”

“你是为了报恩吗，正义的警察小姐？”

我想调侃一下活跃气氛，但15号失神地走掉了。我也有些失神，如果当时15号的爸爸逃脱了，她是不是也是那种玩世不恭的小太妹了。如果当时我的妈妈嫁给了我的爸爸，我是不是也是……至少是一个生活正常的人。只是没有如果。

那天晚上我守在15号的家门口，来往上楼的人都以为我喝醉了，他们用异样的眼光打量我，唏嘘嗟叹又是一个被老婆关在门外的醉汉。我眼睛里布满血丝，我夜不能寐，我怕我一睁眼，他们误以为是我老婆的女人就已经倒在血泊中。凌晨三点，15号打开门，叹了口气，让我进去。

她说何必呢，她这条命要是没有23年前就该没有了，现在这23年是捡来的，所以无所谓谁想怎么样，她自己坦荡就好了。相比之下，诚惶诚恐的我，倒像是个危在旦夕的人。也许我们的生命都是不确定的，却又是早就决定好的，比如我的出生，比如她成为一个警察，再比如我爱上她，都是没有道理的。爱是……恨的背面吧，没有人教过我，我只知道，面对这个人，即便粉身碎骨也在所不惜，我想，那是爱。

或者，怀着深切的，关于家的幻想。我妈给了我颠沛流离的生活，那是家，她让我想安定，也是家。这是个笑话，从前有个杀手，他想成家了。

早晨的时候，15号让我离开，我抬眼往窗外看，对面我住的那幢楼死气沉沉，也许另一个杀手早已埋伏进了其中的某一间。我反手轻轻在15号后颈部一击，她昏了过去。我在心里轻轻地抱歉，如果不除掉另一个祸害，我怎么能放心走出这个房间。我已经三天没有合眼，倦意正侵袭我的身体，让我反应迟钝。再拖下去，我必输无疑。我忽然有点体会我妈的感情了，虽然是两个极端，但那种对另一个生命体强烈的感情，也唯有用极端的方式可以表达。

把15号安置进窗口看不到的卫生间，熟练地绑好她的手脚，用胶带封上她的嘴巴，在她背后垫几个垫子，让她坐得舒服一点。我点着一根烟，坐在房间里静静地抽。太阳正以缓慢的速度将对面的楼房从阴影里一点一点揪出来，15号发出沉重的呼吸声，我知道她醒了："抱歉，我并不想伤害你，只是那个人不死，我是不会放心离开这儿的。"

15号的身体剧烈地摇晃，表示抗议。我将自己隐蔽在墙边，从窗户的缝隙里查看对面的情况，一扇一扇窗户打开，还挂着窗帘的只有五间了，人们开始活动，他们在窗边吃早饭，梳头，背包出门。

"你知道我为什么不想让你死？"

15号仍在晃动。

"你跟我妈妈名字一样，我妈妈也叫黎敏，真是巧，我总不自觉地觉得你们很像，不过，我妈妈比你漂亮。"

我看着15号，她忽然不再挣扎，安静却又惊愕地看着我，慢慢地眼睛里有大滴的泪水流出来。我走过去，蹲在她面前，帮她擦干眼泪："跟我妈妈有一样的名字让你很委屈吗？我妈妈可是外语系的高材生，学拉丁文的，聪明又漂亮。"

确实是这样的，如果我妈没有碰到我爸，该过上幸福生活了吧？她说她没毕业就碰见我爸了，然后，就有了我，事情就如同所有不恰当时间发生的故事那样，发生了。

15号使劲摇着头，我想不管她在否认什么，现在都不是讨论的好时候。对面拉着窗帘的窗户只剩下了三扇，没有任何迹象表明这三扇窗户后面的人在握着枪等着发生什么。我仍然站在墙边，想弄清楚情况，根本没注意到自己大半个身子已经暴露在窗前，子弹就是这个时候打进来的，用了消音器，只听见玻璃碎裂的哗啦声，和子弹射进墙体的声音，有好奇的人探头出来看是谁家碎了玻璃，而我看见，另一个杀手站在我租的那间房子里冲我缓慢地挥手，他的手里，握着我的那把新枪。我忽略的唯一一间屋子，里面住着我要等的人。

15号惊异地看着眼前的这一切，越发地想挣脱开手上的绳子，我想她气坏了，作为一个警察，她肯定无法容忍有人公然对着她的房间开枪。我在15号的房间里寻找，希望可以找到她的枪或者别的什么东西，一无所获。

我走到15号跟前："情况你也看到了，你有枪吗？"

15号摇头。我当然可以飞奔到对面解决掉那个家伙，比职业经验，我比他更丰富，我对这个城市的地下刽子手的必备技能了如指掌，我甚至不用枪这么低端的杀人办法，我只是喜爱收集它们。但我又不能抛下15号不管，很可能我错过对手，15号就被人杀掉。

所以，只能等着，等着对方找上门来，这是一场耐心的较量，总有一个人要投降，不会是我。我打电话叫了两份外卖，准备跟对面楼的猪猡玩下去。

我给15号松了手上的绳索，让她活动一下，她的第一个活动是给了我响亮的一巴掌。然后撕掉自己的嘴上的胶带：

"报警。"

"你不就是警察？"

"叫增援，快，给我松开。"

"我可不想你那么快死掉，这样对面楼上那人会取笑我连个人质都保护不了。”

15号自己动手去解脚上的绳子，我只好又将她打包回原来的样子，解释太多浪费时间。

送外卖的很快来了，我从猫眼里观察很久把钱从门缝里塞出去，告诉他家里有人生病不能开门，让他拿上钱把外卖放门口就可以走了。送外卖的愣了两秒，拿上钱走了，我看看窗口，对面的猪猡吃着泡面向我挥手示意，我又从猫眼里观察空荡荡的楼道，确定没有什么危险后，将外卖拿了进来："给你吃饭，不许废话。”

我撕掉15号嘴上的胶带，也许是撕得太快，15号疼得眉都皱起来："你还要喂我吗？混蛋，给我解开。”

“你这倒是提醒我了，喂你吃饭就不用松绑了。”

我举起一勺饭，放15号嘴边，她把头转过去。我肚子饿得难受，拿起自己那份饭，准备吃饱了再“伺候”15号。

“你妈妈也叫黎敏？”15号喃喃自语，“世界上叫黎敏的真多，我的名字，是我妈妈为了纪念因为我死的那个警察，用他妻子的名字给我取的。”

“后来呢？”

“他妻子不见了，听说是生小孩了，反正最后没有人见过她。我妈妈一直很愧疚，觉得因为我爸爸散了两个家，我们家和他们家。”

“自求多福少管闲事。”我说。

“那你为什么救我？”

“你跟我妈同名。”

“没有这么简单，你是一个好人，干吗要做坏事！”

“少自作聪明，别说教了！”

我又把15号的嘴封上，我最恨别人说教，明明是既成事实的事情，我是贼她是兵，说又有什么用，之前的轨迹已无法变通。

这时楼下响起警车的声音，我站到窗口，发现那个外卖员正跟警察比比画画地说着什么。我心知坏事，看对面楼，猪猡也没预料到这突发情况，他举枪瞄准了我，假装扣动扳机的样子，忽然他嘴角微笑，我明白，在我被带上警车的瞬间，一颗子弹就将射穿我的头颅。

也许就是今天了吧，我早就预料到结局会是这样，我将铭记自己的死因。我走到15号跟前，轻轻撕下她嘴上的胶带，把一直放在胸口与母亲的合照掏出来放在她腿上：

"如果我死了，请帮我保管这个。"

"黎敏！"15号低声惊呼，"你是张警官的儿子！"

"你认识我妈？"

"写字台左边第一个抽屉，有你妈妈的照片。"

我冲过去，拉开抽屉，我妈妈笑靥如花地依偎在一个穿警服的男人身边。

"怎么回事？"

"他就是因为我妈死的警察，当时我爸爸手里有枪，拉着怀孕的妈妈，好多警察围上来，我爸爸情绪激动，张警官说有孕妇不要开枪就上去夺我爸的枪，然后枪响了……我妈妈曾经去找过张警官的家人，但是，他家里好像什么人都没有了，我妈妈不甘心，去警局问，就拿到这张他办公桌上的照片，他和他妻子。"

"这不可能，我妈恨我爸，我不可能是他的儿子。"我忽然觉得自己的人生出了问题，黑白颠倒的问题。

"你的眼睛和他很像不是吗，你像你妈妈更多些。"

"她恨我爸爸你懂吗？她恨他所以才有了我，而我爸根本不爱我妈……"我跪在15号面前的地上，几乎是哀求了。

"没有什么人是因恨而生的，你也不例外。你爸爱你妈很深，我妈说他中枪时喊的名字是黎敏。"

"那她为什么不承认了，我妈为什么不承认了？"

"或许，她不想承认你爸爸死了，这个打击对她太大了，她选择告诉自己告诉你另一个故事好让伤害过去……"

楼道里响起凌乱的脚步声，警察破门而入，嘈杂中，我被谁拉起来，粗暴地推搡到一边，我看着他们为15号松绑，那盒她没有吃的饭，散落一地。好像世界都被放慢了，所有我知道的原来只是个骗局。我任由别人拉着我走，经过窗口，我恍惚中看见了对面楼上的一张脸，他正举枪瞄准，不是我……

我扑上去的时候，所有的枪口都对准我，只有一支枪响了，从对面楼上传来。我如愿靠近了我喜爱的女孩，并挡住了那颗子弹，我知道，她安全了。这么近的距离，我想我第一次真正看清楚她的眼睛，大而明亮，或者，掉下来一滴眼泪吧，我不知道，我只觉得很冷很冷。我的妈妈真的带来摧枯拉朽式的毁灭，只不过，这毁灭并不是因为恨，而是爱无所寄托。

现在，我躺在这里，安静地听听鸟叫，每年的这天，15号都会来看我，我想她还是为挑鞋子而焦虑，墨绿色，确实不是什么好选择，但有什么关系呢，我不会在乎她穿什么，只要她来了。她会把花放在我坟前，替我擦一擦我的墓碑：

张耀。死因，爱。

12

少年

我认识大东的时候是95年的夏天。当然，是一个夏天。夏天在我们这个北方城市是干燥且强悍炎热的，它不像南方那样闷热无比让人觉得自己身处那样一个环境随时可以长出霉斑。在我们这里，夏季常常像一块发烫的石头：干干硬硬，手指一碰嗞嗞冒响，光是想想就已经汗流浃背。

我在这样一个季节，开始了漫长的暑假，被天天出去跑生意的父母锁在家里，看红遍大江南北老少咸宜童叟无欺的《新白娘子传奇》，一箱泡面，一箱冰棍，一台电视，一个暑假。大东家就是在这样的夏天的某一个下午，搬到了我家隔壁。

那天，先是早晨的鞭炮声把我吵醒，继而是一个中年妇女操着热闹的本地话指挥搬家工人搬东西。我拖着一脸的睡意从六楼往下看，正好看见大东懵懂的大脑袋，他正拎着一捆破书往上看，目光相遇，我立即像一个偷窥形迹败露的人一样把头缩进来。

晚上7点，大东妈妈带着大东来敲我们家的门，她来得很不合时宜。这个时候我家的大人一般是在外面请客户吃饭，他们要吃到很晚再转战其他的娱乐场所比如KTV洗浴中心，20世纪90年代我们那里好像还不曾有“商务会馆”这东西。我是托着一碗泡面走到门口的窥视孔前，大东妈妈戴着塑料卷发器的毛茸茸的狮子头就出现在窥视孔里。

“我爸妈都不在，有什么事明天再来吧。”

我连门都没有开，我回身的时候听见大东妈妈用本地话在门的那边絮絮叨叨现在的小孩子如何如何没有礼貌，并且以我为反面教材教育大东不要怎样怎样。我暗自在心里骂她三八，从我懂事起我妈就教育我不要同陌生人讲话、不要吃陌生人东西、不要给陌生人开门。

“我见人见得多了，不要看他们表面上和和气气，背地里啊，都恨不得捅你一刀，现在这个社会，有钱能使鬼推磨。你还小，听妈妈的没错。”我妈经常是擦着她左手无名指上戴的大钻石给我讲这些做人的道理。

但我总忘记我亲妈的教导，比如她让我放学早点回家做作业，我阳奉阴违放学以后在院子里玩玻璃弹珠，我总是瞄不准很近的那颗，反而是距离一米以上的打得准些。再比如她不让我跟陌生人哪怕是小孩说话，她总怕她的大胖儿子被人卖了挖心抠肾做黑市买卖，可那天在旁边看了我很久的大东终于忍耐不住骂了我一句“笨货”，然后躬亲示范教会了我如何在最有效距离打中敌人最大那颗弹珠，我就义无反顾地认识了这个高人。

后来大东就常常跑到我家来，我不知道为什么他妈不让他在自己家待着非要撵他出来玩，我妈向来都是要求我在家老实待着，可是大东的妈妈好像不曾担心在我妈眼里外面摩肩接踵的坏人把大东抓了，我还为此羡慕了大东好一阵。可是大东，总是恬不知耻地吃掉我囤积的方便面里最好吃的那最后一碗海鲜面，然后留一份红烧牛肉面给我。当时我作为一个伪善又爱面子的小孩，总是假装大方地说你吃你吃没关系不够了再拿。可是在心里已经将他家的所有人包括桌椅板凳全都诅咒了一遍：吃死你！

我们两个人窝在房间里看电视吃泡面或者偶尔打打魂斗罗，直到大东那个戴着塑料卷发器的妈在楼道里喊大东回家吃饭。后面，我就又陷入夏日傍晚到夜间的孤独。我的父母大部分时间醉心于他们越做越大的生意，没完没了的钢材和没完没了的钞票。我有时觉得我还不如他们的盘条和钢锭重要，也许不到一百斤的我捆起来卖了也不如钢材值钱。以前我常为此感到失落，但是自从大东搬来，这种失落感忽然就没有了，大东的父母和我爸妈好像也没有什么不同：大东妈是个典型的家庭妇女，打麻将、跳舞、给大东做饭就是她的全部工作；大东的爸爸是个挺让人害怕的人，他是我活到当时乃至现在认识的唯一的真的法医。现在想想，这个男人的样子已经模糊，好像挺像一个胖胖的喜剧明星，我回想起他，脑子里晃动的也全是那个喜剧明星的影子——关于死去的人，你不能有太多的印象了。那时，我害怕大东的父亲，虽然他长得很有喜感，但是一想到他那双手也许在几分钟前还翻过尸体，把它们剖开再缝上，或者连缝都不缝，我就不寒而栗：这个男人身上有死人味。

整个暑假，空气里都弥漫着暧昧的热气。

8月中旬的某天，大东没有来找我玩，我带了一口袋的玻璃弹子去敲大东家的门。大东的妈妈开了里面的木门，她只穿内衣内裤站在防盗门后面。这一次，她破例没有戴塑料卷发器。我觉得十分尴尬，对于穿内衣的女人，我还太小没有足够经验应对。

“大东在不在？”

“他去奶奶家了。”大东妈妈面无表情。

我的眼睛不知道该往哪里放，就只好往门里面看，不小心就看见了房间里面虚掩的卧室门里一个正穿衣服的男人，那个男人有一双毛腿，好像穿了毛裤一样。那不是大东的爸爸。大东爸爸是个体毛稀少的胖子，他光着膀子在楼底下纳凉会让人误以为是个肥女人穿了白丝绸衬衣。

大东妈妈顺着我的视线回头，当她意识到我看见了什么的时候，就“砰”地关了门。我站在门口，百无聊赖。

我用大东教我的方法边打弹珠，边想：怎么大东还有个奶奶呢？她有个给死人开膛的儿子是多么吓人的一件事啊。我已经忘记了大东家里的毛腿男人，因为那个时候，我还不懂男人和女人之间的事情。

但我之所以记得那天，是因为那天我妈回来得很早，她从楼下的土堆里一把拎起正趴得像个青蛙一样瞄准洞口弹珠的我，直接从楼下院子拎到六楼我家的浴室，一把把我按进水里三下两下扒光了我的衣服给我洗澡。

“你怎么搞的跟个泥猴似的？”我妈狠狠地把几乎半瓶洗发水全都倒到我的头上，大力抓起来，好像我是一件洗不干净的衣服而不是她的儿子。

“干吗啊，我自己洗。”

我妈让我十分尴尬，怎么说我也是个男的，她这么把我扒光了洗澡，在我看来让人十分难为情。我妈根本就不搭理我，她开了水龙头把我冲干净，然后裹一块大毛巾使劲揉，在我觉得我的皮都要掉下来的时候，我妈说：“赶紧穿衣服跟妈出去吃饭。”

我来了精神，我妈很少带我出去，今天突然要带我出去吃饭，让我顿时感受到了母爱。我长久以来的梦想就是一手牵爸、一手牵妈去逛个公园，但是这个梦想到今天也没实现过。我准备穿我很喜欢的那件红色套头衫去，我妈却从柜子里找出一套小西装，甚至还给我打了领带，这让我十分不爽：这样的打扮油头粉面十分娘娘腔。

“乖儿子，今天你爸爸请市里领导吃饭，人家全家都来，他儿子跟你差不多大，你好好陪他玩，听见没有。”我妈蹲下来跟我说话，态度恳切。

我顿时垂头丧气，我估摸出一些道理：请我们家吃饭的，我就可以随便欺负他儿子，我妈顶多骂我一句“淘气”；我们家请人家吃饭的，他儿子可以随便欺负我，我妈还得恶狠狠地踢我屁股。

那天的晚饭不欢而散，因为我趁着大人在雅间里面推杯换盏的时候，和领导的儿子话不投机半句多了一下，我跟他说我打弹珠是“全校一踹”，意思就是我们学校没有比我更强的了——其实我是把大东的绰号移植到了自己身上。然后某领导的儿子就白了我一眼说我吹牛。我们就吵了一架，后来我就仗着自己身体上的优势揍了这个小子，我还是认为拳头的说服力要比舌头大。等到所有的大人听到那个臭小子的惨叫声冲出来的时候，我已经把他压在屁股底下狠揍他的后脑勺了。虽然某领导说没有关系，但是我妈还是从领导夫人心疼的目光中得到启示，当场就给了我一高跟鞋，以示警戒，并信誓旦旦晚上将有一顿胖揍等着我。

本来这样的晚上，我是应该得到一顿暴打，我妈在生意场上混了这么久，已经谙熟什么本是该下的，像打儿子这种事情是舍不得孩子套不着狼，可以算在折损里面，但是利润确实翻番的。可那天晚上发生的另一件事情，让我爸妈忘记了打我，我还是应该感谢大东妈妈帮我逃过一劫。那天晚上，我妈已经把我的裤子扒下了，我爸已经抡圆了皮带准备抽我了。这个时候楼道里发出了越来越尖锐的大东妈的嘶叫声：“臭流氓，你想占我便宜。你还红口白牙地说没有！”

然后是推搡的声音，我的父母就暂时放下了手中的皮带出门去看情况。我趁这个时候迅速穿好裤子躲进自己的房间。门外传来我爸劝架的声音："楼上楼下的，低头不见抬头见的，闹大了谁都不好看，都少说两句，少说两句。"

"那也不能就这么算了，让他白占我便宜，老不要脸的，活这么大岁数没见过女人啊，要摸回家摸你家老太太去！"大东妈不依不饶。

然后是我妈的声音："哎，青姐，我看算了吧，你看东东和李大哥都看着呢，你这么闹让你儿子以后怎么做人呢，况且李大哥这面子也挂不住，对不对？"

"你不要叫他李大哥，你看他有没有男人的样子，自己老婆让人欺负，他吭都不吭一声。我今天就是让东东看着，做人不能让人骑到头上来。你们评评理，凭什么这个老不要脸的在楼道里摸我屁股！"

然后我就听见了"老不要脸"的声音：

"你自己在家偷汉子还送他出来，被我看见你就说我摸你，亏你说得出口啊。"

我对于女人的屁股没有什么研究，我也不清楚"摸屁股"对女人来讲有什么重大意义，我只是听见我妈提到大东的名字，有一点点触动：我想告诉大东，今天一个臭小子不相信他"全校一踹"的威名挨了我一通好打。我走到门口，却看见大东站在楼道里，像是刚被人从床上拎起来，穿着裤衩背心，他满眼是泪，惊恐地看着正和楼下老头吵得口沫横飞的母亲。大东的爸爸像是一个大号的大东，这位姓李的法医也只穿了平角短裤和白背心蹲在角落里一声不响地抽烟。我的父母，站在远远的地方，冷冷地看着邻居一家。

我忽然就没有了告诉大东我今天英勇行为的心情，我站在门口，看着大东爸爸手里的烟越烧越短。我意识到，这是一件丑事。

"我看这样好了，王伯你拿些钱给青姐，大家都是邻居，不要搞得这么僵，面子上都不好看。"我妈又不自觉地摸着左手无名指的大钻戒。

"我又没摸她屁股，我凭什么给她钱？"楼下的老头气得脸都绿了。

大东妈突然坐在地上大哭起来："我这是造的什么孽啊！被人诬陷有作风问题，被人占了便宜，自己的男人不是男人管都不管啊！"

那天后来的事情我就不知道了，我被我爸发现一把拉回家里锁了起来。

再后面的事情，应该以年论：1996年，我妈乘着钢材市场发展良好的东风大赚了一笔换了个更大的钻戒；1997年香港回归，那天晚上我爸妈为了把钢材卖到特区去彻夜未归，我一个人在家看了激动人心的香港回归仪式直播；1998年，我和大东升入同一个初中，开始坐前后桌。

初中的时候，我已经由那个小胖子成长为一个结实的少年——我自己是这么认为的。我早已经厌倦了打玻璃弹子的游戏，当然，我更无心向学。可这些并不妨碍我成为老师面前的红人：逢年过节，我妈总是会提上一瓶好酒，带上一条好烟，再包一个大红包，去看望我的班主任。我相信那些个春节、国庆、中秋甚至清明的探望是有用的，不然我也不能在学校的各项整治工作中顶风作案违反了各种校规还依然屹立不倒，档案如处子般清白。

我活得愈发生机勃勃就愈发能衬托出大东的萧索。他总是一言不发地缩在教室后面画画不完的画。但我仍然十分敬重这个兄弟，我虽然不打玻璃弹子了，但学习上仍然是当年那个"笨货"，大东不同，他画画很好，学习也很强，他依然高我一等，只是他不如小时候那么爱讲话了。

"今天放学去我家吧，我跟我妈说我要上网学习，让她给我买了台电脑。"

我兴致勃勃地跟大东提议，他正在画画，那种低着头的样子让我想起当年那个站在墙角噙着眼泪的小大东。

"行。"

大东话很少，我说过。

放学的时候，我在车棚等大东，我坐在我两千五的自行车上，用脚踩着大东连脚蹬子都没有的烂自行车。那个初中二年级的就是这个时候过来的。

“你挡我的道了。”二年级来者不善。

我认得这个二年级，他是初中二年级部的地头蛇，不过我不怕他：哥们儿当初跟人家打架的时候他还在家里打玻璃弹子呢。

“怎么了，我就愿意挡这儿怎么了！你想过就绕吧。”

“你知道我是谁吗？”

“我管你是谁呢。”我很气愤，因为“你知道我是谁吗”本该是我的台词，这小子居然抢戏。

二年级走过来一脚踹在我的自行车上，我就从车上摔到了地上。并不十分疼，但是这让我受到了极大的侮辱，我走过去揪起二年级的领子，这个时候，我感到周围有一群初二的人围了过来，我早该想到这个小子这么拽一定是有帮手的，我明白自己落单了：这是打架的大忌。这个时候要么你乖乖认输，要么你硬逞英雄让人打到你亲妈都不认得你。

“年级主任来了！”是大东的声音。

所有初二年级的人迅速四下散开。大东帮我解了围，我感激涕零。

我和大东骑着自行车往家走，他对于刚才的事情只字不提，我越发觉得窝火：我怎么能让一个比我低一级的一脚踹到地上呢？长这么大我也没受过这样的委屈。而且这事让大东看见，更是让我觉得羞愧难当。这个时候，我不知不觉地想到了家里厨房切西瓜的那把刀：对于砍人，我还有一些忐忑，毕竟我以前没砍过人，也没想过要砍人。但好像唯有拿着砍刀赶着刚才那个小杂种满校园追杀的幻想图景，可以让我的冲天怒气稍微平息一点。

“我明天一定要砍了那杂种。”我放出豪言壮语。

大东一言不发，我们已近家门，他说先把书包放回家，于是我开我的门，他开他的门。他的钥匙扭动几下无望地在锁孔中挣扎：门从里面反锁，大东的钥匙毫无作用。我明白那意味着什么，这样的事情已不是第一次。我想起那个毛腿男人。大东无奈地转过来和我一起进我家的门。我们如同小时候那样吃泡面，这一次，我主动将海鲜口味给他，我已经爱上新的口味。口味虽新，但仍是熟悉的泡面味道。

那一晚，大东睡在我的身畔，呼吸均匀，我听着他的呼吸，觉得安详。我忽然明白该怎么做了，我起身将厨房里那把一尺多长的西瓜刀放进书包。这时，大东正好转身看见，他不说话，翻身继续睡。

第二天的课间，我拎了刀出去找昨天的二年级。我知道大东也从我后面站起，他就跟在我身后，我听着大东熟悉的脚步，一点也没有初次砍人的恐惧，我知道，我不会砍人，大东一定会拦住我。但这场戏是一定要演，不然我的面子放在哪儿?

我在厕所找到那个二年级，他裤子都没顾上拉好，就被我追着满校园跑。大东追在我后面，我甚至可以听见他呼哧呼哧的喘息声，可他就是不喊我住手。我忽然心慌，不知如何收场。二年级越跑越慢，他又惊又吓，早已经没有力气。我无可奈何追上去，那一刀不知道是当砍不当砍：砍，我下不了手；不砍，我下不了台。全学校的人都在看着，老师正叫喊着冲过来。我的心一片空白，闭着眼睛劈面就给二年级一刀，我几乎认为自己削掉他的半个脑袋。我几乎看见牢狱铁窗稀汤烂饭，我虽然书读不好，但脑子还是有的。再睁眼，二年级已趴在操场上号啕大哭，侧面脸隐隐看见三寸不到浅浅血痕，大东的手正稳稳抓住我拿刀的手腕。

我知道你定会拦住我，才下得了这毒手。

二年级在医院住了整整一个礼拜，伤倒没有那么严重，贴一片创可贴已经可以安然了事，主要是精神受到极大刺激，不敢回学校上课。因为这件事，学校要开除我。我妈却手段强硬硬是把我保了下来，我不知道她花了多少钱去说服那个二年级的父母，让他们带着儿子到校长室为我求情。我也不关心：钱，从来不就是让鬼来推磨的吗?

1999年整个世界都在担心千年虫问题。2000年，世界人民又开始讨论2001年才是公元元年，因为这个世界的第一个年头不可能开始于0。我在操场砍过人后，和大东升入同一所重点高中，他是考进去的，我掏了

8万的赞助费。

“我也没指望你能学到多少东西，就是让你在这儿混个人脉。你要尽量多笼络些同学，你们这个高中毕业的人将来都是响当当的人物，肯定对你有帮助的。”我妈摸着她无名指上越来越大的钻戒说。

那时，我们家已经在市郊的别墅区买了大房子，我的父母都搬到了那里。我还住在原来的老房子里，因为离学校近，我也不愿意搬到大房子，这么小的老房子已经让我觉得空空荡荡，更大的房子我不知如何面对，而且要离开大东，也让我心里不舒服。我的父亲开始投资股票，我明白自己原来倚仗钢锭盘条的生活现在开始倚仗K线点数。我妈雇了一个阿姨一天来两次给我做饭打扫洗衣服，她和我爸天天忙着他们的生意。我和他们愈发地生疏，十天半个月也见不到一次人。有时我妈会开着她那辆奥迪来给我送钱，她在楼下按一下喇叭，我下去把钱拿上来。她有时在车里叮嘱我不要惹事，争取拿到毕业证。她已经不指望我可以念好书，她只等我高中毕业就送我出国，英国、美国和日本，目标集中在这几个国家。但是她对于这几个国家的了解还仅限于知道伦敦、纽约和东京。

“那都是发达国家，钱好挣。”我妈如是说。

那个时候，我时常见到被大东妈妈锁在外面的李法医，他蹲坐在走廊上吸烟。我甚至邀请他和大东一起来坐坐，李法医在我和大东的指导下学会了打《仙剑奇侠传》。我们三个人一起吃泡面的图景是奇异的：我觉得这个中年男人混迹于我们两个少年中间多少有些窝囊。这么多年过去了，我还是喜欢吃泡面，它不带有任何人的气质——每个人家的饭都有不同的味道，只有我家的饭是泡面的味道。我偶尔才见到大东妈妈，她已经渐渐淡出我的生活或者我们的生活。她烫了头发，脑袋上不再出现塑料卷发器。

好像生活很平静，只是那时候，大家都没意识到，所有的繁华不过是泡沫即将破灭前的假象。

2001年沪市在追涨到近3000点的时候全面下跌，昨天全盘飘绿的牛市仿佛一夜之间就变成全线飘红的大熊市。我的父亲始终预测庄家还没有撤资，这只是大盘暂时的调整，会有更大的上涨空间。他相信自己的商业嗅觉还如同当初看准了钢材市场的巨大商机时那么灵敏。他坚信这是买进的好时候，把所有的钱都投进了股市，甚至押房抵车。不肯半仓不肯平仓。

这些我都是后来听我妈说的，我问她为什么给我的钱越来越少，她告诉我爸爸和她的生意遇到了麻烦要我体谅。我才不要管什么生意不生意的，从小到大他们照顾的都是生意，现在生意出了问题跟我有什么关系？生意抢走了他们对我的关心，现在还要我来因为生意体谅他们？该给我的钱一分都不应该少。有钱能使鬼推磨，没有钱，我能干什么，自己推磨吗？

我妈再次请求我体谅她，我怎么发现她好像有点老了，头上冒出了一些白头发。但这也并没有让我觉得有一些心软，她的白发因为生意，与我并无半点关联。

我冷笑着："我是你儿子还是钱是你儿子？"

她不说话，一巴掌扇过来，我早已料到她要打我：从小到大，她说不出就打，也只有在打我的时候她当自己是我妈。这次我不准备受招，我迎着她扇过来的巴掌，握住她的手，把它放下去，甚至在她的裤缝上蹭了一下放好。我妈气得脸色发白，她摔门出去。我的强硬是继承了她的，可能她不知道。

种下什么因，就得到什么果，这一切，我们早该料到。

快过新年的时候，大东的父母开始闹离婚，我实在搞不明白长得像汽油桶一样肥粗老胖还没工作的大东妈妈离婚以后能干什么。但大东私底下告诉我，提出离婚的是他妈，他爸爸还苦苦哀求看在儿子的面子上不要离婚。我想起那个毛腿男人：这都是说不定的事，也许我40岁以后的品位才懂得欣赏汽油桶一样的女人。

日子依然缓慢飘过，如天上的云，只是云卷云舒，你不知道哪一片是雨云，同样日复一日，你不知道哪一天是难日。我的父母突然从大房子搬回来同我一起挤在这冬冷夏热的顶楼小破房子里。我们家没有钱了：大房子卖掉了，车子用来抵债了，什么都没有了。这一切又如同他们刚起步做钢材生意那样一穷二白了。我爸把所有的钱都砸在了一只股票上，那只股票从ST到PT到摘牌，他都相信会有转机，他不肯把钱拿出来，他像一个快输光了的赌徒，输得越多压得越大期望翻本。于是现在，我们什么都没有。后来出了著名的“银广厦案”，我依稀明白了父亲的破产。

我母亲手上的钻戒也变了，钻石卖了，她留一个白金戒指做凭吊。她还是在说话时习惯性地摸那只戒托，好像是缅怀昔日的好时光。大东的父母也在这个时候将离婚的程序步入轨道。整个六楼，静得怕人。我和大东放学回家，开家门的时候我都可以听见空气中某种东西即将破碎的那种咯吱咯吱的喘息声。

那个新年，过得死气沉沉。大年初一，我和大东到院子里原来打玻璃弹子的空地上放鞭炮。我的生活今非昔比，在学校里的状态每况愈下，家里的失势让我觉得矮人一截，原来交的朋友，都不想再联系，没有钱请他们吃喝玩乐，我竟不知道如何与他们相处。只有大东，作为儿时的伙伴，还在陪伴着我，我还肯让他进入我的生活而不觉得自己窘迫难耐。

“你这次又是年级前十吧？”我点着一根烟，本来是从我爸那里诓来说要点鞭炮的。

“第九。”大东话语稀少。

新年的冷清味道在鞭炮燃放过后的青白色烟雾消散后愈发强烈。

“你爸妈还闹吗？”

“不闹了，我妈说什么都要离，我爸怎么说她都不听。”

“你跟谁？”

“没定，跟谁还不都一样。”大东对于这件事出奇平静。

我忽然就假设，如果我爸我妈闹离婚，我会不会这么超年龄地冷静。不，他们不会离婚，他们是生意上最好的搭档：一个出谋，一个出力；一个运筹，一个应酬。如果说这个家非要搞一次离婚，那必然是我父母与我的离婚，我才是这个家里多余的人，不是吗?

早春的时候下了点雨，于这个干燥的北方城市并没有丝毫的帮助。北面的钢铁厂飘出的烟尘在蒙蒙的细雨中依然可以走很远，染黑大半个城市。城市在寒冷的日子里是灰色的，天是灰的地是灰的，人们穿的衣服也是灰的。这些让所有刚刚走过冬天的人心情压抑：春天也不见得万物复苏。

学校开过家长会的事情，我妈是跟大东妈妈闲扯的时候才知道的，她气愤地问我为什么不告诉她。

我用少年特有的冷言冷语回答她："告诉你有什么用，你参加过我的家长会吗？怎么现在不忙了就开始有空关心我了？你去学校不从来都是为了给我班主任塞钱吗，现在没钱了，还去给我丢什么人啊？"

我妈气得浑身发抖，我爸从房间里冲出来，他想踢我，一脚踹在我腿上，把自己震了个趔趄。我踉跄一下，站稳了笑他。他老了，已经打不动我了。现在我站起来比他高半个头，如果单凭力气，我大他十分。

"你怎么跟你妈说话的！"

"你最好把皮带摘下来，这样打起来可能会比较省力。"

我说完这句挑衅的话，十分满意地看着我爸苍白如纸的老脸，他酒糟鼻子上的红豆一颗一颗鼓了起来，这是我第一次近距离长时间地观察这个男人：他真的是我的爸爸吗？"爸爸"这个词到底意味着什么，是如大东的父亲一般窝囊还是如面前这个半大老头一般的形象猥琐？我忽然明白了我妈当初的那句话"有钱能使鬼推磨"，钱在我们家扮演了多么重要的角色，它让我称这对陌生男女为父母，它驱使他们一步步时至今日。

我妈在一旁劝他："别生气了，你肝不好。"

"肝不好还不是应酬喝酒喝的，现在又没有应酬，肝自然就好了。"我再添一把火，让他的火烧得更旺些。

但所有山雨欲来的风在一瞬间停止了，我困惑地看见窗外飘过一片影子，犹如一只灰蒙蒙的风筝：这个城市，每天都有人放风筝，不论春夏秋冬。只是这片风筝落得很急，它似乎是砸向地面的。

接着楼下有人尖叫：“快来人啊，李法医跳楼了！”

我们全家第一次步调一致，我们冲到窗口，向下看。

我看见大东爸爸如同一颗破碎的番茄，涌出了那么多红色的汁水。

我听见大东妈妈尖叫的声音：“你死吧。你死了我也要和你离婚！你这个没用的窝囊废！”

我看见大东冲下楼，他呆呆地看着雨水中以奇怪姿势俯卧的父亲，尸体下的红色汁水随着脏兮兮的雨水一起四下逃窜。

我听见警车的声音，他们真是迅速，他们拉起了黄色的警戒条，他们阻隔开窃窃私语的围观人群，一个年轻法医把李法医的尸体翻过来。真讽刺。

我看见大东家的丑事如同长了翅膀一样飞遍这个城市的上空。

我听见我妈妈低声地叹气：作孽啊。

现在是什么时候了，两千零几年了？后来大东一家搬走了，他和他妈妈。关于大东爸爸，法医的鉴定结果是自杀。我再也没见过大东，我想起他时，还是一副少年的模样。过去十年间的好多事情，我都不大记得了，我甚至不大记得自己是不是目睹了大东爸爸的死或这样一个震撼的过程。我不知道从什么时候开始，一吃泡面就会吐，弹指一挥，就是十年，我发现自己的生命已经有了第一个十年，我也可以做沧桑老态状说“那是十年以前了”。

只是，我依然年少，虽已不是当初的少年。

13

生活家

我是独生女——由妈妈独自生下的女儿。关于为什么我没有爸爸，我妈妈是这样解释的：我爸爸是一个垂钓爱好者，这个嗜好在我妈怀了我之后变得更加一发不可收拾，他总认为孕妇要多吃鱼小孩才会聪明。那是一个阴天——当然了，分手总在下雨天——我爸爸骑着自行车去郊外钓鱼……然后，他被雷劈死了。

家里的这段往事，从我妈嘴里讲出来，多少有一些黑色幽默。看电视上别人死爸爸都该哭得狗一样，我反正也没见过他，他的死对我最直接的影响就是穷，穷到我和我妈不得不什么都会：我们基本不下馆子，我妈全会做；我们基本不去理发馆，我妈全会剪；我们基本不买衣服，我妈全会裁；我们也从不看电影，我妈全会演……虽然是有点夸张，但谁让我有一个Drama Queen的妈呢。

这个世界上有很多伟大的科学家、艺术家、军事家、政治家……我的妈妈叫小霞，她是一名货真价实的生活家。她有这么多才艺，本该活得惬意。只是又要上班又要带我，一个人演千手观音总会露馅，迟到早退请假旷工太多，她干脆就辞职在家附近开小卖部，总算是当了有闲没有钱的小老板。

生活难到一定地步，人就会非常不介意拿苦难当笑话咀嚼，小霞就是这样，只是她咀嚼得过于彻底，以至于扒开她的嘴看苦难，会连一丝味道都闻不到——活得就是这么体面。

可惜，今年有一点不体面，我考上大学了，学电影美术设计，每年学费一万多元。我估摸着小霞肯定没那么多钱，自己默默地投了很多实习简历，都被打回了，人家告诉我，不雇未成年工。就在我忐忑自己会不会变成失学青年时，小霞给我做了够一天吃的饭，关店出门。回来时，豪气地甩给我一叠百元大钞。我掀开小霞的上衣翻找她的肝肾脾还在不在，打死我也不相信她不靠卖肾，一个礼拜能赚到这么多钱。如果她有这本事，也不用夏天喝风、冬天抖手地在破铺子里卖零碎了。小霞轻描淡写地告诉我，借的，把所有能借的亲戚朋友借了个遍，人家都很客气，每人一两千地给了，同时告诉小霞不用还了。

小霞跟我陈述完过程，我支着脸想了半天，告诉她，通常意义上，别人管她的这种行为叫讨，不叫借。小霞两手一摊，陷在沙发里，告诉我，明天就砸折自己的腿去火车站广场就业，给我攒生活费，顺便让我见识见识什么叫真正的讨。

但是，言而无信的她才没有去车站广场就业，她把自己的一条金手链卖了，一学期的生活费也有了。为此，我们两个人还特意庆祝了一下，小霞斥巨资买了食材，做了牛排和牛油果虾仁色拉，没有好看的蜡烛，就点了停电时用的白蜡烛，弄了一顿烛光晚餐。除了牛排的腩有点咬不断，色拉里的花椒有点多之外，一切都很美好。仿佛，我们家随着我上大学，获得了新生。

小霞告诉我，小孩儿，你要努力生活，不要像我。好好学习，要靠自己。因为呀，你要做好准备，也许世上不会再有人，像我这样爱你。

我说，说人话。

她说，谈恋爱也别耽误学习，被甩了再毕不了业就只能开小卖部。

她又说，给你换个发型吧，你长大了也该时髦点了。

我死都不相信她能理出什么时髦的造型，之前她带我数次企图从潮流尖端新生，都死于非命了。但小霞保证这次不会，她已经拿小区里所有的长发阿姨们练过手了。我这才明白过来，为什么最近小区里总是看见戴帽子的阿姨。最终，我同意她给我理那个她练了很多次的空气感短发。小霞兴奋地拿出报纸，剪好洞给我套在脖子上。

第一剪子下去，我不知怎么有点心酸。

我说：“小霞你再找个男朋友吧。”

小霞说：“我有你就足够了。”

我说：“可是我要去上大学了。”

小霞说：“别这么矫情行吗！你报的是本市大学，你以为我会给你出路费去外地读书吗！”

我跟我妈，就是这样，一切让我们但凡有一点点情感泛滥可能的话头，都会迅速地被以解构的方式糊弄过去。当然，去外地上学并不真的是因为路费（好吧，路费只是一方面），我很怕离她太远，她虽然不肯承认，但我想，更怕分离的是她。

发型成功了，我开学了。

第一天入学报到完，我还没来得及认识班里的任何一个新同学，就直接被拉到基地去军训了。到了基地，分好铺位，听其他同学解释，我才知道，我们艺术学院有个奇怪的规定，就是要打散班级混合军训。美其名曰，入学前就先跟各系同学建立深厚的战友情，四年之后拍毕业作业指不定谁用到谁。院里如此深思熟虑，我自不必殚精竭虑，顿感，妈妈再也不用担心我的学习啦！

只是，我把一个大房间三个小套间里的二十多个人都问完，才发现，别人大部分是文学系、导演系的，有少数几个表演系的，就是没有美术系的。下午站军姿前问了一下带队老师才知道，我因为住本市，报到晚，被分在了第二批次的军训名单里，跟我的全系同学分属两个不同训练基地。

听到这个噩耗，我一刹那有种丑小鸭找不到妈妈的感觉。

老师安慰我："你们系有一个报到比你还晚的男生在这个基地，叫白石出，是你们班的专业第一嘛。"

我就牢牢地记住了这个共患难兄弟的名字，一开始，我没打算特意去认识他，反正上课后总会认识的，跟其他系的女生一起玩也没有什么不好的。但是，不到一个礼拜就出幺蛾子了。院里老师告诉我们，学校决定今年军训最后的科目汇报表演后，加一场军民大联欢回馈官兵。这个任务当然就分配给了外人以为每个学生都会吹拉弹唱的艺院，院里的老师们又决定以系为单位，每个系出一个节目。

听到这个噩耗，我一下就慌了！以系为单位？这不是玩我呢嘛，我什么也不会，难道一个人上台表演吃饭吗！这时候，找到那个神秘的白石出就变得非常迫切了。于是，我在每个休息的间隙都去打听谁认识美术系的白石出，可能是运气不好，我问过的人都不知道他在哪个方队、住哪个房间。

直到，汇报表演前的晚上。那天，下了一天大雨，我们基本上没怎么训练。晚上睡觉时，雨还在淅淅沥沥下着，忽然听到外面训练场上一阵喧嚣，一个教官在愤怒地大声喊着："你们不是精力旺盛吗！我看看这次你们还旺不旺盛！"

有消息灵通的表演系姑娘告诉我们，白天有一些男生偷跑出去玩，晚饭时才找到，估计现在在罚他们做蛙跳。

我听完想想，跟自己无关，就蒙起头准备睡觉。那些男生应该是在绕着营地蛙跳，扑腾扑腾落在泥泞里的声音由远及近，再从近变远，每一次都会经过我们高高的后窗。

不知过了多少圈之后，我已经在这种声音伴奏下，迷迷糊糊地快睡着了，忽然听见一个男生在经过我们后窗的时候压低声音叫了一声："白石出，你溅老子一脸泥！"

我咯噔一下清醒了，一个鹞子翻身从床上弹起来，三步蹿到上铺，踩着上铺姑娘的脸扒在后窗上，大喊："白石出，白石出！"

接着，我就看见一个满身泥的困惑男生，扭头四下寻找声音的来源。

我赶紧喊他："我在上面！明天早晨过来找我，我有要紧事跟你说！"

他还是很困惑，教官已经在骂他为什么不跳了。

我怕被连累，补了一句"我有零食"就赶紧把头缩了下去，祈祷零食的力量能感动他吧，虽然平时不算什么，但要知道现在可是手电里藏火腿肠、枕头里藏卤蛋、卫生巾里藏手机的军训啊。

很久以后，再谈起我们第一次见面的场景，白石出说他以为看到了鬼，一个短发睡得乱蓬蓬的白脸女人，从那种平房很高的后窗探出一个头，狂喊他的名字，而这个人他压根儿不认识。

但总之，认识了白石出，我觉得汇演的事儿基本托底了，就算他也像我一样，除了画画没有任何才艺，我们两个人上台一起表演吃饭也比一个人有观赏性。

第二天早晨，我冒着被罚站军姿的危险，假装肚子疼，躲在房间里没出早操等白石出，可他下了早操才来。晨曦里，他已经洗去了昨天的泥泞，不知道是不是太阳正好在他身后刚刚升起的缘故，他看起来是一个特别耀眼的人。

我提着手电、抱着枕头在门口等他，准备兑现昨天的零食诺言，他却从鼓鼓囊囊的训练服里掏出了很多进口零食，皱着眉说："就这些了，不要再管我要零食了，都被你们女生吃光了。"

我想了想，知道他听错了我昨晚的话。但还是可耻地没再拿出卤蛋和火腿肠，而是开心地和白石出一起吃完了他带来的零食。汇演的事儿，也在这个早晨，愉快地搞定了：白石出决定从他会的开帆船、攀岩、冲浪、弹琴等一万种技能中挑选一种比较适合当场展开的B-BOX，为了带上我，他不知道从哪儿给我找来一个三角铃，让我给他伴奏。

我说，我只懂四分之三和四分之二两个拍子。

白石出说，演出时你站得离我脚近一点，我踢你你就敲。

可实际上，演出时他想了一个更狠的招——没有给我麦克风，我想怎么敲就怎么敲，反正下面的人也听不见。我和白石出表演的《口技与三角铁》大获成功，结束后，无数女生来跟我打听白石出的电话号码。

我说，我不知道啊！

女生们说，别闹，你跟他一起排练了这么久，怎么会不知道，我们准备评他当校草了。

我说，我真不知道啊，他也没带手机，我手机这么多天没充电早没电了，问电话也没用，我就没问。

上面，只是借口。但我真的不知道白石出的电话，因为小霞曾跟我说过，对于不属于自己的东西，想多了闹心。她跟我说这话那年，我12岁，想要一个两千多元的手绘板。白石出这样耀眼的人，对于17岁的我来说，就是一件如当年的手绘板一样“想多了闹心”的奢侈品。如果不是因为军训汇演的交集，我们即便入学，也只会是普通的同学关系。光是从他的兴趣爱好，就能看出我们分属两个不同的世界了。

但，白石出却弄到了我的电话号码。

开学第一周的基础课，我在枯燥的技术概论上快要睡死过去，忽然手机在桌上振动了一下，一条短信弹出：“答案是，感光后的卤化银+显影剂→金属银＋显影剂氧化物。”

我没反应过来，还想这是什么乱七八糟的玩意儿。

正想着，老师已经在用手指我：“这位同学你来回答，黑白胶片成像过程的文字表达式是什么。”

我站起来，茫然地看着老师，猛然反应过来，磕磕巴巴地照短信念了一遍：“感光后的卤化银+显影剂→金属银＋显影剂氧化物。”

老师似心有不甘，但只能让我坐下。

我刚坐下，短信又来了：下次上课睡觉别坐那么靠前。

我赶紧回复：谢谢，但你是谁。

陌生人：白石出。

我扭头往后搜寻，果然后排看到了人群中的白石出，他穿一件白圆领T恤，坐得笔直，看到我扭头，似有似无地冲我点了点头，也许是笑了吧。那一刻，我心里有一点疼，就好像一个超强的柠檬全部挤在心尖一点。

下课的时候，白石出特意等我一起走。我问他怎么知道老师要点我，他说整节课我都在“点头”，老师盯了我很久。我说，真巧你也上这个课。他说，基础课不是全院大一都得选嘛，有什么巧的。

我唯有微笑点头，再找其他话题，小心翼翼绕开彼此可能会深入了解的可能。

但白石出并不想，他问我：“你报名今年的校园马拉松了？”

我苦笑点头：“全系都没有女生愿意报，她们知道我有时晚上跑步，就强迫我参加了。”

在众多廉价的爱好中，我最喜欢跑步。因为每次跑起来时，都会有种“我比烦恼速度快，永远也不会被追上”的错觉。

白石出点点头，隔了一会儿说：“我也报名了，晚上一起训练吧。”

容不得我拒绝，白石出大步走着离开。不知为什么，我的第一直觉是该追上他婉拒，但心里又在期待什么。最终，我什么也没做，只是站在原地，确定他走远了，才离开。

下午，我早早回宿舍，搭配自己的运动装。实际上也没什么好换的，我能搭配的只有外面穿的T恤——运动内衣、跑鞋、运动短裤，我都只有一件，凑齐这一整套虽然不能召唤神龙，但也是小霞卖出166瓶600毫升可乐的毛利润换来的。

说起来，小霞在很多方面有执念，虽然我们穷，但穷绝不是不体面的借口。她也很怕我变成一个什么都不懂、一百元就跟人走的傻姑娘。所以，我倒是拥有很多丰富又奇异的体验，比如牛腩版牛排、加了花椒水的沙拉什么的。我想，这也是把小霞生生逼成一个生活家的原因。就算不能亲历，她也要为我演示这个世界的运转方式。但很快我就发现，这种通过小霞的眼睛认识世界的方式，让我对这个世界的认知产生了某些光怪陆离的偏差。

那天，我最终换回原来跑步的固定装扮，在女生宿舍楼下等来了白石出，却发现，他还穿着上午上课的那身：白T恤，牛仔裤，帆船鞋。并且，他还开了车。

我一下子就有些羞涩的忐忑，竟然莫名其妙地脑补，他不会是以跑步为借口约我吧。

白石出看我已全副武装，一副枪响就要跑的样子，有点诧异，但还是请我上车，直接开到了健身房，从后备箱里拿出了他的运动装备包。我几乎吐血，我以为的跑步就是路跑嘛。白石出显然跟我以为的不一样。他也有点不好意思，告诉我，他以为都是早晨路跑，晚上空气稍差一般都是去健身房的。

结果，我在跑步机上卡壳了，原谅我从未用过跑步机，压根儿不知道那玩意儿怎么开。白石出发现我从来没有来过健身房，就有一点怕我被杠铃砸死、被跑步机甩出去的担心。他特意跟别人换了地方，在我旁边一台机器陪我跑，时不时扭头看看我是在机器上还是在地上。

我很快适应了，但跑着跑着就狂笑不止。白石出问我笑什么，我说我想起了我的宠物有为。

我高中那会儿很想要一只秋田犬，但即便是作为有求必应的生活家，小霞也没有自造一条秋田犬给我的能力，她去宠物市场打听了价格之后，给我买了一只她认为跟秋田长得很像的——仓鼠，并给这只仓鼠取名有为，希望我前途广大。

我说，我们俩现在跑步的样子就很像有为在玩滚轮。

白石出问："它后来怎样了？"

我说："因为没给有为配笼子，它在屋子里面自由生长到冬天，某个早晨跑到我妈的拖鞋里睡觉取暖，我妈早晨起来没注意，一脚伸进去……有为就改名叫有鬼了。"

白石出听完大笑起来，他说："我倒是养了秋田，改天可以去我家看。"

即便我不想，那天以后还是难免地对白石出的事情有了一些了解。他比我大两岁，高中在国外上完，休学旅行了两年才到我们这个学校念书。我就说嘛，我连找个实习都被拒绝了，他怎么可能拿到驾照。那天晚上，我跟小霞聊天。我说我认识了个富二代，长得还挺帅的，人也不错。

小霞说，好好学习。

我说，我们一起参加马拉松而已。

小霞说，那也好好学习。

我说："你想哪儿去了，我肯定不会跟富二代恋爱的。"

小霞问："为什么？"

我说：“你告诉我的，不属于自己的东西，想多了闹心。”

小霞那边就一直显示“正在输入”，最终，她发了很长一段话给我：希望你不是因为自卑，大部分人都有自卑的青春期，你因为穷自卑的时候，别人正因为高、矮、胖、丑，甚至是膝盖上有颗痣这种无聊的事儿自卑。好好学习。

我没有再继续这个话题了，我知道小霞这辈子竭尽全力成为一个生活家，最怕的就是我自卑。

那天之后的每个晚上，白石出都准时来约我跑步，他没有再开车。我们沿着学校的操场一圈又一圈地跑，从第一天的5圈开始，跑到10圈、20圈，到最后跑不动了就走，我们似乎都在有意延长跑步的距离，延长我们相处的时间。

他有时话多，有时话少，他的生活轨迹也渐渐随着无聊的训练，在我面前延伸开：他并不是我之前以为的那样也在这个城市长大，他家在中国地图上这个城市对角线的尽头。与我选择在这里念书的原因恰恰相反，他为了离家远才来这里上大学。但还是没能逃开家里的安排，父母怕他生活不习惯，在这里给他买了房子、车子，还送来了他的秋田。他表示，很讨厌这样的生活。

我说：“白石出你真贱啊，你知道多少人想要你这样的生活还求不来吗！”

他说：“那就祝你下辈子也有我这样的父母，用钱补偿他们所有不能跟你在一起的时光。”

我没有再说话了，我想起小霞，假如用全世界所有的钱，换我跟小霞在一起的时光，我还是不愿意的。

后来的马拉松比赛乏善可陈。刚起跑，各系都有人玩命地加油呐喊，还有人跟着一起凑热闹；5公里之后，人逐渐减少，只剩下一帮恋爱既遂与未遂的，在附近骑着自行车给自己潜在的或已经的另一半加油；10公里之后，连参加跑步的人都弃权了好多；15公里之后，之前弃权的都已经在学校食堂打好饭了，我和白石出还在跑。这个时候，我已经累得说不出话了，白石出在我前面一米，保持着平稳的领跑步速。

最后2公里，我实在是跑不动了，就轻轻推了一下白石出："我跑不动了，你走吧。"

白石出没有说话，他跑回来紧紧抓住我的手，继续带着我往前跑。我一瞬间大脑空白，身体被他拉扯着，机械向前。我所有的感受都集中在了被他握住的那只手上，即便跑了这么久，他的手心依然干燥。那种一整颗柠檬被挤在心尖上的感觉再次笼罩了我，我好像一下子懂了所有情歌，明白了所有情诗。像个被注入了智能的机器，忽然有了感知——原来心动，是这样的感觉。

我们就这样手牵手到了终点，在其他苟延残喘的选手见证下，牵着手跑完了全程。白石出因为等我，只拿到第四，我却因为是唯一一个跑完全程的女生，拿到了女生第一。

晚上的颁奖仪式上，我站在全校瞩目的位置上，从校长手里接过奖杯。有人冲我鼓掌，有人对我欢呼。可那些声音，在我的脑中都被缩小拉长了，我拿着奖杯寻找，看见白石出站在远远的人群中，对我微笑，像是在说，这一次他是没有麦克风的那个。

颁奖仪式结束后，白石出送我回宿舍。我们都不愿意触及那个"马拉松结束了再也没有借口每天泡在一起"的话题。从礼堂到我宿舍的这段距离，我走了有一辈子那么长。

毫无预兆地，白石出说："你还未成年，我跟你表白，不会犯什么法吧？"

我一时没反应过来："不犯法。"那有什么犯法的，我好多同学幼儿园就恋爱了，我这么想着。

他马上说："好，那既然你同意做我女朋友，改天带你去我家看秋田。"说完，他没容我拒绝，就晃荡着走开了。

我仔仔细细回想了白石出的这个表白过程，他好像之前从没被人否定过，不知道表白后还有被拒绝的可能，才会直接走开。可惜，我也不是那个给他上这一课的人。即使，他没有在这个表达过程里对我说过喜欢或者爱，我也不置可否但主要是可了——他只是唆使我赞同了内心对他真实的想法：我可能默默喜欢了他很久。

两天后，白石出真的带我去看了他家秋田，那狗端端正正地坐在他独居的房子门厅里等他，一拃长，有一张介于吉娃娃和巴哥之间的脸。

我吓了一跳："这什么玩意儿！"

他却俯身开心地召唤那狗："秋田！"

狗也开心地回应他："汪汪！"

不带这么骗人的，我取个名字叫"第一美女"，难道就真的变成万人迷了吗？但白石出却觉得他的秋田比真的秋田一点也不差，他是在买秋田犬的宠物店里看到这只店主刚捡没几天的流浪狗，临时决定不买秋田，收养这只狗，但取名"秋田"。

周末回家，我跟小霞讲起白石出的这件事儿，小霞的第一反应是"你去过他家了！你怎么能随便去人家家呢"。我这才意识到，做母亲的脑回路和一般人大概不太一样，总能从歌舞升平中嗅出一万种死法的味道。于是，再怎么解释我跟白石出没什么，小霞都不会相信了。她只是淡淡地忧伤着，我没被一百元拐走，却被一只杂毛串串狗拐走了。但不管小霞怎么威逼利诱，我始终没承认我跟白石出已经在不明不白地恋爱。我内心隐隐觉得，我和白石出最终一定会分手，而伤心的那个只可能是我。

我不知道为什么有那么多姑娘喜欢比自己有钱很多的人，我与白石出的经济差距，在我看来，才是阻碍我们在一起的理由：当他在谈论假期旅行、私人沙滩、丛林探险时，我在想着幸亏上学在本市，春运不用买车票；他从国外买原版画册，我在国内可耻地下着盗版；他穿名牌因为舒服，我却在小店里想尽办法避开山寨……如果非要说有什么相似，他去过长岛（北美那个），我去过长春（东北那个）；我们都很少在社交网络晒照片，他觉得没什么可晒，我却没什么可晒。

白石出觉得我的担忧都很莫名其妙，他有的一切都可以给我，因为我是他女朋友。我却不想这样，那种感觉就像，你跟一个无私的学霸做了同桌，他大方地说无论什么不会的题都可以请教他，你却因为不想让他看出你的蠢，不会拿简单的题目打扰他——我和白石出就是这样，我很普通，而他太耀眼，我多么期望自己可以努力配得上他。

我们一起画画，一起上课，看起来像一对儿普通的校园情侣，除了我小心翼翼地维持我与他的所谓平等。但这样的平等，总是让我感到力不从心。放暑假前一天，是我的18岁生日。白石出神秘兮兮地把我从宿舍叫出来，送给我一个扎着金色缎带的黑丝盒子："送你的生日礼物。"

我看到那份礼物的瞬间，并没有很高兴，而是感到被一种负担压垮了，如果他送我的是很贵的东西，下一次他的生日，我该怎么还呢？

我抽掉华丽的缎带，缓慢地打开那个盒子，里面是一面意大利国旗。我有点困惑。

白石出兴奋地解释："暑假跟我一起去意大利吧。"

我光是想想机票钱就已经有卖身再葬一遍父的痛楚了："我有其他安排了。"

"不要担心钱，我请你……"

我没等他说完："我准备这个暑假去打工，工作都找好了。"前半句是真的，后半句是谎言。

白石出的表情有些失望，但他很快掩饰了自己的失望："你为什么总是这样忌讳我给你花钱呢？"

"你花的也不是你的钱。"

这句话一说出口，我就知道自己错了。但覆水难收，白石出没再说话，他转身离开，背影都写着受挫。跟我这样的人恋爱一定很累吧，敏感，脆弱，又硬得像石头。他的一切付出，在我这里都会变成坚硬的拒绝。而我又何尝不是呢？在小霞给我营造的那个绮丽世界里，并不包括白石出这样奢侈的存在。白石出于我，是一个完全陌生的国度：我没有出国旅行过，不知道头等舱是什么样子，高级酒店要给多少小费，什么样的穿着才算体面……爱也不能掩饰这种陌生带来的恐惧。

我害怕极了。

三天后，白石出自己去了意大利，我开始打工了。我终于满了18岁，可以在快餐店做兼职了。每天骑一个小时的自行车去上班，站6个钟头，对每一个点餐的客人报以微笑，因为服务周到被表扬过，也因为找错钱被骂过。两个月后，白石出带着地中海晒来的古铜色皮肤回来了，我也带着环路上的晒斑站在了他面前。

我说，白石出我赚钱了，3000元。

白石出说，你真棒，我带了奖励你的礼物。

白石出送给我的是一条国外带回来的破洞牛仔裤，我核算了吊牌上的价钱。合人民币3001.6元，多么讽刺，我的两个月还是完败给一条裤子1.6元。

那天晚上，我拿着白石出送我的礼物，闷闷不乐地回到家里。小霞早已做好了大餐在等我，她为我准备的庆祝简单浓烈，透着油脂与火候的热情。我想，假如不是认识了白石出，这顿饭，我和小霞应该吃得很高兴吧。刨除买菜用的不到两百元，我终于用两个月的时间证明我有至少两千八百元的价值。可这小小的价值，对于白石出来说，可能只是一条裤子。

小霞看出了我的闷闷不乐，追问不到结果，也没有刨根问底。第二天，她神神秘秘地捧出那条白石出送我的破洞牛仔裤，膝盖破洞的位置已经被她细密工整的针脚刺绣上左腿一个“C”、右腿一个“K”地补上了：“昨天是因为小白送你的裤子破了不高兴吧，我给你补上了。知道你们年轻人喜欢名牌，我也没落伍。”

我捧着裤子哭笑不得，又怕跟小霞说多了伤了她的自尊，只好哼哈着敷衍，临回学校时偷偷把裤子塞回了自己的衣橱。这条裤子，像某种隐喻，提醒着我，我跟白石出可能并不合适。

后面的一周，我一直试图躲着白石出，直到被他在操场拦住。那时，我正在跑步，试图理清楚我跟他的关系。

白石出从后面追上来，问我："我们是不是完了？"

我不点头也不否认。

白石出像几个月以前我们一同练习跑步那样，收拢了脚步，跑在我旁边："我早就该知道，你也没有那么喜欢我。"

我想否认，却觉得何必开口，反正决定已做，再多说只能徒增烦恼。

我们像当初不愿结束的训练、看不到尽头的马拉松一样，一起跑了很久。直到，白石出跑不动了。他站在原地，我并没有停下，我怕一停下，他会发现我哭了。

白石出跟我说的最后一句话是："我喜欢你，很喜欢过。这是我欠你的表白，还给你。"

我没有想过，我的第一场恋爱，是以这样的方式开始，又以这样的方式结束。我甚至没来得及想清楚，我跟白石出到底是怎么一回事儿：我究竟是没那么爱他，还是败给了自己。

小霞知道这件事时，白石出已经交了新的女朋友，而我也在认真地一边读书一边打工，准备将来出国深造，去见识更广阔的天地。我内心暗暗地想过，假如，在很久的以后，当我能体面地站在下一个白石出面前，我一定不会像这次这样表现糟糕。

我告诉小霞："我现在可以确定，我不是不喜欢他，只是时间错了。就像跑步，他比我先起跑一个小时，我尽力追赶只会筋疲力尽，但我追不上并不能代表我跑得慢。"

小霞看着我许久，嘀咕了一句："是啊，你比他的起点低太多了。"

我怕她多想，赶紧解释："你别多心，我不是抱怨我们家穷，就像你说的，我只是自卑，但我总会自信起来的。"

小霞表情纠结地看了我很久，最终，叹了一口气："你的学费，是你爸爸出的。"

我没有想过，我的生命之谜会在这样一个时机、因为我不成功的初恋被揭穿：我的爸爸没有死。是啊，除了诅咒，谁会真的儿戏一样被雷劈死呢？也许会有那样倒霉的人，但我的爸爸不是。他只是，在我的妈妈最爱他的时候爱上别人了。那时，他们已经结婚有了我。爸爸是个成功的商人，想要跟小霞和平分手，承担抚养我的义务。但是小霞拒绝了，她如此恨他的辜负，作为报复，她带走了他生命里第一个女儿，切断了他跟我的一切联系。如果不是我考上大学，小霞可能一辈子都不会再跟我爸爸见面。

“我上次去找他借钱后，他给你寄过很多钱，都被我退回去了。”小霞的声音带了哭腔，“如果不是我这么固执，你应该会活得好一点。”

可人生是不能假设的，我成为我，必定要承受属于我自己的成长，独力走过我自卑的青春期。话又说回来，谁的青春不自卑呢？毕竟，我们除了年轻，什么也没有。

最终，我穿着当初白石出送我的那条裤子，还是见到了“被雷劈死”的爸爸，裤子上的字母“C”，已经被小霞补成了“O”，她觉得“OK”看起来更喜庆，更牢靠。

我与爸爸的会面，没有想象中的激动，相反，我们都很拘谨，甚至不知道该聊些什么。我告诉他我学习还不错，每年都拿奖学金。他告诉我，我有个上初中的弟弟，最近迷上了打游戏让他很头疼。

临别时，他要给我钱，我没好意思收，我说我现在除了有奖学金，还兼职教小朋友画画，赚得也不少。

他说：“你妈把你养得真好。”

我抠着裤子上的“O”，告诉他：“我的妈妈，是一个生活家。可惜，你错过了。”

14

失踪的韩左左

我有一件很难以启齿的事情，怎么说呢？我的女朋友——韩左左，不见了。在左左不见之前，我们有过三年的快乐时光……

我作为大一新生报到的那天认识了韩左左。她站在男生宿舍楼前为每一个前来领住宿证的男生盖章。那是下午两点——一天中最热的时候，这时的韩左左神情倦怠，疲惫不堪。我把手里乱七八糟的表格全都递给她，她从里面抽出一张，盖一个懒洋洋的戳，然后还给我。我拖着两箱行李走进男生宿舍楼，宿管向我要住宿证，我才觉察刚才那个懒洋洋的姑娘忘记给我发住宿证了，我又跑出去找韩左左要住宿证。她瞪着跟灯泡一样亮闪闪的近视大眼睛看了我足有三分钟，也没有记起刚才给我盖过章。我跟她解释，我确实是交了九百元的住宿费，不可能骗她的。她还是眼睛一眨不眨地瞪着我，我看见她隐形眼镜的蓝色轮廓，心想这小一千元钱是在这个糊涂健忘的姑娘手里打了水漂了，我祈祷她午夜梦回浑身冷汗，因为她对不起我。

“我们为什么不核对一下所有交过的表格呢？”韩左左在瞪了我快一刻钟的时候在我愤怒的脸上找到了解决问题的灵感。

韩左左搬出了一只大纸箱，我一眼就看见了放在最上面的我的表格。韩左左也没有表现得特别不好意思，她拿起我的表格看了一眼，对我的一寸黑白免冠照片做了一番评论，然后把空白的住宿证盖了章递给我：“那边有胶水，把你照片贴上就行了。”

我是不是还得为终于能进到男生宿舍楼的大门感谢她韩左左呢？我愤恨地提着我那两只庞大的旅行箱，爬到六楼，到了宿舍的门口，发现我还是不能如愿以偿地进入房间：我没有钥匙。隔壁一个已经安置好行李的哥们儿好心地收留了我的行李，告诉我钥匙是宿舍区门口那个发住宿证的姑娘一并发的。没有办法，我只好再汗流浃背地去找韩左左。就这样，我认识了糊涂姑娘韩左左，她小我一岁，大我一个学年。

大学二年级，韩左左还是那个晕晕乎乎的姑娘，常常带着不同的男朋友穿梭于学校的角角落落。有时我在朋友套朋友的聚会碰到韩左左的前或现男朋友，他们会偶然说起韩左左是个好姑娘，但是她实在是太奇怪了，总是有一些乱七八糟的游戏和想法让她的这些男朋友哭笑不得，最后分手也是由于一些奇奇怪怪的原因，比如某次韩左左半夜假装是飞天小女警发短信给她正在睡觉的男朋友，男朋友没有回，韩左左遂觉得该男不在乎自己，翌日与其分手。酒场上听见这些话觉得正常不过，但酒醒以后，我觉得韩左左除了是个糊涂的姑娘之外还是个可怕的姑娘：她是以怎样一种无厘头的热情折腾广大男同胞的啊，令人发指。

我大学三年级的时候，韩左左优哉游哉地要毕业了。她身边突然没有了男人，用她的话讲，她要用心找一个好男人成亲了，我暗自祈祷那个“好男人”不是我认识的任何一个男人——哪怕是作为一只禽兽，也是有生存的权利的吧。

某天，韩左左把我叫出来，问我有没有女朋友，我头皮一阵发麻，战战兢兢地说了实话：没有。韩左左递给我一个粉红色印着桃心的信封。后来，韩左左毕业了，我和粉红色信封的主人张怡菲成了又一对校园情侣。

大学四年级，我和韩左左介绍的张怡菲出双入对：张怡菲很漂亮，却不是我喜欢的那种漂亮；她很有品位，却不是我欣赏的那种品位。心底里，我认为她是个傻姑娘，除了长相妖艳、认识名牌之外什么都不会。但我还是接受了她，我有点担心这个傻姑娘被人骗。

毕业的时候，我毅然决然地甩了张怡菲——话虽这么说，实际上是酷爱名牌的张怡菲甩了我傍大款做金丝雀去了，她也终于有了真的LV、GUCCI、CHANEL、DIOR……张怡菲那点英文底子全用在拼写这些外国牌子上了。

这一年我在学校的70周年庆典上又碰见了韩左左，她还是老样子，既没有变得更世故，也没有变得更聪明。她大声地问我和张怡菲有没有结婚，我告诉她张怡菲嫁人了我还是单身。韩左左又问我毕业以后准备干什么，我说还没想好，我当初用了一个相当高的分数考到这所大学的计算机系，毕业以后却发现我根本不想再多过一天跟程序打交道的日子了。后来，在韩左左的提议下我就和她一起开了间小店卖衣服，凭着韩左左独特的眼光，我们确实赔了不少，勉强维持店面没有被房主收回。

再后来我发现韩左左无意间买回来放在衣服上当佩饰的小首饰总是被人注意，于是我建议我们转行卖首饰：这是一种暴利买卖，一两元钱的东西，总是能以高于其自身十到几十倍的价钱卖出。不到一个月，我们就小赚了一笔，在成功的喜悦的刺激下我和韩左左恋爱了。我们租了一间小小的房子，做我们的家，我们计划好挣够举办一场婚礼的钱就结婚。这是我们幸福生活的第一年。

后面的两年，我体会到韩左左前些个男朋友口中的“好姑娘”是什么意思，韩左左确实是个好姑娘：她很善良，坚决不会以顾客提出的低价出售她亲手挑回来的首饰，但最后却经常找错钱算错账，以一个更低的价钱把东西卖给顾客；她很体贴，持之以恒地早起做早饭，虽然她时常错把盐当成糖加进我的牛奶里，后来，我习惯了喝咸牛奶，并乐此不疲；她很有趣，常讲一些诸如“有天小火柴觉得头痒挠头结果把自己点着了”的大冷笑话给我，然后自己笑上一整天……

但这样一个好姑娘，却在我们相爱3年又27天的那个早晨不见了。那天，我醒得和每天起来做早饭的韩左左一样早。我以为韩左左去做早饭了，厨房里冷锅冷灶。我以为她去厕所了，厕所里空荡荡的。我以为她出去了，结果等了三天她也没有回来。

我打电话给韩左左的妈妈：“阿姨，韩左左有没有回家？”

“你又玩什么，谁是你阿姨？”韩左左的妈妈生气地摔了我的电话。

看来除了韩左左没有回家之外，韩左左的妈妈还是没有接受我作为她女儿男朋友的事实。那她去了哪里呢？我每天看店的时候，希望她在家里。每天回家的时候，又想她是不是去了店里。

一开始我以为这是个玩笑，大家都知道韩左左是个爱开玩笑的姑娘。她收到“尊敬的顾客，您在购物中心消费6700元，已经从您的银行账户扣除，请打电话到×××银联客户服务中心核实”这样的手机诈骗短信，会真的打电话过去，严肃地问接电话的人银行最近有没有搞什么优惠活动，她明明记得自己在购物中心刷了8000元不是6700元。听筒那边的人看来是没有遇到过这样的被诈骗对象，他（她）愣一下，很快地反应过来自己还是要骗到韩左左的银行卡密码，然后说不如还是核对一下银行卡密码。韩左左就不说话了，对方试探性地“喂”了两声，韩左左就故作不耐烦地说我在等着你念账号和密码然后跟你核对啊……韩左左一定是在跟我玩一个名叫“失踪”的游戏，她找个地方藏起来，让我疯了一样地找她，然后她再突然出现说自己被ET抓走做实验了。

但是，事情过去了一个礼拜之后，我明白，这不是玩笑，韩左左不是一个有耐心的姑娘，她每次跟我吵架不理我都坚持不到两天半，她会心痒难耐地逗我跟她说话，只要给她个台阶，她就眼泪汪汪地说自己错了，以后不跟我吵架了，然后我们就若无其事地和好如初。这次，已经整整一个礼拜了，韩左左都没有一点消息给我，看来她是真的失踪了。

我没有报警，我要弄清楚是不是我哪件事做错了得罪了韩左左，导致她一声不响地跟我分手了我还不知道——照韩左左以前那些男朋友的经验看，这是有可能的。但是我总觉得，如果分手，韩左左至少会带走她的东西，可现在她的玩具熊还端端正正地坐在我的枕头上，她的拖鞋还左脚踩右脚地摆在门口，她最喜欢的动画片DVD还放在DVD机里一插电源就会自动读碟，她订的新货送到了店里，其中有她买来闹着要做婚戒的便宜指环……我们没有分手，我坚定地这样认为，她是个善良的好姑娘，不会分手了也不通知我一声，让我在苦苦等待的过程中虚度光阴。

韩左左走了半个月，我还是每天坚持早起喝加盐的牛奶，然后去店里卖韩左左亲手挑回来的首饰。只是韩左左不见的这件事情弄得我焦头烂额，我好像是瘦了，衣柜里的衣服都大了，但韩左左不肯回来，我不能给自己买衣服，她喜欢看我穿她亲手挑的衣服。店里的电脑坏了，我居然像韩左左一样完全没有办法，不知道是因为学业扔下太久，还是因为跟韩左左一起生活了太久。我有时一个人坐在窗台上抽烟，我的韩左左什么时候回来呢?

我发现事情不对的时候韩左左已经不见一个月了，我去看我妈妈。我妈妈很喜欢韩左左，韩左左总是用一些小礼物笼络她：一篮新鲜水果或是一条好看的丝巾。她要我妈妈收她做女儿，这样我就不能“欺负”她了，我妈妈这个善良女人答应了。我按照韩左左的习惯带了时令的水果去看妈妈。敲开门，她愣住了：

“你怎么突然来了？”

“回来看看你。”

“好孩子，你去里面坐吧。”

我径直进了自己的房间，躺在床上，越想越不对：妈妈见到我的表情像是要哭出来，而她居然没有问到韩左左——自从我和韩左左谈恋爱后每次回家都要带着她。这两个疑点让我坐立不安，我在房间里来回踱步，想冲出去找韩左左，又不知道去哪里找她。我坐下，想睡一会儿又睡不着。我看见写字台上摆着一张我和爸爸妈妈在海边的合影，却想不起来这是在哪儿照的。我拿出书架上的一本书想看一会儿，里面落出一张张怡菲的照片，我觉得很生气就把照片撕掉，我不知道当初的我为什么要把张怡菲的照片收藏起来。我的脑子里全是我和韩左左在一起的画面，我担心这样的日子不会再有了。

我醒的时候天已经完全黑了，我躺在床上，不知道自己怎么睡着的。我身上盖着的被子有洗衣粉混合着太阳晒过的味道。这种味道让我心安，让我觉得自己的状况好像也没有特别糟糕。我的爱情还是会回来的。

“孩子，你起来吃点饭吧。”妈妈在外面敲门。

我站起来，推门出去，发现桌子上摆了很多菜。我坐下来，吃饭。

“妈……”我本来是想问问她是不是知道韩左左的什么事情。

但我刚叫了一声“妈”，她就哭了起来。

“怎么了，妈，出什么事情了？”我愈发觉得她有事瞒着我，是不是左左出了什么事情?

“没事，没事，看到你特别高兴。”妈妈一边擦眼泪一边往我碗里夹菜。

妈妈的这个谎话太蹩脚了，我知道她一定是有什么事情才会这样支支吾吾。吃完饭，我冲回家里，韩左左，就算你是一只会挖洞的鼹鼠，我也要掘地三尺把你找出来。我找出韩左左的电话簿，一个一个地给她的昔日男友打电话：“你最近有没有看见韩左左？”

但韩左左确实是个太爱开玩笑的姑娘了，这让我在打听韩左左行踪的时候遭遇了极大的障碍：有一个人声称她去了火星，有两个人说她做了飞天小女警维护世界和平去了，有一个人告诉我他眼睁睁看着韩左左变成了护城河边的一根大理石柱子，最正经的一种回答是他很忙没有时间陪韩左左小朋友玩捉迷藏游戏。

我不知道该怎么办，我很生气，我爱的姑娘不见了，却没有人愿意认真地帮我找。我坐在我们的房子里，一根接一根地抽烟，不知道为什么今天的烟很呛：韩左左不喜欢我抽烟，她每次看见我抽烟都半真半假地剧烈咳嗽。今天我也咳嗽得厉害，整个肺都要咳碎了。

韩左左你不是别人口中的好姑娘，如果这次你回来了我会毫不犹豫地跟你分手。我是一个27岁的成年男子，我不能在一个你这么没谱儿的女人身上浪费时间，我要找个踏实贤惠的姑娘结婚。原来你也是张怡菲一样的人，说走就走。没准你也傍上了大款，把我们的一切都忘记了。所以，我也决定忘记你。

在韩左左无故失踪的第一个月又一天，我决定忘了韩左左，我搬到了店里住。

店里的生活很规律，早晨，我还是先喝一杯咸牛奶，等着跟我们有长期合作关系的批发商李老板来送货，李老板是个40多岁的碎嘴女人，经常给我讲其他批发商的花边新闻，但是她很异常地没有问为什么店里只有我一个人，她没有问起韩左左。到后来我都期望她跟我谈起韩左左了，她也没有问，直到我最后在发票上签上“王义坦”三个字结束我们的交易的时候，她都没有问起，只是轻轻叹了一口气。

我愈发怀疑整个世界都知道韩左左的去向，只有我不知道。一开始我还担心她被人绑架了，但我没收到勒索信，别人的表现又是一副欲言又止的样子。我就彻底地相信，韩左左有预谋地走了，不会回来了。韩左左是颗灾星，我不会再笨到碰见韩左左这样给我的人生带来巨大灾难的女人还死心塌地地爱上她：如果我不那么爱韩左左，她也奈何我不得。

但韩左左走了以后，我开始孤独了。以前我不觉得我是一个多么孤单的人，有了韩左左，我就不再参加朋友之间的聚会、饭局。我们自己开店，没有应酬要应付。我们生活规律，每天关了店就回家看电影睡觉。那时我不觉得什么，现在剩我一个人，我觉得分外孤独，

我翻出联络簿打电话给原来的那些朋友。但他们好像都忘了我，听不出来我是谁。我听到他们的女朋友或者是妻子在一旁问“是谁”，他们就说不知道不认识，然后匆匆忙忙地挂断我的电话，好像我是一个不祥之人。

最后我想到一个人：张怡菲。我实在是太想找个人说说话了，虽然我对这件事很抵触，但是我还是打电话给张怡菲了。

我说：“你好。”

她想了一会儿然后说：“哦。是你啊。”

我说：“是啊，你最近怎么样？”

“还不错，我刚从欧洲回来。”

“那挺不错的。”

“你怎么样呢？”张怡菲反问我，我知道她只是客气。

“就是那个样子，开了个小店卖首饰，有空过来看看，我便宜卖给你。”

张怡菲在电话那头笑了。我觉得自己很傻，她怎么会看上我们店里卖的东西呢？她现在挥金如土，她有的是钱买各种名牌珠宝，为什么要买我们这种地摊货呢？我太自不量力了，我们的首饰是卖给廉价爱情的，没有

钱的穷人才用它们来海誓山盟。

“好的，我哪天过去看看。”张怡菲客气得很谦虚。

我说了再见，就把电话挂了。和我一起过穷酸日子的韩左左，怎么不见了。

我一个人在街上闲逛，夏天的夜晚有恒温动物体内散发出来的那种热烘烘的味道。这条偏僻的街上没有什么人，我们当初也常常在这里散步，韩左左会突然跳到马路中间张开双臂大声假装被莫须有的迎面驶来的车撞死状说“我们殉情吧”，现在没有人再跟我玩这样的游戏了。

女人都是这样善变吗？我一直以为遇见韩左左是老天对我从张怡菲那里遭受挫败的补偿，直到现在我才知道，张怡菲不过是老天给我的关于这种挫败感的预习。失踪的不只是韩左左，失踪的还有那种叫作爱情的廉价东西，它们就像摆在我们店里的假首饰，散发出璀璨耀眼的光芒，给人虚伪的奢华之感，其实一文不值。我要逐渐忘记韩左左。

如果不是那天张怡菲的突然造访，我想，我会作为一个完整的王义坦——忘了韩左左的王义坦，安心地过完我的人生。

那是一个下着雨的下午，店里没有什么客人，我百无聊赖地想着把最后一批首饰卖完，我就把店关了去做别的。这个时候，店门开了，珠光宝气的张怡菲出现在店里。

我愣了一下，站了起来：“你怎么来了？”

“不欢迎吗？是你邀请我来的呀。”

“不是不是，只是没有想到你会来我们这种不起眼的小店。”

“我在附近逛街，下雨了，我又没开车，想起你在这附近，就来看看，顺便避避雨。”张怡菲漫不经心地看着店里的首饰，拿起一样又放下一样。

张怡菲还是那么虚伪：商场里不能避雨吗？打车不能回去吗？明明是特地来的，为什么偏偏要说顺路。我觉得一阵寒意，总觉得这个女人会给我带来不好的事情。

张怡菲拿起一件首饰："这个多少钱？"

我看了一眼，是韩左左定来当婚戒的廉价指环，本来不准备出售，所以没有标价。

"这个你喜欢就送给你，难得你看上我这里的东西。"

张怡菲被我的话刺得脸红了一下："我知道你还对以前的事情耿耿于怀，可是这么多年过去了，你怎么就不能忘了呢？"

我不想说话，我只想赶她走。

张怡菲看着我，突然艰难地开口："你们的事情我听说了。他出车祸了，我很难过，那时我在欧洲，听见这个消息就哭了。虽然当初他没有什么钱，但是他是个好男人。我知道他其实根本就不喜欢我，觉得我没内涵又贪慕虚荣，但是他对我很好，一直像哥哥一样照顾我，跟他在一起的那一年是我一生中最快乐的时光。"

我几乎要疯了："我不知道你在说什么。"

"左左，当初是我不对，我知道你喜欢他还要你把我介绍给他，我知道只要我先提出来，你就不能告诉他你喜欢他了……但是现在他已经不在了，你还不能原谅我吗？"

"住口！"我一巴掌扇在张怡菲的脸上，我不想再看见她嘴唇翕合的蠢样子，蠢透了，这么多年她还是那么愚蠢，"你哪儿来的给我滚回哪儿去，别站在这里碍眼，他死了也跟你没有关系！"

张怡菲把那个戒指放在桌子上走了，这是我亲手挑的结婚戒指，现在，没有意义了：没有人来为我戴上它了。

有些事情，你永远都忘不了，哪怕你假装自己是另一个人，你也忘不了：王义坦来报到的那个下午，我就觉得这个人是我要找的那个人，所以他才来来回回跑了三趟；我频繁地换男朋友，是想引起王义坦的注意；在我准备跟王义坦说明的时候，张怡菲求我转交给王义坦一封我当然知道内容是什么的信，当初我那么傻，认为自己快毕业了，而张怡菲和王义坦同级又比我漂亮，他们才最合适；我知道张怡菲和王义坦分手后，特地回学校参加70年校庆，“偶遇”王义坦；我知道他还没有决定自己的去向，就偷偷辞掉了工作和他一起开小店……我们有过那么快乐的三年，这一切最后让我自己亲手毁了：我是那么没谱的一个人，我喜欢闹，和他开没深没浅的玩笑，我怎么知道当我第101次站在马路中间喊“我们殉情吧”的时候，会真的有一辆车开过来呢？我又怎么知道他冲过来推开我的时候，会真的像电影里演的那样倒下就再也没有醒过来呢？

我一直不敢相信他再也不回来了，我不知道没有他的日子该怎么过，光是听起来就那么让人绝望。最后，我想到了唯一的办法：如果我变成了他，那么不见的就是韩左左了，那么我就不会失去他了。我穿他的衣服，用他的名字，抽他抽的烟，去他家里看他妈妈……我几乎小心翼翼地骗过了自己，可是自以为是的张怡菲却把这一切给毁了。

窗外的雨越下越大，韩左左，你哭什么？

15

偷窥

1.两个铁球同时着地

我认得这层楼里的每个人，我想她们也都认得我。我们都在小心翼翼地细心观察对方的生活以满足自己那颗悸动的八卦心。我在洗漱间里遇见她们，我知道谁卸妆之后亲妈都不认识她；我在厕所里遇见她们，我知道谁抑制不住的暴食后会催吐；我在楼梯口的IC卡电话旁遇见她们，我知道谁最近闹分手谁最近缺生活费；我通过好友链接一个个跳到她们的博客、空间、个人站……我惊叹于每一张PS过度的天仙脸和与本人反差巨大的文风，我惊叹于赤裸裸又假装无意的炫耀："今天在××家败了××花了××米真是罪过……"我甚至已经能从别人中午丢掉的垃圾推测出她最近是否挂科。

这就是大学女生宿舍，下意识的窥视无处不在。走廊里的风吹草动，都是暗涌，都是暧昧。我们互不相识，我们早就认识，从你搬进来的第一天，你就成为别人观察的对象，也成功地拥有了若干同龄的观察标本。虽然迎面走过我们还是假装不认识，但我知你今天穿了前天还泡在水房里的那条束腰。

我也曾想主动开口跟隔壁宿舍那个素不相识但好心帮我和我朋友带回寄错的信的姑娘打招呼，但每次都以失败告终。网络生活让我患上了严重的面对面社交障碍，这一个"你好"，我需要5~8个动作完成，分别涉及右手食指、中指，左手小指，其中包括一个指法错误——我习惯用中指敲击字母"O"而非无名指。同时，我要动用已经建立了优秀性能的反射系统，以便在我输入完毕后会习惯性按下空格和回车或者加上档键同意发送。如果对方不回答，我要考虑是否要假装活泼按一下"闪屏振动"或"窗口抖动"来引起对方注意，而这又取决于我们之间的交流究竟建立在何种网络即时通信设备上……只是，对一个陌生人，如何见面说"你好"，究竟该怎么做到？如何才能显得含蓄又热情，活泼不造作？

所以，我们大多习惯了秀才不出门尽知天下事，网络搜索引擎是个多么邪恶的玩意儿啊！人未到声先至，大概就是这么个意思。不久前，学校有个姑娘跳楼死了。在她的身体还没自由落体到地面的时候，网络信号已经瞬间传送到每个人的电脑，不过半天时间，这姑娘之前很少有人访问的博客点击量居然过了万。

两个铁球同时着地。

我不知为什么，忽然会有这样的想法。恍惚间觉得那姑娘坠亡的一瞬间，关于她的消息也像坠落的水球一样激荡出无数水分子，带着潮湿的气息被每个人呼进肺里。学校里，很多人为逝去的生命点了网络蜡烛和网络祈福，虽然大部分人之前并不认识这位同学。只是我很想不通，如果连死都不怕，还怕活着吗？

因为出了这样的悲剧，周末所有的学生社团都自发停止了活动，本来应该热闹的网球场在这个周末变得分外冷清。这是死亡事件带给我的影响之一：连续36周的偷窥被迫中止。36周啊，生个孩子都够了。亲爱的同学们，你们有福了，在这个浮躁的时代，我暗恋我校网球冠军周政整250天。多么古典。

“同学，今天网球社不活动，回去吧。”

在我扒着网球场坚固的铁门土拨鼠一样地张望时，那个熟悉的声音在我身后响起，我扭头，看见站在晨光里的周政。

“那你来干什么？”我反问。

他无奈地挠了挠头：“只是出来走走。”

就这样，我认识了周政。或者更准确一点，时隔250天后，周政也终于知道了我的名字。其实很容易不是吗，只是我原来一直迈不开那一步。

2.寂寞的超级马里奥

超级马里奥大叔是一个表演狂，他擅长表演胸口碎大石（后被证明是偷偷用拳头击碎的）、伸缩术、水下长时间闭气等传统保留节目。他雇用了年轻的远房表姨妈扮演尖叫的、被俘虏的桃子公主，同时因为表姨妈在常年不幸福的婚姻生活中练就了一种宇宙音尖叫绝技，并在日后的发展中衍生了河马式、白兔式、夜莺式等海陆空三栖尖叫法（由于种种原因，节目中并未播出）。同时，马里奥的弟弟还客串了马里奥的弟弟和怪兽等角色，对马里奥的表演事业亦有多处贡献。

但最近马里奥大叔心情不太好，随着年龄增大，他的身体大不如前，发际线全面撤退的同时啤酒肚全面前进，他的好兄弟吃豆人、魂斗罗组合也渐渐淡出娱乐圈。新的娱乐明星全面进攻，人们已经不愿再看马里奥大叔的传统表演，胸口碎大石远远比不上骷髅王扔锤子。DOTA和魔兽这些他之前听也没听过的东西带走了新粉丝。好时光一去不复返，空留几个缅怀的老家伙偶尔在电脑上装上模拟器，来缅怀一下马里奥大叔的雄风。

马里奥大叔日渐颓丧，尤其是当他发现，自己不过是个像素格子小人，在液晶屏上的面孔呈现一团模糊，他彻底地失眠了："世风日下，好想再红五百年啊。"

3.有为君与志强君

我有个朋友叫王有为，她（确实是"她"）的家族坚持按族谱给小孩取名字，作为"有"字辈，她父亲以及她的四个叔叔都没有如愿生到好取带"有"字名字的男孩。据说，她在B超阶段一直是男孩，他父亲和祖父以及祖父的兄弟们经过商议，一致同意将家族长孙的名字定为"有为"。

但生产那天，年轻的父亲悲摧了："女的，怎么是女的？"年轻的母亲无语凝噎。其实，并不是她爸不喜欢女儿，而是，"王有为"这个名字，实在不像负责任的父母会给女儿取的名字。但她的堂妹们也没好到哪儿去，此后，"有多""有宝""有喜"分别诞生，虽然没再有B超错的误会，可总的来说，比起叫雪啊、雨啊之类名字的女孩来说，"有"字辈姐妹在成长过程中总是多了一丝怨念。

因此，有为君的一大爱好就是逛大师取名网站。风水轮流转，事事总无常。很快，琼瑶式的风花雪月不再流行，穿大长裙帆布鞋的文艺女青年也让人乏味。网上掀起了一股争当内心纯洁女流氓的热潮。有为小姐占尽天时地利人和，她的博客忽然红了起来，无数人羡慕这个诨名，甚至包括她当时的男朋友林成蹊，也给自己取了个诨名“志强”跟她搭配。

即便是这样，有为和志强还是分手了。那是在250天以前，学校门口的七月流火咖啡馆，志强向有为摊牌了，他的理由是“不得已的苦衷”，并要求对方理解他。那时，我正在学校门口的煎饼摊上买双面蛋加五毛钱的煎饼。天色渐晚，瑟瑟的冷风吹得人汗毛直立。“七月流火”的霓虹灯被点亮，“火”字的两个点不知从什么时候起短路了。夜空中，“七月流人”四个大字分外醒目，仿佛某家个体小诊所。就是这个纠结的瞬间，我看见了霓虹灯下咖啡馆里的有为和志强。我不顾身后排队众人怨念的目光，让老板又给我临时加摊了两个煎饼，提着三个塑料袋奔向我的好友。

“七月流人”咖啡馆里，我友好地递给我的好友和她的男友一人一兜煎饼。气氛有些诡异，我们三个坐在卡座里默默无语地吃着煎饼，喝着五块钱一杯的速溶咖啡。一分钟后，有为告诉我，志强和她分手了，那时，她嘴角沾着葱花哽咽地将一口薄脆咽下去。我困惑地看着志强，他尴尬地告诉我他是有苦衷的，希望我代他好好照顾有为。

话都让你们这些苦大仇深的男青年说了，我还能说什么呢？哪有什么有苦衷的爱情啊，根本就是你偶像剧看多了想给自己找个借口。志强从口袋里掏出3.5元递给我——这一点他还是很识相的，知道自己已经跟有为分手就不该再白吃我提供的双面蛋煎饼。我推辞了一下，也就接了过来。看着志强离去的背影，有为将快吃完的煎饼放到了一边：“我吃不下，心好痛。”

此时，整个店里弥漫着一股葱花的香气，我疼惜地看着我的好友：“你这样会把身体搞坏的。”

“我想自己出去走走，不要找我，我一会儿自己回去。”

有为说完这话起身走了，我唏嘘不已：她不会做傻事吧！我站起来想追出去，却被老板叫住：“学生，结账啊。一共17块。”

心情不好的两位可能都忘了还有结账这回事。我不能掏出一张红票拍在桌上说不用找了，因为我也不是什么偶像剧男主角。我兜里总共剩下买煎饼找的4.5元钱。并且，我居然忘了带手机。我尴尬极了，就在这时，网球社的一群男孩打闹着从外面经过。

他们说："周政你今天表现太神勇了。""真是跑不死的周政。""周政你这次卫冕成功是不是该请客啊？"

身后是老板虎视眈眈的目光和一屋子准备看笑话的客人。我终于艰难地开口："周政，你来得正好，借我20块钱，明天上英语课还你。"

周政迟疑了一下，他困惑地看着我。我心里七上八下，生怕他摇摇头说可是同学我并不认识你啊然后就此别过。幸好，他还是掏出了钱包，递给我20元钱，对我笑了笑离开了。那20元我没有办法归还，我没有勇气向周政解释我只是听见别人喊他的名字所以叫住他借钱。但作为本息，我归还了他长达250天的暗恋。

4.伊丽莎白·林金斯的文身

在任意搜索引擎检索词条"伊丽莎白·林金斯"都会出现十万条以上的搜索结果，分别涉及她的5次婚姻、无数次的绯闻、巨额财产的纷争……伊丽莎白不是艺人，却是这个时代最耀眼的明星。她的走红，应当感谢张罗本，更应该感谢她大腿内侧那幅著名的伊丽莎白文身。

传媒界、演艺界的许多精英人士在被询问到如何看待伊丽莎白现象时，无一不引用了安迪沃霍尔观点，这是一个人人都能做15分钟名人的时代。同时，他们无一不表示出对张罗本先生的敬仰之情：张罗本虽然不是职业策划人，但他却无意中策划了20世纪末本世纪初最成功的炒作。

维基百科，关于张罗本的解释，洋洋洒洒两万字，详尽述说了他如何跟随父母辗转移民美国并爱上邻家女孩伊丽莎白的故事，以下部分来源于维基百科"伊丽莎白和她的13个情人"词条：

"……在伊丽莎白的眼中，那时的张罗本只是一个瘦小的怪胎。漂亮的伊丽莎白正忙碌于和橄榄球队队长的约会，对张罗本的表白，她一再拒绝，最后，不堪其扰的伊丽莎白告诉张罗本如果他能让披头士乐队在演唱会上为她唱一首歌，她就同意与张罗本约会（伊丽莎白反复向笔者强调这一想法的提出，她认为是自己给了张罗本灵感）。伊丽莎白本以为张罗本会就此罢休，张罗本确实也没有再来骚扰她。但三年后的一天，张罗本找到已经结婚并怀有身孕的伊丽莎白，拿出了一张由约翰·列侬亲笔签名的门票，写着‘给我亲爱的伊丽莎白’，带伊丽莎白去看了披头士的演出，这是1967年……

“……儿子的不幸夭折，让伊丽莎白遭受重创，她离婚了。同时，我们有理由相信，伊丽莎白正备受产后抑郁症的困扰。在长达五年的时间里，陪在她身边的只有张罗本。这个阶段是伊丽莎白命运的转折点，她迎来了痛苦与辉煌的双重洗礼。张罗本为了鼓励伊丽莎白，取得了多达一百张明星签名照片，他们有政要、优秀运动员、演员、歌手……他们的信件从美国各地、世界各国漂洋过海，无一例外写着‘给我亲爱的伊丽莎白’。没人知道张罗本是怎么做到的，这个秘密被张罗本带进了坟墓，也许，他不希望他的伊丽莎白被复制……

“……随着知名度的提高，伊丽莎白已经不再是那个金发、容易脸红的乡村姑娘，她游刃有余地周旋于各种电视节目和社交沙龙。在张罗本20年坚持不懈的努力下，签名照的取得变得不再困难，明星们会主动寄一张写着‘给我亲爱的伊丽莎白’的照片到林金斯府邸。并为自己的照片能挂在伊丽莎白的起居室墙上而自豪，但更加该自豪的那部分也许挂在林金斯卧室的墙上……

“……张罗本死于癌症，在他前往中国寻根之旅的飞机上，65岁的张罗本去世了，他终身未婚，把他的一生用于守望不断寻找真爱的伊丽莎白·林金斯。而此时，64岁的伊丽莎白正忙于跟年仅32岁的私人健身教练约会。她不再需要张罗本，她已是独一无二的伊丽莎白。她出席了张罗本的葬礼，这天她一如既往地吸引眼球，黑色高衩旗袍，保养如40岁的身体。也“碰巧”在这天，狗仔队抓拍到了伊丽莎白下车时大腿内侧的文身，如图所示：

已婚【1】

【1】夫，張羅本

“图中中文的含义是，已婚，小字部分注明丈夫为张罗本。伊丽莎白现象学者宣称，伊丽莎白借张罗本的葬礼完成了自己人生中最著名的炒作，这也是从另一个方面延续了张罗本的意愿。也有观点认为，伊丽莎白的一生被张罗本毁了，她是被迫成名。无论从哪个角度出发，我们都不能否认，伊丽莎白现象如同她的著名文身一样，是时代的印记……”

5.最无辜的第三者

我暗恋周政的第111天，同时也是有为君和志强君分手的112天，班里新年聚餐。也许是消息迟滞的班长还不知道他们分手的消息，也许是班长有意给他们一个复合的机会，有为和志强被安排坐到了一起。我的左边是眉来眼去的有为，我的对面是假装正经的志强，他们在目光交会的那盘鱼香肉丝上含情脉脉地挥舞着骚动的筷子。从此以后，鱼香肉丝肯定成为他们爱的纪念。

在两人的筷子第五次碰在一起时，志强叹了一口气，眉毛紧紧地拧在了一起，举起一杯啤酒一饮而尽。此时已酒过三巡，菜过五味，不胜酒力的人们东倒西歪，称兄道弟，手舞足蹈。

志强突然说：“有为，我还是喜欢你。”

有为笑而不语。

志强继续说：“有为，我忘不了你。”

有为笑而不语。

志强叹气说：“可是，我有苦衷，怎么办？”

有为不语。

我想如果不是林成蹊喝大了，他肯定不会承认有第三者，他用“莫须有”的理由跟我朋友分了手，打着全世界只有你不体谅我“不得已的苦衷”的旗号。那一次，王有为颜面扫地，只剩跪下来求他不要走。当然了，他还是选择了分手。这一次，是王有为扳回一分的绝佳机会。

我感觉得到有为看似平静的纠结内心：“我怎么知道怎么办，你去解决你的苦衷呗。”

她说出这句话的时候，志强依旧痛苦地摇着头：“我不能。”

有为把脸转过来对着我，不再看那盘鱼香肉丝：“你吃饱了没？咱们先回去吧。”

这个世界上只有我这样的二傻子才会“哦”一声起身穿衣服拿包扒拉开喝醉了搂着大厅柱子拜把子的生活委员往外走，可等我走到饭店门口再回头时，形势又变了，志强不知道什么时候拉住了有为，他们站在大厅的那一端说着什么，有为远远地冲我挥挥手，示意我先走。巨大的怨念涌了上来：其实，我还没吃饱呢。

那晚，当我准备洗洗睡了的时候，有为从外面回来了。她烦躁地收拾东西，不停地走来走去，背影都写满了“心事重重”。我看了一眼表，十一点半，倾诉半个小时，安慰一个小时，拧巴一个小时……如果我运气好，在我问完“怎么了”之后，还可以有四个小时的睡觉时间，赶得上第二天早晨的专业课。

“怎么了？”我问。

王有为像抓住一根救命稻草一样，赶紧搬了凳子坐到我面前来：“在我们分开的这段时间里，他要照顾另一个女孩。”

“照顾？是劈腿吧，不然为啥要跟你分手？”

“你不懂的，他那个人，就是那样，见不得女孩哭。”

“我要吐了，这是借口吗？”

“一开始他们是好朋友，后来，那女孩被男朋友甩了过得很不好，情绪很糟糕，寻死觅活的，他想陪她过完这一年。”

“所以，你是填房还是备胎？”我看着我的傻朋友，心里不是滋味，“他可怜她，谁可怜你呢？”

有为看着我，又解释了一个小时，我大概明白了这个故事中有为最不愿意触及的内核。女孩是志强网游认识的，后来成了不错的朋友，接下来发现在一个学校又有共同的朋友，就见面了。那时，女孩在恋爱，志强也在恋爱，当然，志强的心思活络了，因为女孩是为数不多游戏中级别很高又长得漂亮的。很快，女孩分手了，时不时找志强诉苦，连游戏都不玩了。志强为了让女孩重新振作，牺牲了有为。

“你不了解他，他那个人就是那样，人特别好，很难拒绝别人。”有为还在替他解释。

“是啊，在全世界所有的烂人中，他是有点小特别的。但是，在全世界所有的傻子里，你倒没有任何显著不同。你们不配。”

我说完这句话，有为哭了：“我知道是这样，可我就是放不下。”

话已至此，我还能说什么呢？人有的时候就是这样，明知犯贱犯傻，可就是控制不了自己。后来他们发明了一个好词，叫“感性”，每当理性失去控制的时候，他们就觉得自己感性了。仿佛，只要这样一说，旁人就不会追究感性背后暗含的深意：一个人，在明知自己利益受损的前提下还一意孤行，那必然是有不可示人的潜在动力。比如，有为无法忍受的其实并不是失恋，而是男朋友劈腿的伤自尊。

“你知道那女孩是谁吗？”

有为摇摇头：“我只知道她游戏里的昵称叫桃子公主。”

足够了。通过这个名字，我从网上找到了她组建的战队，从战队一个成员的博客里，找到她的邮箱，通过检索她的邮箱地址发现了她应聘某兼职时提供的联系方式，而这个联系方式里，包括了她的QQ号码和博客地址。就这样，我们知道了这个女孩的一切。并且，我还知道了有为妄图向我隐瞒的那部分：她一直知道这个女孩的存在，只是，她不愿相信所以假装不知道。而女孩被甩与她被甩的间隔有差不多半年时间，对照这半年里两个女孩的博客，我不难发现脚踩两只船的林成蹊过着怎样一种分身乏术的生活。

有为小姐的博客：2009年4月1日，志强没来上课，他一个哥们儿失恋了，做情感垃圾桶去了……

桃子公主的博客：2009年4月1日，今天搬家到这里重新开始生活，之前的博客注销了，关于那个人的回忆太多。关于感情，我想过很多种结果，只是我没想过，我会在愚人节这天跟他分手。但桃子公主，你是最好的！向前冲！

有为小姐的博客：5月1日，约志强去看电影《超级马里奥的秘密》，接着去吃了一直想吃的火锅，今天人真多……

桃子公主的博客：2009年5月2日，他带我去看了新电影《超级马里奥2009的秘密》，本来说好昨天去的，但是他临时有事来不了。为了补偿我，还带我去吃了火锅……

有为小姐的博客：2009年5月14日，逛街无聊，本想约他出来，可他居然发烧起不来，买了药给他，希望他能尽快好起来……

桃子公主的博客：2009年5月14日，今天我生日，林买了蛋糕做饭给我吃，他最近很忙，今天辅导员还打电话来催他交什么材料，他假装自己发烧。看着他一本正经说谎的样子，真是担心他以后骗我怎么办，哎呀，不想那么多了……

我不知道这种感觉是怎样的，当你坐在这里，一篇篇地对照双方当事人的证言证词，谁在说谎一目了然。有为的眼泪大滴大滴打在我的键盘上，屏幕背后，另一个女孩就这样甜蜜地跟她分享共同的男友。我忽然想起那句著名的话“如果你爱我，请你在身上文上‘已婚’，小字部分注明我的名字”。多么可笑，原来爱的极致并不是“我爱你”，而是，“我敢于承认我爱你”。因为，这就意味着我为你放弃了其他所有可能。

那一晚，我听见有为半夜起床，在阳台上哭到天亮。

6.我们在同一世界的两个角落

我一直觉得我是一个低调高端的人，我在这个世界的重要作用不言而喻。我朋友遍天下，只要我号召一声，我朋友列表里的400多人随时可以帮我顶帖、爆吧、粉身碎骨全不怕。我著作等身，无数漫漫长夜磨炼了我的意志，锻炼了我的能力，铸造百万字聊天记录。我肩负拯救地球的使命，哪里有不公哪里就有我，网络上每一次对不公平事件的讨论，我都参与。但即便是这样，我仍认为，在我伟大的、丰富的、壮丽的人生中，最让我骄傲的却只是一件微不足道的事：我默默地帮我的朋友王有为，干掉了第三者，像个真正的影子武士那样，干得漂亮。

我新注册了一个叫“超级马里奥”的号码，为“他”设定了一个身份：暗恋桃子公主的男孩。为了让他有血有肉，我甚至每天替他写博客，但这个虚拟分裂人的真实生活难住了我。为了让那些假象看起来像真的，我只好让它们就是真的。所以，替超级马里奥虚构身份的时候，我参考了真实人物周政，用“超级马里奥”的名字写起了博客，与此同时，我开始在桃子公主的博客上留言：

2010年1月2日，桃子公主更新日志，写她和林成蹊去大采购。“超级马里奥”留言：“新年来了，这是一个新的开始，也许生命中有些事情也该重新开始，祝你幸福……”（桃子公主未回复）

2010年2月14日，桃子公主更新图片日志，题目是“焰火”，“超级马里奥”留言：“春节和情人节是同一天，你是陪他还是陪家人？”（桃子公主未回复）

2010年3月4日，桃子公主更新日志，写很久没有去操场看比赛，因为某些人。“超级马里奥”回复：“网球社这学期第一天活动，我今天状态不错，哪天邀请你来看我比赛。”

2010年4月1日，桃子公主更新日志：“分手纪念日，祝贺自己的顺利康复，感谢小林子的陪伴”。“超级马里奥”留言“愚人节快乐”。

这一天，桃子公主却回复了超级马里奥："你是谁？"

"想拯救你的人。"我说。

确实是这样的，超级马里奥的任务是拯救桃子公主，我的任务是把两个女孩从一个脚踩两只船的男人手里拯救出来。虽然，不得不承认，我的方式有点匪夷所思，当然，你也可以说它阴险。但总的来说，我不想当面去找一个陌生女人摊牌，让她放过我朋友的男朋友。这样的话，实在是太给有为君丢人了。

但令我没有想到的是，桃子公主旋即问我："我看了你的博客，大概猜出了你是谁，你想干吗？"

虽然写博客是想让超级马里奥看起来更像一个真实的男人，但我实在没想让桃子公主把他误会成一个自己认识的人："我想你猜不到我是谁，我们并不认识，我只是看了你的博客觉得你很有才华。而且碰巧，我认识你男朋友林成蹊。"

我以为"林成蹊"三个字足以触动桃子公主的某些神经，但我错了。过了很久，桃子公主回复我："别装了，我知道你是谁。我跟你已经分手一年了，我好不容易康复了，你现在，是用当初我的办法来报复我吗？"

如果，我没有理解错的话，桃子公主把超级马里奥误会成她的前男友了。我曾为这个事件演练了一万种解决方案，但唯独没有想到这种结果。我看见月亮缓慢地在云层里穿行，忽然想到脚下的地球正在自转，于是不由自主地眩晕了一下，我心里七上八下，脑子里盘旋着一个名字"周政""周政"……

之后，就是死一般的寂静，桃子公主没有再理过我。

7.两个铁球同时着地

从网球场出来，我和周政在校园里漫无目的地走着，不断有女孩路过我们，她们手捧白花，去祭奠逝去的生命。然后，我看见了林成蹊，他走过来，嘴角抽搐了一下。经过我们的时候，他停了下来，我想跟他打招呼，他却点着一支烟，递给周政："你也没去吗？"

周政苦笑："我去干吗，她恨死我了吧。"

林成蹊缓缓吐出一口气，低声说："虽然这样想不对，但我觉得很轻松。"

周政拍了拍林成蹊的肩膀："哥们儿，谢谢你，我欠你的。你和有为怎么样了？"

林成蹊的表情有些纠结："和好了吧，但是她一定会怪我很久。然后，慢慢地忘了。她不像小陶那么心细如发，所以，她比较容易快乐。"

我终于忍不住开口了："林成蹊你当我是空气吗？小陶是谁？"

"小陶是我前女友。"周政开口了。

"也是你和有为认为的第三者。"林成蹊接着说。

8.我们在同一个世界的两个角落

假如有假如，你不会是我的假如——桃子公主写于和周政第一次分手。

这一天是2009年4月1日。陶桃从周政朋友的博客间进行例行跳跃无数次后，终于找到了这位网球冠军出轨的蛛丝马迹：一个新加入网球社的师妹写道："今天我感冒了，没去社团活动，我的教练——本校有史以来最具天赋的头号种子选手周同学，特意挑了一天帮我加课。在这里，谢谢周同学。"

那一刻，陶桃的心很难过，但同时她居然有点卸下包袱的感觉。因为从一开始，她就不相信周政这样优秀的男孩可以死心塌地地跟自己在一起。从她喜欢上周政的那一刻起，她就在精心收集关于周政的所有信息，她收藏了所有周政同学的博客，她想尽办法添加了所有周政的同学为好友，她玩起了周政爱玩的游戏，苦心修炼终于成功赢得周政队友的心。于是，没有表白，没有确认，她和周政在一起了。没有人觉得惊奇，没有人回头想过这样一个女孩是怎样进入自己的生活的。仿佛，从一开始她就在那儿，她跟周政如此相像，她拥有他的全部喜好，她了解他的全部。而周政也没有想过这是怎么一回事，一开始，她只是个同学，逐渐地，变成了朋友，最后，变成了女朋友。但随着恋爱关系的持续发展，渐渐地，周政开始感到窒息：她拥有他全部的生活圈子，她多疑多虑，她把每一个他的女性朋友都作为假想敌。他们开始争吵，她惩罚他的方式让他不寒而栗，他发现，每一次争吵过后，不再有朋友陪他打球因为她叫他们去打游戏。每一次组建战队，她是他们的核心。而周政一旦提出分手，对方马上以死相逼。而他的朋友，无一例外站在她这一边指责他。

陶桃质问周政这个生病的师妹是怎么回事，又是一场无端的争执。周政疲惫地提出了分手，然后转身走了。这一晚，没有电话没有短信。第二天，陶桃给周政的所有好友打电话，接听的只有林成蹊。

“你告诉周政，他再不出现，我就死给他看。”陶桃在电话里声嘶力竭地哭喊。

为了安慰陶桃，找不到周政的林成蹊陪陶桃吃了饭。

那晚，周政去找了林成蹊，向他诉说了自己无尽的烦恼：“大林，你帮帮我吧，我被陶桃逼得受不了了，想分手，但她那个样子，你也知道，动不动就要闹自杀。你帮我看着点她。等她过劲儿了就好了，我得躲着她。”

林成蹊觉得这是小事一桩，所有的女孩都有小心眼的时候，诚如周政所说，女孩们过来劲儿了就好了。但，陶桃一直没有过来劲儿，她将对周政的感情转移到了林成蹊身上。

暑假的一天，陶桃给林成蹊打电话，林成蹊随口问了句有为的生日快到了该送什么礼物好。

“去看她吧，她家住在××市××区××街，你偷偷去，给她个惊喜。”陶桃说。

林成蹊忽然有些不舒服：“你怎么会知道的？她家的具体地址我都不

清楚。”

“半年前我帮她带过寄错的信，现在年轻人谁还写信啊，肯定是家里爸妈写来的。你还想知道她什么？我都能帮你找出来。”陶桃得意地说。

林成蹊觉得自己从周政手里接过了一颗定时炸弹，他不想连累有为。2009年9月11日，他跟有为说了分手。后面的事情像一个循环，陶桃认为她和林成蹊在一起了，于是以爱的名义，开始了她无处不在的跑马圈地。而林成蹊却坚持他们只是朋友。

2010年的元旦聚会那天，我离开后，林成蹊拉着有为的手说“不要扔下我”。这句话瓦解了有为的所有坚持，他们和解了。林成蹊没有向陶桃承认过她女朋友的地位，自然也就无须说分手，他只是淡出了对方的生活。直到这时，林成蹊才发觉，事情也并没有怎样，她并没有真的去自杀，她也并没有一蹶不振，她闹过之后，还是持续不断地更新着自己的博客。这一下，林成蹊彻底释然了。

直到5月1日，有人坠楼，最后确认是陶桃。听到这个消息的一瞬间，林成蹊感到了一丝轻松，接着，是无尽的无奈。

9.你不戴黑超，谁知道你是明星

由于陶桃意外身亡，同宿舍的其他姑娘，纷纷以各种借口调到别的宿舍去住，那间房子就空了下来。调查结束前，关于陶桃的自杀原因猜想比比皆是，网友们甚至挖出了“超级马里奥”，大家纷纷给这个明显对“桃子公主”怀着暗恋好感的人留言，希望他能出现，告诉大家桃子公主为什么要选择用这么惨烈的方式结束一切。但超级马里奥再也没有出现过，于是，开始有人怀着善意的揣测编织故事，也许超级马里奥和桃子公主是一对感情很好的恋人，一个得了绝症，另一个决定追随他而去。

很快，警察的调查结果出来了，打碎了所有人的迷梦：陶桃并不是自杀，这完全是个意外。

“你是说，她爬上那么高的楼顶站在护栏上，就是为了拍照片？”

“是的，他们在八楼一个阳台角落找到了她摔坏的相机，存储卡里还有在楼顶的11张自拍。”

“就是这样？”

“当然是这样。”

以上，就是我从路人口中得到的自杀真相，当然，学校公布的结果措辞更加审慎和严谨，死者为大嘛，但基本也是一个意思。此后，校方锁上了所有通往楼顶的门，严禁学生去天台搞自拍。

但这事儿促成了两个意外结果：其一，有人用陶桃的故事恶搞了超级马里奥和桃子公主，这条视频蹿红，成为各大视频网站分享最多的动画，超级马里奥的游戏忽然又红了起来；其二，由于吊诡的死因，陶桃一夜之间成名，而她和网上神秘的超级马里奥的爱情，也越传越玄成为校园传说的一部分。

但从那件事之后，我就不再热衷于网络。现在，我可以自然地对人说你好，并记住他们的名字而不是昵称。我的朋友圈子在急速缩小，但我总能找到那么一两个真实的人在我脆弱时给我鼓励。我不再关心占有庞大的信息资源所带来的愉悦，我鼓起勇气告诉周政我暗恋了他250天，他笑了说我很傻。有为和志强还是那样，他们喜欢“七月流人”咖啡馆里的鱼香肉丝盖饭多过速溶咖啡。

如果说有什么不美满，我想，我需要用一生去忘记超级马里奥的注册邮箱和密码。

16

我的幻肢朋友

如果，我从别人口中听说栾山的感情经历，我肯定会觉得他是个人渣；但，我跟栾山从高中到现在已经做了10年朋友，他作为我生命里唯一一个18岁之前就认识且没有血缘关系却还在手机通讯录里的人，我实在无法把他的行为和人渣对等。人渣只是道德层面的事儿，栾山绝对是生理层面的渣——我时常觉得他一定是脑子里面缺少某部分组件导致他与常人的情感机制不同，才造就了他这种抽个烟的工夫就能完成新旧两任女友无缝对接的淡然。好比没有痛感的人如果不怕被打死，肯定是搏击场上的一把好手。栾山是个完全没有感情的人，所以，他才成了情场好手。

而我，就是栾山那些我得套用公式才能算出大概数值的前任们记忆深处永恒的、讨厌的红颜知己、异性好友，她们都在与栾山恋爱的不同时期吃过我的飞醋，认为，我一定是那种因为个人条件限制，暗恋栾山多年未果，决定以朋友的身份陪在他身边的某某。

一开始，我还会辩解，事无巨细地给栾山新交的女朋友讲一遍我跟栾山为什么只能做朋友。慢慢地，我连辩都懒得辩了——能做到把同一个问题跟不同人解释三遍以上，且日复一日年复一年死循环的壮士，只有春蚕到死、蜡烛成灰的高考复习班老师，我没那么高尚。这件事在栾山把我的解释进行了录音之后，就没有再困扰我了，我想，最早是卡带，大概从第三任之后的那些任栾山女朋友，听的应该是我MP3、WMA、REAL、RM等常见格式的解释。

我跟栾山保持这么多年的友情纯属偶然中的必然。偶然的是，我跟他成为朋友的时候他还是个100升的胖子，嗯，真的得用“升”这个字，因为他的肥肉已经呈一种走起来整个人都在流动的液体状。虽然他高二减了肥，摇身一变成了精壮校草，爆发出如今这种大规模杀伤力，但对于我来说，100升的他带来的视觉刺激足够绵延千古，造成永久心理创伤。必然的是，他变帅之后很好地继承了胖子的遗产，性格好，会讲笑话，见到异性不管好看难看，总要出于礼貌勾搭一下……直接导致了所有异性都沦为前女友型、因爱生恨型、惹不起躲得起型；所有同性又可以简单粗暴地划归成对他居心叵测型、怕他对自己另一半居心叵测型。所以，他的朋友就只有我。

也只有我，知道栾山这种别的女孩心中璀璨如月光的男孩背面是怎样的坑坑洼洼：

栾山喜欢大模特类型的女孩，高、前凸后翘、稳稳驾驭大光明马尾发型那种，他说我是模特大类型，上帝造我的时候肯定所有模具都用了XL码。

我就说他××配狗天长地久。

他再回敬我，你妈生你的时候用力过猛吧。

我再回敬他，现在知道自己为什么一直找不到天长地久了吧？狗！

这些话，我都不敢跟我男朋友说，如果被他知道我跟栾山这样互相辱骂还做了这么多年朋友，肯定会对选我做终身伴侣产生巨大怀疑。

说起来，我之所以会跟我男友在一起，还要某种程度上感谢栾山。那大概是大一开学没多久，我跟栾山在同一个城市的不同学校上学，因为都在大学城，离得近，还是经常会碰个面，主要是听栾山吹嘘一下又有哪个妹子为他寻死觅活，他又看上了哪个妹子。

假期前一天，作为不准备回家过节又没被任何男同学捕获的女同学，我照例是睡到十一点，下床叫好外卖看电视剧。这个时候隔壁寝室有个女的说外面有个女生找我，我想都没想就穿着拖鞋出去了。到了宿舍门口，看了一下没有认识的人，我还傻乎乎喊了一声：“谁找我？”

接着一个比我高一头的姑娘走过来问我是不是周末，我看到那个姑娘盘靓条顺的身材和大光明的发型时已经反应过来她是栾山喜欢的类型，但还是下意识地回答：“对，我就……”

我嘴里的“是”字，是以瞬间位移推送气流的方式吐到我前方九点钟位置的——这姑娘确认我是她要找的人后上来就给了我响亮的一巴掌，直接把我打蒙了。然后她先哭了，手脚并用地对我发起了后娘打孩子一样的进攻。而我能做的，也只有捞起拖鞋见缝插针地抵挡一下。

我后来的男朋友乔力就是这个时候登场的，他在宿舍打游戏，听见隔壁有人兴奋地呼朋引伴去围观女生打架，就跟着跑出去看热闹，一看发现："挨打那个不是我们班那个礼拜六嘛！"那时候他跟我还不太熟，只知道我外号叫"礼拜六"，同窗情谊促使他站了出来，分开了我跟高个姑娘。乔力说我输人不输阵，虽然脸被打得像花瓜，但用带按摩底的拖鞋狠狠羞辱了对手——高个儿女自脖子以下到处都是鞋印子。

高个儿女打完了人就开始控诉我破坏他们夫妻感情，不用她再解释我就知道这顿打是替栾山白挨了，闹不好还要被扣个现行小三的名声。乔力还替我撑场面，要留那女孩的姓名电话要去告老师。

我拦住乔力问高个儿女："不用留了，你就是那个'设Y'吧？"

高个儿女当然不明白我说的是什么意思，我也没容她问，直接告诉她，这个阶段，栾山只有两个女朋友，高个儿女设为Y，另一个还在勾搭的是高个儿女的闺密，当然就是"求X"了。其实我很不想用这样带侮辱性的代号来称呼同性，但谁让她刚刚打了我呢。但我说的又不幸是真的，高个儿女找错了人，哭哭啼啼地跟我道了歉，走了。

我因为被打气疯了，当天就跟栾山提出永久断交，栾山百般跟我道歉，说自己已经把"设Y"甩了，为了替天行道已经公开跟求X表白了，希望我不要因为这样一点小事儿就放弃手足情谊。我说你还是当我是你的幻肢吧，接受现实、身残志坚。后来，我就不接栾山电话了，他跑到学校来找过我几次，想当面道歉，乔力又主动充当了挡箭牌的角色。就这样，我一个学期没见栾山，寒假来临的时候，我跟乔力的初恋也正式开始了。

我跟栾山的单方面断交，也只持续到寒假。你们懂的，寒假期间打个麻将、唱个歌总是需要凑人数，我跟栾山就又没脸没皮地玩到了一起。那时候，栾山因为不接受寒假期间的异地恋跟"求X"也分手了，对于我手机不离身、打麻将和（hu）条子还是筒子都要问一下乔力的行为，非常不齿。乔力也不理解我跟栾山这样三观截然相反的人，怎么可以经历了那样的事情之后，还能做朋友。

这，其实是另一个秘密。高一时的我跟100升的栾山有过配角和配角的惺惺相惜。那时候，我们是前后桌，我暗恋一个男神级别的体育生，栾山则喜欢自认为永远跟他不会有交集的校花。隐秘而自卑的暗恋像癌症晚期，让我跟栾山互助会病友一样彼此打气、守望相助。

他说礼拜六你要自信，你其实挺好的。

我说没准校花就喜欢胖子，听过恋肥癖吧。

也许是栾山的鼓励冲昏了我的头脑，高一期末考试结束，我竟然鼓起勇气给男神写了情书。结果，我就被钉在了耻辱柱上，情书被改了错别字退回来了。栾山替我去找男神理论了，说男神有眼无珠错过了我。男神反问如果我真的这么好，栾山为什么不跟我在一起。栾山一气之下当众宣布，如果不是自己早就喜欢了校花，没准会真的对我有意呢。

也许是，被我跟栾山喜欢上是让人愤怒、羞愧的事情吧，当天男神就跟校花在一起了。他们是化蝶的梁祝，我跟栾山就是逼婚的马文才……这件事让我颜面尽失，上学的时候尽量水都不喝不去厕所，减少离开教室的机会，避免一切可能的尴尬。栾山以身作则地去减肥了，他说如果他能变成男神，那么，我更可以变成女神，让错过的人后悔去吧。

高二开学第一天，啃了一暑假苹果，跑坏了三双鞋的栾山重返校园，双手插袋，带着只动半边脸的坏笑重返校园时，他终于如愿成为男神。栾山后来的历任女友，回忆当初，都觉得自己沦陷在栾山这样玩世不恭的笑容里。我却觉得，栾山的笑容带着某种尴尬，像一个测试——这副新皮，您看着可好？我当然没有变成女神，但栾山变成男神，却真的让我扬眉吐气了，跟栾山站在一起时，所有人都觉得我很有钱。

乔力听完我跟栾山的友情故事，十分感动，说我确实应该珍惜这样真挚的朋友。

我声泪俱下，是啊，对于一个掌握着我所有丑事又对自己狠到肥都能减下来的人，能做朋友就最好还是不要做敌人了。

于是，寒假开学后，乔力请栾山吃了顿饭，算是跟我的幻肢栾山正式认识了。栾山那天特别高兴，他直白地说乔力是像大熊猫一样珍贵的男子。之前都是他的女朋友误会我，现在，终于有这么一个机会，让他也感受一下被好朋友的另一半误会的委屈。

乔力很淡定地看了看栾山，说："放心，我不会误会你的。"

"为什么？"栾山问我，"就因为我是狗，你不想当那啥？他就信了咱俩没啥？"

"哦，我已经跟你熟到，光是想象在一起就像乱伦。"我如实回答。

我也不知道这样的感觉是好是坏，但它至少是我跟栾山关系的准确形容。

乔力憋着笑，栾山一副恍然大悟的模样，半晌，他才说直觉上这不是一句好话，但是仔细想想竟然很感动。

那之后，栾山就有了减肥之后的第一个男性友人——我的男朋友乔力。栾山很有道德地没有再带他走马灯一样的女朋友来见我们，也没有再刻意提起过这些女孩。但，这些女孩我却一个都没漏地一一认识了，大体步骤是：一个了解我一些信息的陌生号码突然要求加我为好友，如果我接受了，不出十句话我们就会聊到栾山，我就知道这估计是栾山的某个新女友来套话了。然后，她们有的会把我当作假想敌，另一些则想从我这里套出栾山的情况。

爱情真是当局者迷，这些姑娘在连目标是谁都不知道时，就已经成了预设有一桩爱情官司要发生的侦探，从栾山有限的网络社交中，以某个风吹草动的灵感，找到非常注意隐私的我，推理出我的一些信息，再选择以一种或敌或友的方式认识我。实际上，当她们向我发送好友申请的时候，结局就已注定，她们自己心里都很清楚，她们不会是栾山的终点，只不过不想承认。

而栾山真正让她们绝望的并不是劈腿——劈腿至少算个理由。可栾山的爱情似乎只为了寻求搞定某人的快感，一旦对方同意了跟他在一起之后，追求的仪式就完成了，分手程序随之启动。我看着这些姑娘在栾山的生命里，欢欢喜喜地来，哭哭啼啼地走，无一例外。

大三下学期，栾山第一万次承诺这一定是确定了此生唯一才会去追的那位真爱，在带着自己才是让浪子回头的那个真命天女的心情答应了栾山后，悲摧地在第二周就收到了栾山的分手短信。更要命的是，这条短信她们系的另一个姑娘上学期也收到过，也就是说，连分手短信都是复制粘贴群发的。这位姑娘就勇闯男生宿舍向栾山要说法，不说清楚就要自杀。

当时，所有男生都幸灾乐祸地觉得栾山这下子完了，要知道，之前栾山再怎么人渣也从没搞出过人命。没想到，姑娘跟栾山关着门聊了一个钟头，哭着走了，再也没有纠缠过。此后再见面，反而对栾山很客气。但当天栾山跟那个姑娘说了什么，栾山和姑娘都嘴严得像地下工作者一样，任人威逼利诱就是不说。

接着，更为吊诡的事情发生了，我不知道栾山和姑娘是不是加入了某种“只要你不再交女友我就不自杀”的神秘宗教，还是当晚姑娘做了什么让栾山断子绝孙的事儿。反正，在那个男寝和谈后的夜晚，栾山单身了，在他脱去一身肥衣披上情（禽）圣（兽）外衣的五年中，第一次超过一个月没有女朋友。接着是第二个月、第三个月……

半年之后，依然单身的栾山死皮赖脸地要参加我跟乔力的毕业旅行时，乔力跟我商量，是不是给栾山介绍个男朋友试试。毕竟，再帅的电灯泡，也是灯泡。在每一个逢佳节倍思春的圣诞、圣瓦伦丁、圣牛郎织女节里，都要带着栾山以防他胡思乱想的我们俩，看起来就像混在情侣连连看里的套娃对对碰。

我和乔力互相推诿，究竟谁去当这个拒绝栾山的坏人，栾山已经在热情地帮我们俩订酒店。我和乔力猥琐地把栾山的照片发在校园网上鼓励师妹偶遇，栾山把两张去云南的机票装了个漂亮的盒子送给我和乔力。

“你们去玩吧，算我送给你们的结婚、小孩满月、上大学的礼物。”栾山就这样用两张不负责的廉航机票预订了我们的一生。

“为什么是云南？”我问。

“现在去云南机票最便宜。”栾山说。

“那你呢？”乔力问。

“哦，我去澳大利亚看鲸鱼，就空一个打折位了，不带你们一起去了啊，乖。”栾山露出了他招牌式的半边脸微笑。

如果有的选，我和乔力也想去澳大利亚看鲸鱼的。但谁让我们的友情就是这样，永远没有转折地插朋友两肋刀，然后再一起忽闪着刀把拥抱，吐着血沫子弹冠相庆：“啊，我们是血浓于水的朋友，啊！”

只是，我没有想到，我们和栾山的分开旅行，变成了分手旅行。从云南回来后，栾山失踪了，打电话不接，发短信不回。就像那种吃了韭菜放的屁一样，曾经浓烈地存在于我生命中的某一刻，飘散之后就再也找不到任何踪迹。

乔力说，要不回老家去堵栾山他们家的门吧。

我想了想，还是心疼800元的路费。留着这钱，万一栾山遭遇不测，还能给他老子娘随个礼，不是吗。笑话，没听过祸害遗千年吗，栾山当然会长寿！

再见栾山是我工作后的第一个春节，我带着乔力回家见爸妈，敲定一下结婚相关事宜，正当我们讨论到婚宴究竟办在哪里时，栾山发来约见面的短信同时出现在我和乔力的手机上：

“朋友，约吗？”

约！在这恨不得联络上全世界认识的人来收份子钱的人生当口儿，最该被拉来放血的朋友，怎能不约。

我和乔力在一间提供商务简餐的巴黎地名咖啡馆见到了正在吃馄饨的栾山，他坐在阴影里，戴着帽子，拿勺子的手有些抖。他抬头的瞬间，我和乔力都有些惊讶：栾山又胖回了那个100升的胖子，左眼仿佛睁不开的样子。那一瞬间，我闻到了空气中鸡精、虾皮、肉馅以及变故的味道。

栾山说：“礼拜六你知道吗，我差点死了，我脑袋里长了个鸡蛋大的瘤子，这半年开了个瓢把瘤子取了，我现在走路还画圈呢。”

我说："你怎么不告诉我？"

栾山想了想，说："怕你难过，更怕告诉你你不难过，我就该难过了。"

我哭着说："废话，我当然不难过，你当你是谁啊，你死全球未婚女性都为你哭啊？"

栾山抖着手，想递给我一片餐巾纸，却准确地把纸巾掉进汤碗里。他略显尴尬地看着乔力："你给她擦擦，这鼻涕一把泪一把地看着都咸。"

我说："果然是好人不长命，数你最健壮，脑容量本来就小，又摘一瘤子，彻底空了吧。"

栾山就那么看着我，笑了，这一次，他笑得很真诚，没有只笑半边脸，没有双手插袋，一如当年那个总是安慰我"不是你不好，只是别人瞎了眼"的胖子。

栾山说："礼拜六，你知道吗？医生说我这个瘤子长好多年了，笑的时候半边脸不会动就是瘤子压迫神经了，还有内分泌、性格，没准都会受影响。"

我隐隐地意识到了什么："你什么时候知道自己生病的？"

"大三下学期，你不是一直想知道我怎么摆平到宿舍闹自杀那姑娘吗？我给她看了我的检查报告，哎呀我去，太'韩剧'了。"栾山满不在乎的表情后面，我还是捕捉到了青春期那种熟悉的自卑，"后来，我忽然对姑娘失去兴趣了。"

乔力听完这话，紧张地向我这边挪了挪："我和礼拜六支持你的所有选择。"

"不是，这手术挺危险的，我不想害人家。我直到看了鲸鱼回来，才下决心去做手术。"

故事有多惊悚，从栾山嘴里讲出来，也不过几十个字。

我亲爱的朋友，胖子栾山，在六年后，正神归位了，他复健，他恢复，他工作了，娶了个说话走路特别快的姑娘，变成了一个再也没有瘦下来过的二十四孝老婆迷。

栾山他老婆很喜欢听我讲栾山作为情圣那几年的故事，仿佛光是过过耳瘾，自己嫁的就是个让所有人嫉妒的帅哥。栾山则更加没羞没臊地所有证件、社交网络照片放的都是自己大学时代的照片。美其名曰，瘦过。

但，那些爱过的怎么办呢？我有时会想，那些沦陷在栾山笑容里的少女，如果知道当年自己爱上的一切没准是因为一颗瘤子，会是怎样一种感受。或者她们会在十年、二十年后的同学聚会上看到现在的栾山，唏嘘嗟叹。

后来乔力常常说，栾山这人太阴险，欠了那么多情债，祭出一身肥肉伪装自己，撇个干净。

我说，我要把这个故事写下来。

乔力说，这有什么意义还值得写?

当然有，栾山用六年的时间告诉我们：有病，一定得早治。

17

现在高兴了吗

1.半封遗书

这个世界是丑恶的。狗的‘微笑’实际是它的恐惧；做过除爪手术的猫真的好温柔，那么被剁了五个指头尖的人也会变温柔；惊悚片活到最后的一般是女人才不是什么绅士风度，只不过，是女人的叫声更加惨烈更让观众觉得怕……你以为被这世界温柔地对待过，可催得再肥的年猪，都活不到初一。

“己之仁慈，彼之残忍”是我的人生信条，凭这个信条，我才能活到今天。我是一个私人调查员，就是所谓的私家侦探。这个行业真没有电影演得那么神秘，我的工作内容可以概括为，不是在捉奸就是在捉奸的路上。就是这么一个龌龊的营生，我能干上也不容易：我爸死得早，我妈要养家，基本没什么时间管我，就总给我灌感冒药，我睡着了她就能安心上班。导致我现在回忆起小时候，基本都是一片空白。我觉得，我没考上什么学，是我妈的感冒药害的。

我现在依然爱睡觉，没有活儿的时候我能不吃不喝一直睡。刚开始干上调查员的时候，因为爱睡觉在车里守着守着就能迷糊过去，跟丢过好几次人不说，还有几次睡着了被发现让人暴揍一顿。别说赚钱，差点连自己都赔进去。正因为这样，我发展出了新技能，利用网络社交和各类电子产品的定位找人，赚到钱的时候换了几个好镜头，实现了远距离偷拍，基本做到了靠逻辑分析弥补体力跟踪的不足。而我万万没有想到，我这种自认为稳妥安全的工作方式，却把我推向了另外一个危险的境地。

如果你看到了上面这些话，你很可能是找到了我的遗书。现在是2014年2月14日，夜里1点05分。我刚刚在红水镇招待所的厕所里醒过来，我左手手腕的静脉被人割开了。幸好，害我的孙子不知道割脉要泡热水，割得也不太深，我还活着。这个暗中的人，已经不是第一次要弄死我了。我白天遭遇的那起莫名其妙的车祸，应该也是这个人搞的。

我现在思维有点乱，伤口简单处理过，但还很疼。我必须快点，把这件事写下来了。想弄死我的人把我的手机也泡水里了，让我没法打电话。我不知道他是不是还在附近，也不敢出门求救。不管你是谁，看到这封信，马上报警：红水镇一个叫蓝海的女孩（我推测大概有9岁）遭遇了非常可怕的事情。以下是她的日记：“我想自己住校，爸爸反对，妈妈也不同意。我不想爸爸晚上来我屋……”

不是我不想再告诉你更多的信息，而是我也只看到这一句。那时，我受雇于一个富婆，查她老公包小三的事儿。我拿到几个怀疑对象资料的第一件事，就是从我注册的无数账号里挑几个先跟怀疑对象在网上互动。不过，这不是重点。重点是当我用到早期注册的某个账号时忘了密码，费了九牛二虎之力登录成功，发现收件箱里除了广告外，还有一封莫名其妙的邮件。邮件里是一张照片，拍的是三年级数学教材，书的主人是“红水镇小学 三年班 蓝海”。翻开的书皮内页里面写着她的秘密——如果不是有人故意把书皮翻开拍照，可能压根儿不会有人看到这句话。

我看到这张照片的第一反应是，只是恶作剧。可几天之后，我帮富婆抓到了小三，还额外附赠了小四、小五之后，“蓝海”却始终在我脑中挥之不去。我想报警，拿起电话又觉得这样一张照片好像也说明不了什么。没准，只是我用大人龌龊的思维，杜撰了一些不干净的故事而已。被这种想法折磨了又一周后，我决定还是到红水镇看一看，那时我以为，一个有名有姓的三年级孩子，应该不难找。

可没想到，从我到镇上跟第一个人打听蓝海起，我就好像被一种巨大的诡异气氛笼罩了，本地人看我的眼光充满戒备。我刚开车到镇上找住的地方，问了一个半大小子招待所在哪儿，少年热情地给我指了路，但我从后视镜里看到他妈妈对着我离去的车指指点点，仿佛是在跟儿子说不该跟我说话。

绝对不是我神经病，我发誓，这种周围所有人都暗地里盯着你，当你看他们时他们却迅速把目光移开假装没有在看你的感觉，从那个时刻开始就没有停过。因此，我留了个心眼，给前台假身份证办理了入住。

我在招待所一住下，就跟前台值班的小姑娘打听蓝海。小姑娘刚从外地嫁过来什么都不知道。我塞给她一百元钱后，她答应帮我问问她婆婆。可放下电话，她口气就变了。她说没这么个人，红水镇从来都没这么个人。她的斩钉截铁反而让人坚信她——或者至少是电话那头的婆婆，想隐瞒蓝海的存在。红水镇虽然不大，但也没有小到可以斩钉截铁地说镇上没有某个人。

我决定出门碰碰运气，可我问到的人，大多拒绝提起蓝海，有人甚至反问我问这干吗。接着，我就又碰到了给我指路的少年的妈妈，她再看到我的表情简直就是惊恐。我向她走过去，她落荒而逃了。我不明白，为什么仿佛整个红水镇的人达成了一种协议，他们死守着蓝海的秘密。

一上午搜寻未果，唯一知道的是镇上的小学已经搬到远一点的开发区跟中学并入一个校舍了。我准备开车去问问可能教过蓝海的老师，可没有想到的是，我的车刚开出招待所，我下意识地瞅了一眼后视镜，好像看到后视镜里一个小女孩直勾勾地看着我。现在想来，他们一定对我的车做了手脚，我当时踩了刹车，车子却根本不听我使唤直冲路边树上撞了过去。

他们想要用伪装成车祸或者自杀的方式除掉我！可能，过一会儿，就有人来查看我死了没有，那时我就可以知道到底谁要弄死我了。可现在，我居然困了，其实从写这份遗书开始我就困了。我不能停笔，不然我就会睡死过去了。现在凌晨两点半，我居然在这么个破地方为了查一个跟自己一毛钱关系都没有的事儿，几乎要把命搭进去了。

我一定不能睡，但我写这个又有什么用呢？我都不确定有没有人能看到，看到的人又会是谁。我已经听见外面有人走动了，他们在开门了！救救蓝海，救救我……

2.一封遗书

我醒在医院的床上，陈卓一脸沉痛地看着我。看到陈卓，我心里踏实了不少。他是我刚当调查员时的师傅，他结过三次婚，对人生看得很明白。

“你怎么找到我的？”我从床上爬起来，问陈卓。

陈卓表情不太好看：“你妈告诉我的。”

“我要找的那个女孩呢，找到了吗？”

陈卓看看我包得严严实实的手腕，摇摇头。

我穿衣服下床：“我得去找她。”

陈卓按住我，支支吾吾地说：“不用找了。”

“她是不是出事儿了？”

陈卓摇摇头。

我看他三棍子打不出一个屁的样子，直接从他外套里掏出了手机：“我报警。”

陈卓抢走手机：“别！”

“她有危险！”

他疯了吗！我都差点让人弄死两回，蓝海现在是死是活都不好说，陈卓居然不让我报警。

“已经找到蓝海了。”

我很吃惊：“那你不告诉我！她怎么样？”

“没什么，挺好的。”

我恨透了陈卓这种说半句藏半句的态度：“我自己去警察局问。”

陈卓直勾勾地看着我缠着厚厚纱布的手像下定很大决心一样艰难地开口：“蓝海从小被亲生父亲强奸，但是，家里人决定保守这个秘密。12岁那年，忍无可忍的蓝海往她爸的酒里掺了农药，她爸死了。出殡那天，蓝海的奶奶死命地把她的脑袋往地上撞，差点弄死她，蓝海再一次挺过来了。为了躲闲言碎语，她妈妈带着她在外地打工，但她妈妈始终觉得自己的悲惨命运是蓝海造成的，一直想摆脱她……”

陈卓越往后说，声音越小。

我浑身发抖：“她人呢？现在在哪儿？如果没人管，我愿意照顾她……”

陈卓摇了摇头，递给我一封信。我接过来，是我以为自己要死在招待所里时，写的遗书。

我一边把遗书胡乱塞进口袋，一边胡乱穿上衣服往外走：“你带我去找蓝海……”

陈卓却把遗书掏出来，展开了塞在我手上：“你再仔细看看，别急着走。”

我不耐烦地扫了一眼，遗书末尾的落款却让我惊讶不已：“蓝海绝笔。”

我抬头看看陈卓，他只是双手用力地扶着我，不让我倒下去。是的，这封遗书是我写的，落款自然也是我写的。

“这怎么可能，一定是弄错了。”我嘴上这样说着，心里那层笼罩的迷雾，却已经被吹散了。

我醒的时候是我，我“睡着”的时候是蓝海。在我被爸爸捂着嘴骂贱货的时候，在我被奶奶揪着头发往地上撞的时候，在我被妈妈灌下一片又一片感冒药叫着“你死了最好”的时候，我多么希望被这个世界温柔地对待过。哪怕只有一秒，狗真的会微笑，猫的爪子不会伤人，所有男人都会保护女人，年猪因为长得可爱就不会变成杀猪菜……一秒也没有过。

于是，在蓝海黑暗得没有一丝光的生命里，我是她创造的唯一光芒——一个强大的人格，替她存活于这个世界上，抵御所有的黑暗。我忽然明白了，从头到尾都没有什么陌生人的追杀，想让我死的一直都只有蓝海而已，或者说，她一直想要自杀、弄死我们共同的躯体。只是，蓝海的人格已经沉睡了太久，甚至都很少再出现了，为什么她忽然会有了如此疯狂的举动。

我看着陈卓，他看着我，嘴角的严肃忽然变成了点滴的笑意：“我这个年纪结过三次婚，三任老婆都是自杀死的，他们说我克老婆，想再娶很难的。”

陈卓舔了舔干裂的嘴唇：“就算你是个疯子，至少年轻。”

陈卓凑到我耳边：“你妈已经收了我彩礼钱，你要是不同意，我们就送你进精神病医院，让医生把你消灭掉，让蓝海回来嫁给我。”

我终于懂了，那封引导我走上毁灭之路的邮件，是蓝海发的，她知道我，我想要告诉我，我所知的一切，不过是闭上眼睛以为外面一片光明的假象。我觉得好困，甚至都不能确定我是困了，还是我跟这个现实的世界又脱节了。多么希望自己就这样沉沉地睡过去，被死亡温柔对待。

我闭上眼睛，我脑内，另一个声音在哭泣，应该是脆弱的蓝海吧。不是两个人格无法感知彼此的存在吗？为什么要想尽办法告诉我她的存在，这是多么好的冷笑话，因为太孤独了，所以给自己分出了朋友？

蓝海，你比我幸福。至少，你被我尽力地保护过，温柔地对待过。蓝海，你好傻，无论怎么样都要尽力地活着呀，就算不被别人爱着，也要尽自己所能爱自己呀。

现在，高兴了吧。

蓝海

2014年2月15日

18

小姑

上高中那会儿，我很喜欢小姑来看我。她总请我吃小炒是一方面，作为一个青春期敏感的少女，小姑可能是我唯一拿得出手的家长了。

我住校，家在县里，爸妈都是转业农民。手里有8分薄田，主要谋生手段是从我爷爷奶奶那辈传下来的手艺，饸饹面。整个县城有6家饸饹面馆，分别由我爸、我大伯、我叔、我大姨、二姨、三姨掌管。其实本来还有不是我们家亲戚开的第7家饸饹面馆，被我们全家骂得去了邻县。因为全家亲戚都觉得，这全县的第7家饸饹面馆就算集齐兑换不了龙珠，不是我小姑来开，也轮不到外人染指。

我小姑，是我们这个家族的异类。我大伯爱喝，我爸爱抽，我叔爱吃，全家组团开小吃店。我小姑却擅长念书，一路从县里念到市里再到首都的大学，赶上了最后一波分配，进了市里的法院，一路做到了刑庭的副庭长。在我爸看来，我们家祖坟已经不只冒青烟这么简单，简直就是一道彩虹长期挂在寄放在殡仪馆的我爷奶骨灰盒的架子正后方。

所以我爸很爱提起我小姑，无论跟人聊什么，最终的落点都是他小妹妹小妮儿。什么“今天下雪早晨没有人来吃饸烙，小妮儿那时候上学苦啊，这么大的雪也蹬着车子去上课”，什么“昨天西元庄老刘家儿子考上大学摆酒，他家那儿子比咱小妮儿高考低100多分，也值得摆酒”，直到我考上市重点，我爸的炫耀重点才慢慢变成我，不过，也是要捎带上我小姑的：“我女儿随他小姑，会学习。”“我俩啥也不懂，平时孩子学习都是市里她小姑管着。”

实际上，并不是这么回事儿。我记得高一报到那天，作为县里为数不多的考到市重点的学生，我爸我伯我叔我三个姨，风风光光地开着各家上货的面包车，浩浩荡荡地排了车队送我。到了校门口看到别的同学家都是小轿车，就再也没来过。

那天我小姑也来了，她刚从庭上下来，挤了一路的公交车，满头薄汗，但头发还是一丝不乱的，穿着一套黑色的西服套装、黑色中跟鞋。她站在我那群满身饸饹面味的叔伯姨中，像自戴了光环一样耀眼。我三个姨就像炸了营一样，围着我小姑七嘴八舌地夸她苗条，衣服好看，生过孩子的人了还像个姑娘似的。我小姑就那么笑着，用方言跟她们寒暄，同样的话从小姑嘴里说出来，好像好听很多。说起来，我大姨跟我小姑一般大，可在当时的我看来，真就像她们说的那样，大姨是妇女，小姑就像个姑娘一样。

我爸把我往小姑面前一塞："以后不懂的都问你姑，你姑高考600多分！"

我点头，用方言喊她小姑，她对我笑笑，用再标准不过的普通话柔声嘱咐我："到市里上学就讲普通话吧，跟我也说普通话。"

因为小姑的这句提醒，我从跨进校门就迅速开启了标普模式，直到我后来高中毕业，听一个来自其他县的同学讲她刚入学时因为口音被取笑，自卑了很久，才恍然意识到，小姑的这句提醒似乎是帮过我的吧。

那天放下我的东西，爸妈就带着全家亲戚去饭店庆贺了，饶是他们自诩为全县最大的饸饹面托拉斯，也扛不住这个汇聚了全市最好学生以及他们最牛逼父母的学校那种贵气逼人的压迫感。

带我熟悉环境的任务当仁不让地甩给了也是这个学校毕业的、有文化又体面的我小姑：办手续，找宿舍，开班会……整个上午都是小姑带着我跑上跑下。这之前，我跟她很熟却并不亲近，小姑于我是一个高高在上的偶像，她跟我在县里见过的所有女人都不一样，甚至比当时我认为最好看的初中英语老师还要洋气一点。我们办手续的时候，她跟好几个领导模样的家长打了招呼，那几个人对我小姑很是客气，连带着我都有种鸡犬升天的蝇营狗苟感。

中午小姑带我吃了小炒，我现在还记得那天油腻腻的小炒窗口挂出的小黑板上写着"水煮肉片 红烧鱼段 宫保鸡丁"，而小姑站在学校食堂烟火气与嘈杂的声音构成的溶溶雾气中，端着我的饭盒，问我想吃什么。

我想，不会有人像我小姑，连在这样的地方都是这么顺眼。而最让人高兴的是，我是这个人唯一的侄女。她会常常来看我，我们会一起拥有这么一段时光，她也许会给我讲讲那些刑事案件。也许会有凶杀什么的吧？我还要问问她，我听说的我们高中有个女孩被人在电影院里掐死的案件是不是真的。

“高中消耗大，我在你抽屉里放了两百块钱，你中午来吃小炒，但别吃太胖。晚上最好去跑跑步，体力好才能精力集中。养成习惯以后对你体形也有帮助。”

“数学可能是你的弱项，上课不要贪多嚼不烂，先把课本上的题多做几遍，难题不会就放弃。”

“跟同学搞好关系，不过一个班肯定也有几个自己不喜欢的，离远点就行了。”

小姑吃饭的时候絮絮叨叨叮嘱这些，筷子一刻也没停地把饭盒里的鸡肉都挑到我碗里。之前在家我妈也会叮嘱我一些事儿，大多是多吃、多学，跟所有人搞好关系。我隐隐觉得“保持好身材”“放弃能力达不到的事”“不喜欢的人没必要逼着自己喜欢”是对的，但怎么也不会从长辈嘴里听到，大人们，不都是在虚与委蛇地告诉下一代：内在美最重要、人定胜天、跟所有人搞好关系……

那一刻，我有一种跟好朋友分享了秘密的感觉。

“小姑你下次什么时候来看我？”我鼓起勇气做了邀请，虽然仍旧是疑问句。

小姑低头用筷子划拉了几下米饭，像是用笔在日历上圈点：“周六吧，你们不是一个月休一个大礼拜嘛，不休息的周六我都过来。”

实际上，也不只那些我不休大礼拜的周六。后来，小姑几乎一有空就会过来。她总是中午来，带着给我准备的零食或者参考资料，有时候是一些新文具，端着已经打好的小炒，等在食堂进门的第一张桌子旁边。

她总说："快来，菜都凉了。"

但我每次都能吃到温度差不多的菜，像是掐准了时间正好等到我就可以吃。我某次周六逃了半节自习课早早地去食堂找她，正看到她在叮嘱小炒的厨子，晚几分钟再下锅炒她的菜。我并不是没妈的孩子，只是我妈从未以这种细致到食物的温度关心过我。

我跟小姑聊很多事儿，甚至是我暗恋班里某个男生这种事儿，我也旁敲侧击地征求过她的意见："我好朋友早恋了，喜欢班里一个体育生，小姑，你说高中时代的恋爱，能走到最后吗？"

小姑看了我很久，问："你喜欢体育委员？"

我当然没想过这么轻易地就被猜到，一时也蒙了，后悔惊惧一时涌上心头：小姑告诉我爸怎么办，我爸来找老师怎么办，这件事如果被别人知道我就不用做人了……

但最终，小姑也只是幽幽冒出一句："我觉得悬，但也有高中恋爱一直坚持到结婚的。"

她没有给我任何建议，也没有把这件事告诉任何人。而我在胆战心惊了三个礼拜之后，慢慢地不再喜欢体育委员了——我在这里为咱们的未来担惊受怕的时候你居然连我跑步慢都要嘲笑上一阵儿。

小姑也跟我聊很多事儿，比如，她高中的时候还不能住校，她每天骑自行车往返30公里上学，有次冬天在桥上摔了一跤书包掉河里了，交不出作业，到班里跟历史老师说了实话，反而被认为是完不成作业撒谎了。还有她那时候本来想学理科，但因为当时的历史老师讲课太有趣，最终选了文科。她还会辅导我一些功课，但大部分时候，她也会觉得题目太艰深，挠着头打着哈哈："哎呀多少年不做题了，手生了，你看我这么解对不对……"于是，那些不会的题目也不是那么讨厌了。

后来，我上大学、工作、被结婚压得喘不过气，忙里偷闲或是找人倾诉，约闺密喝下午茶的时候，坐在咖啡馆里对着蛋糕咖啡我总会想起那些与小姑有约的中午，混合着饭菜的香气，隔壁桌女生小声谈话大声笑，远处刚刚能把脏话不脸红地说出口的高中男生正相约翘课去打球，小姑也曾这样坐在我对面，笑眯眯地看着我，那时的她很少谈起她的现在，我们大多讨论的是我的和她的高中时代，这让我有一种跟另一个平行时空的她活在同一个年纪的错觉：那些老师也教过她，那些题目她也错过，那些敏感自卑痛苦努力她都经历过。那个当年的少女，仿佛就坐在我身边，陪我走过惊惶的青春。

我们的约会戛然而止在我高三那年的春节，那是小姑自我爷爷奶奶去世后，第一次回家过年，之前她大多带着我表弟跟姑父在市里姑父家过年。大伯年前换新车撞了墙，腿上一直打着石膏。过年的地点就定在了我家，我爸如临大敌，只差把家拆了重新装修一遍迎接贵客。因为我这个姑父据他形容也是十里八乡的富户，家里是开标准件厂的，而姑父就更了不得了：当年跟我小姑一批分进法院，后来辞职下海经商，这些年下来别说金山银山，就是一座钻石山脉也赚回来了。

只是，哪怕我再未成年，也隐隐觉得这些年有一些事情是不对的。比如，我很少见这个姑父，捎带着表弟也见得少。小姑推脱为姑父太忙，表弟太小。但小姑基本不太谈起姑父，又是怎么个情况。深究起来小姑的家庭又跟万千个幸福家庭一样，一对儿璧人加一个聪明儿子，职业收入都体面——连亲戚朋友都有份沾光炫耀的体面。

我担着这份莫名其妙的操心忐忑地过了新年，总体还好，我爸想破了头皮也没想到以怎样的锦衣玉食招待贵客，索性破罐子破摔把主题定为野趣新年，足给姑父吃了三早晨自家饸饹面，让我带着小表弟又是斗狗放炮看杀猪地脏玩了三天，全县最大的饸饹面连锁企业把此次送亲友返城活动的晚宴定在了我家。我瘸腿的大伯，每逢佳节胖三斤的叔，并我三个姨全家都有列席，宾主寒暄很是热闹。

我因为当了三天三陪作业落下一大截，小表弟睡着之后就缩在卧室痛苦地补作业。从卧室的窗看出去，远处还有谁家零星放着没用完的二踢脚和焰火。一个又一个炸裂在落着雪的北方夜空，我们家也是这个时候吵起来的。

客厅里一声高过一声的斥责："当着你哥哥们的面，你说说你干了什么事儿！不要脸！"

这个声音来自我姑父，这种场合唯一说普通话的就是他。他的这句斥责指向的那个人、透露的信息让我浑身一个激灵。一开始我以为是自己想错了，但紧接着的一句叫骂彻底落实了我的一切推测：

"那个男的过年还在找她！你不知道邻居是怎么说她的，我脸都丢尽了。"

我扭头看着小表弟，他应该是早就醒了，但他紧紧闭着眼，这一切应该不只发生过一次了，不然一个8岁的孩子怎么也不会紧紧攥着我的被子一边流泪一边装睡。

我推开门走进客厅，我的几个姨已经陆续以各种借口尴尬地跟我妈道别，我的叔坐在摆着残羹冷炙的饭桌旁边，碗里的肘子竟然都没有再吃下去。我大伯一杯又一杯地灌着白酒，我本来就烟不离手的爸此时成仙了一般坐在他自己制造的烟雾里，表情暧昧不明。

小姑父的脸不知道是气红的还是喝醉了，他坐在远远的主座，瞪着坐在沙发上正在剥栗子的小姑，是的，这个时候我的小姑在一颗一颗剥着栗子。她死死地抠着手里的栗子皮，掐得指甲都泛着血色的红。

"你总往学校跑是不是去见他！"小姑父持续逼问。

我心下一松，替小姑据理力争："小姑去学校是看我！"

小姑父脸上露出了稍纵即逝的嘲讽与不屑："是吗？"

我想，我是说错话了，这句话之后，整个房间的气氛都变了，从凝固变成了冰冷。小姑抬头看看我，她的眼睛红红的不知道是哭了还是被我爸呛的。接着她的视线穿过了我，穿过了我身后的所有人，仿佛我们只是一群她看不见的鬼。小姑父站在那里，不干不净地骂着，好像那不是他的妻子而是仇人。而我们家曾牛气烘烘的托拉斯企业主三兄弟呀，默契得都没有开口说哪怕一个字。

“你进屋去！”我爸忽然找到了他唯一能做的事儿，狠狠地瞪了我一眼，“这儿没你的事儿！”

“你同意离婚吧，别折腾我了。”小姑终于开口，却是这样一句。她说完，又低下了头，这一次，是真的哭了。

如果当时的我是个成年人，是不是能勇敢地走过去，坐在小姑的身边，哪怕只是帮她剥栗子。但我不敢，我只是个连自己该不该早恋都不知道的未成年，我躲进了自己的屋子，和衣躺在已经哭睡的了小表弟身边，攥住了被子的另一角，听客厅里刻意压抑了声音的争执，小姑喜欢的是高中那个历史老师啊，他比她大了快10岁啊，她暗恋了他那么多年为他回了我们市工作，最终还是没能嫁给他。她的哥哥们做主让她嫁给了条件更好的我小姑父。历史老师呢？好像一直没结婚。他和我小姑，也许真的在我上课的时候见过面。

“你不许离婚，妹夫，这事儿是我妹妹不对，你们还是要看在孩子的分儿上好好过。”这话应该是我大伯说的，他大着舌头，说得断断续续。

我躺着，心里百转千回，一种耻辱的感觉涌上心头。那个烟火气息中都能洋气的小姑原来是这样的女人。她请我吃了那么久的小炒，谁知道后来去见了谁呢。他们是婚外情吗？为什么这样结了婚都不安定的女人是我的小姑呢？小姑父还是跟她离婚吧，戴绿帽子多难过。

直到我带着这种跟全家同仇敌忾的委屈快睡着时，爸爸进来叫小表弟回家，顺便推醒了我：“小姑要走了，你去送送。”大人们应该是达成了某种协议，停止了争吵。

我使劲缩进了床角，尽量不去看站在我房门口的小姑：“我困。”

小姑冲我爸挤出一个苍白的微笑：“让她睡吧。”说完伸手去牵儿子，小表弟则直接甩开她伸过来的手，跑进了客厅去找姑父。

小姑没有追出去，看着躺在床上的我轻轻地说："我走啦。"

她走了，再也没有去学校找过我。我爸那天送完小姑之后，还是跟我说了一句："你这样是不对的，你小姑，最喜欢的就是你。"

我知道啦，我知道的，我最喜欢的也是小姑啊。可是，你们不是告诉我婚姻要忠诚吗？即便是没有嫁给想嫁的人，也就忍了吧。即便是小姑，也没有告诉我如何处理一个偶像的倒掉。

后来我再也没有吃过食堂的小炒，倒是偷偷跑去看过小姑喜欢的历史老师，他骑着一辆很旧的自行车来上班，永远穿着白衬衫和擦得一尘不染的皮鞋，我很别扭地发现，他中午总是吃小炒的，位置固定在我和小姑吃饭的那张桌子后面，他和小姑真是有些相似的执拗。我有时会想，那个十几年前在冬天的早晨奋力蹬车，从县里赶到市里来上学，又掉了书包的少女，是怎样跟当时还年轻的历史老师面红耳赤地解释了事实，又是怎样不情不愿地被罚。她怎么会喜欢上他呢？还喜欢了这么多年。

小姑和小姑父最终没有离婚，自那个新年小姑父当着全家的面大闹一场后，小姑是真的如我们全家所愿，消停了。表弟一天天大了，小时候的事情应该也忘了吧，他跟小姑很亲，毕竟那个跟他一起做题、关心细致到食物温度的是他妈，而不是他每天忙着应酬的爸。

我们家跟小姑的关系，自那次之后一直都是不冷不热。我爸再也不会说我像我小姑了，生怕我也随了小姑的离经叛道，他不敢。

我大学毕业那年恋爱了，喜欢上一个家境不好的青年，要嫁去外地遭到全家的反对。这个时候，唯一站出来支持我的，只有当年那个雪夜连我的一句"再见"都没有得到的小姑。我妈因为这件事决定再也不理我小姑了，她觉得我小姑毁了自己不够还要来毁我。

终于，我得偿所愿可以嫁给自己爱的人了。虽然我一再申明，不想要什么形式，也不想浪费钱，但我妈还是给我置办了一场学贯中西风俗的最盛大的婚礼。

我结婚那天，小姑没有被邀请参加，虽然她是我最想感谢的人。当我穿着白色的婚纱走过草坪上的月亮门，看着旁边因为请柬里写着“正装出席”正憋在长袖白衬衣里热得腋下两朵汗渍的宾客们时，忽然就懂了小姑坐在沙发上剥栗子的孤独。

只是我还能在她跌跌撞撞的引领下，勇敢地杀出一条血路，走向自己想要的人生，而当年那个骑着车的少女则一直奔袭在看不到尽头的血路上。

19

幸运号码

新年马上就要到来，到处是喜庆的气氛，商店打出了过年减价的条幅，年货纷纷上架，行色匆匆的人们也面露喜色，谁都知道，假期要开始了。

苗文博却不快乐，大学马上毕业，工作却没找到。他面试了很多家单位，每一家都婉转地拒绝了他，因为他是一个没经验的新人。生活真是窘困，上个月的生活费，全都用来置办面试的行头了。而再找家里开口要，又实在不该是一个22岁的男青年该干的事情。他站在街头，看着熙来攘往的人流，迷茫。

街角的小饭店飘出食物的香味，苗文博觉得有点饿了，翻出钱包，空空瘪瘪，晃了晃，两枚一元硬币好像讽刺他一样拉着手跳出来，他看着那两枚硬币，苦笑着想：连回家过年的路费都没有了。

“小兄弟，买彩票吗？”角落里彩票销售亭的老板招呼他。

“哦，也好，买吧，反正这钱只够买彩票。”苗文博摸摸自己瘪下去的肚子。

“号码呢？”

苗文博看一眼桌上的日历，2008年的农历新年在2月7日：“那就20、08、02、07、24、01、01。”2008年2月7日24点01分01秒，他希望那个时候能有一个新的开始。

老板笑着将彩票打印给他，苗文博将那张小纸条塞进钱包，心想：彻底什么都没有了，或者能应了那句古话“否极泰来”，只是还不知道自己是不是真的“否极”。

街上的车流好像放慢了速度，人们跟他擦肩而过，带来一丝温暖。城市在这个时候展露出了少有的温情一面，要过年了，连钢筋水泥都好像有了笑脸。街角一对情侣在吵架，男的想要挽留，女的却哭着跑开。看着女孩跑开的背影，苗文博感到了一丝难过：这个时候如果能有个人在自己身边陪伴，那么他一定不会让她难过，这更像是亲情吧。他想掏钱包，看看钱包里的全家福，却发现钱包不见了。苗文博惊慌地转身：会是刚才那个撞了自己一下的男人吗，还是那个跟自己擦肩而过的女子，或者是那个背着书包学生样的人……街上的每一个人，忽然都有了偷他钱包的可能。

“抓贼！我钱包被偷了！”

苗文博大喊一声，所有人都停下来看他，他又语塞了：丢就丢吧，反正也没有什么钱，这次是否极了吧……

偷钱包的，是那个撞了苗文博一下的男人。他叫鲁阳，是个新入行的贼。一星期前，鲁阳从老家来到这个城市找老乡，老乡写信给他，说在城市赚了大钱，让他一起来发展。那时，他看着城市的高楼大厦，暗暗下决心，一定要在这里闯出一片天地，把爹妈都接来。没想到见老乡第一件事是被拿走了所有的钱，老乡沉着脸告诉他：他来，是要做贼的。老乡告诉他，得交够一万块“转会费”才能洗手不干，不然“上头的大哥”是要杀他全家的。就这样，鲁阳稀里糊涂地成了一个小偷。他害怕“上头的老大”真的追到他家去杀他爹妈，他不知道，老乡每天坐在廉租房里边等他送钱来边骂他傻，根本就没有什么上头的老大。而苗文博，是他得手的第一个人。

鲁阳揣着刚偷来的钱包忐忑不安地往前走，他听到身后有人叫“抓贼”，他想跑，他每时每刻都沉浸在被抓的噩梦中。他想回家过年，想娘包的饺子和爹放的炮仗，想村头的大柳树，想家里的地，不知道今年的收成好不好。他想到这里，脚像粘在原地一样挪不动了，被抓起来也好，被抓起来至少不用担惊受怕了。半晌，没有警察来抓他，他回头，被他偷钱包的人已经不见了。

鲁阳打开钱包，里面什么也没有，只有一张小纸条，他心里有些沮丧，又有些安慰，至少不会有一个人诅咒着他睡觉：这只是一个空钱包。

当然那晚还是有一个人诅咒着鲁阳睡觉了，那就是他的老乡，他看着空钱包骂鲁阳是个笨货，早出晚归还弄不来钱。他把钱包劈头盖脸地扔在鲁阳脸上，气呼呼地发誓如果鲁阳在过年前交不起“转会费”就甭想回家过年了。那晚，躺在床上，鲁阳翻来覆去地看着那个钱包，钱包里有一张合影，应该是一家人吧，爸爸妈妈和儿子，他摸着这张合影，想自己如果能回去，第一件事是弄一张全家福，随身带着。他捧着这个没有钱的钱包和别人的合影沉沉睡去了，他想第二天把这个钱包扔进邮筒，如果说愧疚，他很愧疚偷了别人的合影。

第二天，鲁阳去了昨天偷钱包的地方，他记得那儿有一个邮筒。忽然有人抓住他：

“先生，您好！我们是电视台的，我们在做一个新年送大奖节目，您身上能找出任意的东西能凑齐20、08、02、07这几个号码，我们将送出18888元大奖。”

活泼可爱的女主播笑看着鲁阳。18888元就能赎身回家过年了！鲁阳狂喜着，他记起那个偷来的钱包，里面有一张写着数字的纸条，没准能凑齐。他把手伸到口袋里，从钱包里摸出那张彩票，递给主持人，主持人看了一眼：

“恭喜您先生！您可以领取大奖，请问您领奖后第一件事是什么？”

“回家过年！”鲁阳激动地说，他已经想好了，还了欠“上头老大”的钱，剩下的钱还可以回家过年。

那天中了18888元大奖的鲁阳把钱包偷偷扔进了电视台外面的邮筒，那张彩票被他整整齐齐地放在里面，彩票的背面是他歪歪扭扭写上去的：请送还失主。虽然他也不知道他唯一一次做贼偷来的钱包还能不能还回去，但在钱包扔进邮筒的瞬间，他觉得自己轻松了很多。他已经买了回家的车票，他不想去见老乡了，他要在回家后把钱寄给他。

邮递员支博开邮箱的时候，看见了那个钱包，他摇摇头，这又是哪个小偷扔在这里的呢，他把当天的信收好，准备带回邮局去分。他打开了那个钱包，空的，里面只有一张彩票，号码是20、08、02、07、24、01、01。

“谁会这样傻，选个过年的时间当号码，肯定中不了。”支博自言自语。

他把钱包也放进自己的绿袋子里，骑上自行车。一路上，冷风瑟瑟，支博把脸尽量缩进领子里。他想起那个钱包，有人不劳而获，而自己本来今年说好跟女朋友回她家去见她父母，结果又是工作忙走不开。

不过，他和她分手了不是吗？就在昨晚，她哭着说再也不会回来了。支博苦笑着想，不工作他靠什么活下去呢，那晚真是冷，他丢了爱情，街上还有个笨蛋丢了钱包。这样想来钱包里那张照片上的一个人倒是很像那个丢钱包的笨蛋，不过哪有这么巧的事情呢。

回到邮局，支博坐到自己的位置上开始分信。收音机里公布新年前最后一期彩票的开奖结果："……本期彩票的500万大奖已经开出，号码是20、08、02、07、24、01、01……"

支博愣住了，翻出钱包，里面那张彩票就是这个号码，他惊喜地几乎要叫出来，飞快地拨通了女友的电话："晓敏，我，我不工作了，咱们有钱了，我辞职跟你回家见你爸妈，我们结婚！"

在等待女友到来的过程中，支博反复地看彩票，背面"请还给失主"几个字格外刺眼。这奖，还是不能领，这不是属于他的东西。也许，这个工作该一直做下去吧，他想到那些个送信的日子，觉得快乐，他一开始做邮递员也并不是因为钱啊。或者爱情该走的时候就让它走吧，如果没有一起吃苦的日子，又怎么能叫爱情呢。所以，女友晓敏来之前，支博打定主意，继续工作。

但支博没想到的是，晓敏来的第一件事是抱着他哭，断断续续地说："我不想跟你分手。"

"我，我……我刚才说了谎话，我不想辞职，也没有钱，那你还能跟我结婚吗？"支博支支吾吾地说，悄悄把那张彩票塞回钱包。

女友佯装生气地打他："笨蛋，我嫁的是你又不是钱，我跟我爸妈说了，让他们今年过年过来，未来准女婿是事业青年，走不开。"

所以那张中奖的彩票躺在支博的办公桌上，支博准备把它送到彩票中心去，这个钱包的主人，应该跟照片上的人有关联吧，或者彩票中心能通过电视台找到他。

苗文博醒来的时候肚子仍咕咕叫，他一天没吃饭了，这个时候电话响了，是妈妈："文博啊，我跟你爸在火车站呢。你爸前两天碰上几十年没见的老同学梁叔叔，她女儿在你们那边上班呢，找了个男朋友，让你梁叔梁婶过去过年，我和你爸爸正好也没事，就跟他们一起走，去跟你过年。我们晚上就到了，妈给你做了好多吃的……"

那天晚上，苗文博去车站接了爸妈，梁叔梁婶已经离开了，他们怕女儿和男朋友忙就没让接，自己找去了。妈妈絮絮叨叨地说：

"真是巧，几十年没见的老同学了，还有个女儿跟咱儿子在一个城市，这下好了，能有个照应，那女孩叫什么来着。"

"叫晓敏。男朋友是邮递员。我看你老糊涂了，一个丫头，是咱儿子照应她才对。"父亲反驳母亲。

"你才老糊涂，比刚才那个小伙子还糊涂。对了儿子，我跟你说，我跟你爸刚才碰见一个回家过年，跟你差不多大一个小伙子，让人骗过来当小偷，说不做贼就得交一万块钱，我让他报警去，他一开始还害怕，真是法盲。"

"他那是笨，哪有别人说什么就是什么的，人家让他杀人他还杀啊……"

苗文博听着他们拌嘴，觉得很幸福，他迫不及待地打开妈妈带来的东西，提前吃上了饺子。电视里开始寻找大奖得主了，彩票中心最终还是没有公布照片只拍摄了钱包的画面，为得奖人保密。

只是，好像没有人需要那500万了，人们都飞奔着和亲人团聚，谁还会关心钱的问题呢……

20

兄弟黑三

很久很久以前，有一只毛分了岔的大黄狗，村子里的人都叫它“小黄”，因为它从很小的时候就是一只黄狗，同样，它也是从很小的时候被取了名字。那时候他还没来得及长成现在这样一只体型肥硕的大黄狗，而人们就依照惯性叫他“小黄”。有一天，小黄拖着它肥大的肚子去逛街，它经过一个屠宰市场，看见刘婆婆牵着自家的阿花来找朱屠户，刘婆婆央求朱屠户帮她把狗杀了因为她儿子得了邪病得喝狗血，朱屠户就说：你放这儿我忙完了就给你杀，杀好了给你送过去。刘婆婆就走了。朱屠户也去招待他的客人，小黄走过去咬断了拴着阿花的绳子，两只狗一起逃走了。

你猜，小黄救了阿花之后阿花跟小黄说什么？

这是在我和黑三蹲在六中门口等人的时候他给我猜的一个谜。黑三上个礼拜被六中的人给黑了，黑三也不过是代人受过，我们三中和他们六中的梁子早就结下的，每年的学生都在换，但代代传承的梁子没有换，打个比方，A和B打架，B的朋友b来帮B，结果A把B和b都办了，这样b就跟A结了新的无关B的梁子，而A也会有朋友a，b再有他的朋友……于是这个梁子就在两拨人中广为流传，历久弥新，黑三作为一个b，而我作为一个b的朋友，就是这么牵扯进来的。

我想了很久也不知道小黄对阿花说了什么，我正要问黑三谜底的时候，黑三站了起来，我看见上周绊了黑三一脚导致他摔在地上磕掉了半颗门牙的那个小子大摇大摆地出来了。我和黑三尾随他走到一个胡同，一左一右把那小子架起来，事情进展得出奇地顺利，我们把那个小子胖揍一顿，黑三还不忘把他的脑袋在马路牙子上磕一磕，报那一牙之仇。因为这个过程劳神耗时，所以等我跟黑三办完事后，我已经完全忘记了小黄和阿花。我沉迷于自己的英雄主义情结里无法自拔。

我和黑三，就是你们所有好学生会嗤之以鼻的一代城市淤血，通常，你们称我们为“混混”“流氓”“瘪三”。同时，你们又害怕我们，生怕口袋里的零用钱某一天被我们敲诈勒索去，有时，你们希望我们能成为另一种强有力的规则执行者，比如你们的女朋友被挖了墙脚，或者你们和另一个人因为某些事扯了皮，你们都是叫我们这些人来进行所谓的私下了结。这样，你们还叫我们“城市栓塞”？！

猜。我和黑三打完架该去干什么了？对，我们去吃饭了，打架是件伤元气的事：首先，你要集中注意力于敌人要害又不能被敌人看准自己的要害。其次，你要全力攻击又得全力躲避敌人攻击，所以，每次不论是给别人松了骨头还是被别人松了骨头，我和黑三都去大吃一顿。

我们两个人总是闷不吭声地吃饭，他要一份牛肉面，我要一份排骨面，然后不停地添，直到撑得快要冒出来看见饭店的菜牌都要吐为止。

黑三放下筷子，眼睛亮晶晶的：“走，网吧。”这也是每晚的必修项目：我们用从被修理对象身上搜刮来的钱，他打魔兽，我看电影。黑三为此常取笑我是一个有文艺气质的流氓，我就不明白了看个电影怎么就文艺气质了。我反击黑三说他每次打完人一定纳闷怎么没有掉下装备。但无论怎样，这个夜晚还得是这样度过，那个夜晚与以往的并没有不同。

早晨的时候，空气好得让人感动，让人疑心我们还停留在农耕时代，根本就没有什么大工业生产。我和黑三就是在这种感动人的空气里，突然冒出了感人的念头：不如，去上个课吧。老逃课也不好，总是不能知道最近学校又在搞什么严打活动，毕竟年级主任不会每次好心地给我们这样的人群发个短信通知学校最近查考勤搞不好要开除一部分学生抽空回来上课云云。尽管，我们出生入死某部分也是维护学校的名誉。

我们晃荡到学校准备在教室里补个觉，这个时候班主任满面愁容地走了进来，他看见我和黑三，怔了一下说：“你们两个到我办公室来一趟。”

我们就推推搡搡地去了：被班主任叫办公室就跟拿喷水枪抢银行一样，虽然形式花里胡哨的，实质上不构成任何威胁。

办公室里，班主任意味深长地看着我们：“昨天，有个六中的学生被咱们学校的人打了。”

娘的，我还以为什么大事呢，老师你又不是第一天认识我们，像打架这种闲事您还是睁只眼闭只眼比较好。

“你们谁打的？”班主任突然声色俱厉。

“我打的。”黑三说。

这个时候我很礼貌地保持了沉默，这种事情按规矩是该黑三扛的，因为是他的梁子，我不过是个帮忙的，如果我也傻乎乎地插了嘴，传出去黑三是很没有面子的。

“你打了没有？”班主任看着我。

“没有。”我说的是实话，我只是踹了黑脚。

“那你出去吧。”

我转身出了办公室，就在办公室的门关上的那一刹那，我依稀听见班主任对黑三说：“那个学生现在在危重病房昏迷不醒，还没脱离危险。”

我恍惚觉得事情仿佛不如以前的那么多次那样简单……

一个上午，我都坐立不安，黑三一直没有回来，一种无形的恐惧在我的心头形成薄膜一样的东西，它包着我的心脏甚至让我呼吸困难，好像有种大难临头的惊恐。但凡我和黑三打架的事，大多没有什么后续报道，顶多是等着哪天被人直接拖到胡同里一通暴捶，就知道这是以前哪位修理过的神仙显灵了，但是像这次这样即刻奏效的架我还是头一次经历，毕竟我是处于这个你们所认为的“校园黑社会”的下层组织中，大风大浪的事情还是经得少。我借故从办公室门口经过多次，妄图从它始终虚掩的门里探听点虚实，但是一上午我去了六次厕所打了七次水找了五次人甚至还去问了物理老师一个好死不死的力学题，依然，没有一点进展。班主任和黑三都不见了，谜一般“砰”地一下蒸发了。

这让我几乎产生了一种错觉：也许根本就没有打架这回事，一定是今天早晨我从家吃饱了饭出来实在无处可去就来上学了，而黑三不知道又去哪里鬼混了。于是我放学的时候照常回家，就在我随着人流往外面走的时候，我看见了一群穿六中校服的人，这些人应该是冲我来的。要不说没有点职业敏感度，是不适合混帮派的，打架也是需要灵感的，如果一个人已经迟钝到连对手来寻仇都感觉不出来的地步，那还混什么校园帮派呢，混学生会吧，干得好还能拿个三好学生证啥的。

如果这个时候黑三在，我也不会乖乖认输，眼看这落单的局势，我跟在一群叽叽喳喳讨论偶像剧的女生后边溜出了学校，那叫一个惊悚。我从来不看黑帮片，那里面的打人场面实在太艺术了，一点都不真实，你们还真以为黑风衣黑墨镜被打的时候血流得跟玫瑰花一样、主角阵亡的时候还有人给放白鸽，还有漂亮姑娘在一边声嘶力竭地叫唤“不要打他”呢？我作为一个长期打人也长期挨打的人，可以非常负责任地告诉你们：屁！我亲眼见过被打得尿裤子的。鉴于上述情况，我的逃跑也是情有可原的。

我尾随这帮女生进了人越来越少的街道，她们发现了我忽然变得警觉起来，有几个还下意识地往下拉自己的裙子，好像我是色狼一样。我就纳了那个邪闷：怎么那些裙子短得跟皮带快一个位置的姑娘，还能做出一副圣女贞德的惨烈表情？不过爷今天也没工夫逗她们玩了，爷还有正经事，我得去趟黑三家，看看这小子到底怎么回事。

黑三的家肯定是文艺片导演喜欢的那种地方，拆迁区，支离破碎的，就黑三家的小破房子还屹立不倒，墙上写着个大大的“拆”字，其实不仔细看，都很难发现他家，房子跟旁边已经拆了的房子没什么区别，一样破。他们家的房子之所以屹立不倒主要还归功于他疯狗一样洒脱的老妈，每次开发公司的人来要拆房子，他妈就脱衣服上房破口大骂，直到把开发商派来的文质彬彬夹公事包的工作人员全都骂得后悔来到这个世上为止。黑三跟我说过，其实他妈也知道这样不是办法，房子是违章建筑迟早要拆的，但是他爸爸治病到办丧事借的钱还还不上，哪有钱换房子住。

“穷人的孩子早当家。”我站在这片满目疮痍的拆迁区时由衷地产生出了这么一点点想法。我深一脚浅一脚地踩到黑三他们家里去，这个时候，黑三妈妈正和班主任在门口说话，旁边的蜂窝煤炉子上坐了一壶开水。

“老师你要帮帮我们，千万不能让小三子被抓起来。”黑三妈妈说着还抹了眼泪。

“学校已经出面跟那孩子的父母说过了，他们暂时还不会让公安机关介入，你要准备一些钱，把人家的医药费给交了，现在在危重病房，一天就是三千。”

听到这里的时候，我有些头大：不如让他去抢了。我本以为黑三妈妈会疯狗一样破口大骂，可是她居然如同一个持家有道的贤良妇人那样哀怨地叹了一口气：“唉，谢谢你老师，我尽量想办法凑，你一定替小三子讲讲好话。”

“那是一定的，出了事学校和我都有责任，你管住他不要让他乱跑，这些天按时来上学。”

我见这架势也没敢去找黑三，就直接回去了。整个下午，都是各种主任找我谈话，让我复述经过，我反复强调自己只不过是个壮声势的根本就没动手。最后各种主任置我于无奈，于是我知道，黑三也是这么说的。我愈发觉得这个兄弟一定是被他们联合起来给迫害了，不然怎么能一直不出现呢，他们一定是给他用了老虎凳、上了辣椒水，可我这个兄弟就是好样的，怎么也没有把我招出来，想到这里我不由得还抹了一把混杂着眼屎的眼泪。

下午，黑三终于出现了，不过不是在学校，而是在我家，他背了一个破书包，他对我说：兄弟我走了。我说：你去哪儿啊？他说：我去外面挣钱去了。然后，他就背起那个破书包走了。我很想把这个场景描写得诗意一些，但时至今日，我回想不起那个下午的任何一个有用的细节，我只记得大致是那样一个春末夏初的下午，我的兄弟黑三，背着他的破书包在我家的门口匆匆出现，匆匆交代给我几句话，又匆匆地离开。我不知道为什么，就被这强大的诗意感情震慑，无力再问出一句，只是目送他到门口，然后从楼上的阳台里看我的兄弟黑三一直向那火红的夕阳里走去，幻化成一个剪影。我才不是什么文艺青年，黑三，你是个诗人。

他到底去哪儿了？

我怎么知道。

我怀疑我那天特意没有问黑三的去向，因为我潜意识已经预料到了这后面的种种询问，而我又是那么一个不爱说谎话且讲义气的人，所以有些事情还是不知道的好。我一遍一遍如同祥林嫂一样告诉黑三妈妈、班主任、年级主任甚至校长，我不知道黑三去哪儿了，他没有告诉我。但是他们仿佛并不甘心，他们还是一遍遍地以各种威逼利诱对我进行狂轰滥炸，真是麻烦，这群自以为是的人。

其实我也很想知道黑三去了哪里，但是他好像真的失踪了，不是从我的世界里，而是从这个世界上，失踪了。我承认这是在我的青年时代对我影响至深的一件事情，以至于以后我真的成为一个黑三所谓的文艺青年的时候经常痴迷于“失踪”“寻找”情结，当然，那是后话。就在我快要混淆自己的记忆，选择把黑三从记忆里彻底地变为一种虚幻的时候，第一笔钱在我家的邮箱里出现了，那天早晨我上学前看了一眼邮箱，虽然不会有任何人给我写信，但是我就是有这个强迫症一样的臭毛病，每个清晨只要在家就看一眼邮箱，结果潜意识里盼望的那封信出现了，或者，这根本就不能算得上一封信，它装在用破报纸折成的信封里，灰头土脸地躺在我家同样是灰头土脸的信箱里。我打开信，里面是崭新的五张百元大钞，上面是一代城市淤血黑三恶心的几笔烂字：请转交给我妈。那正是黑三离家出走后的第一个月。

后来这种东西就频繁地出现在我家的邮箱里，但那个五百是最大的一笔，此后出现，多则一百，少则二十，我有时会添些自己的零用钱进去——给黑三妈的。我试图找到黑三告诉他那个倒霉孩子早出院了，班主任还是挺好的，向学校争取了好久，让学校把大部分的医药费给垫了。但是，包括我在内的所有人都发现，黑三送钱这个线索，不过是一根虚妄的蛛丝，它荡在空中根本没有个头绪。黑三妈和我都曾经试图在信箱前彻夜蹲守，但是我们往往在最后一个疏忽的瞬间发现钱已经搁在那儿了。这还真是让人捶胸顿足的一件事。后来，学校就把黑三开除了，这是情理之中的。所以，关心黑三去向的人就愈发少了。

我没了黑三，好像突然就跟组织失去了联系，像那种摆平六中高中部的事情居然也没有人通知我了，于是我们学校的弟兄们帮黑三报了仇的消息，我居然也是从那帮喜欢传闲话的女生嘴里听说的，这件事情让我悲哀地意识到，组织已经彻底地抛弃了我。但你在一个学校里，总不能没有任何一个立场，不然你就等着被孤立死吧，我在认清这个大形势之后迅速向班级靠拢，终于融合为差生一员，这可能是黑三走后唯一一件令人欣慰的事情。

对这个事情，我的父母和班主任都表示了嘉许，但是他们都不了解，我的心里其实有更大的计划，这个计划常常让我夜不能寐，整晚整晚对着月亮（在有月亮的时候）或者台灯（没月亮的时候）发呆，那就是，我要去寻找黑三，寻找这个失踪的兄弟。这个计划常常把我自己感动得泪流满面，虽然，我也是仰望夜空的，但恕我没有一把量角器，不知道自己仰望夜空的角度。我觉得自己很屈原，很离骚，很上下求索。我觉得自己很李白，很梦游，很天姥吟留别。我要把我的寻找过程写成十四行诗，或者，不，要写成史诗。这个思考的过程让我的心灵得到了巨大的升华，想象的轮子马达一样驱动着我在臆想中的旷野里奔驰。

所以，在这个伟大的计划实行之前，我自然要保证其他的一切事情都顺利，不要干扰我的计划。我伪装得太好了，以至于所有人都没有发现我的大计划，或许，所有人都忘了有黑三这个人了。我有点沮丧，难道我非要通体散发着神圣的光芒，你们才知道将有大事件发生吗?

所以，我终于得以在期末考试前毫无预兆地失踪。本来我的计划是暑假的，但是那天偏巧我回家的时候看见一个小孩在我家邮箱前逡巡，我走过去，正好看见这个小孩往我家的邮箱里塞东西，我狂喜一下随即不动声色，我跟着这个小孩，终于在铁路桥底下看见了阔别三个月的黑三。

他看见我也没有特别吃惊，就是腼腆地笑笑，跟我说了声谢谢，我走过去一拳打在他的胸口，他咳嗽了一声。我不知怎么的就被飞来的沙子弄湿了眼睛，打死我也不会想到我会这么在意这个兄弟。我说："你回家吧，那小子已经出院了，没事了。"他说："我知道，但是我现在不能回去。"我说："你回家吧，施工队天天闹着要拆你家房子，你妈现在天天上访。"他说："我知道，我就是想在外面挣点钱让我妈有个住的地方。"我说："你能挣什么钱啊你。"他说："在工地搬搬水泥总是会的，在餐馆擦擦盘子总是会的。"我说："学校把你开除了你知道不知道？"他说："我知道，反正我上学也是浪费钱，开除了好。"我还想说什么，结果张了张嘴什么也没说出来。

我和黑三这么对视着，忽然他笑了："你还记得我以前给你猜的那个谜吗？"

我想了想说："记得。"

他说："你猜到了吗？"

我说："还没。"

这时候一列火车从桥顶上呼啸而过，黑三仰头看着被震得哐啷啷直发抖的铁路桥。我看着黑三，他张嘴说了什么，但是我只听见火车经过的声音，我知道，那是我的谜底。

终于，我还是没能写成我的史诗。我只是挂掉了所有的期末考试，一如既往地。暑假里，黑三家的房子在一片闹哄哄的声音中被夷为平地，黑三带着妈妈南下打工去了。我还经常站在他家的废墟上，看前后左右的高楼拔地而起。那时起重机的声音震耳欲聋，我隐隐听见那晚火车轰鸣过黑三的声音：

"它说'汪'。不过是一条狗而已，你指望它能讲出什么哲理。"

21

异地恋

失恋那个瞬间，我明白了很多事儿。比如，“过来人”们常跟我说的，对象要找适合自己的。之前我一直不懂“适合”是什么意思，现在我明白了。所谓适合，就是喜欢物质的姑娘你给她花钱，喜欢胡思乱想的你就虐她，喜欢稳定的你得考上公务员——起码得是个村官。

我没考上，“迷你”考上了，我一秒之前的现女友——现在或许我该称她“迷嫂”——也考上了。后知后觉如我，从放榜那一刻起，我就该意识到，我和他们已经在身份地位上产生了四车道带双向自行车道的鸿沟：鸿沟这边，找不着工作的我闲得难受给理工大学的艺院毕业生客串作业演卖黄盘的；鸿沟那边，西装革履的“迷你”从他的八手夏利副驾驶位伺候老佛爷一样搀下我手捧玫瑰花的女朋友。

上辈子，我一定是树懒，反射弧绕地球一周还够冲向宇宙拥抱太阳。“迷你”是我公务员考试补习班的同学，人如其名属精华型。补习班一张桌子坐三个人，“迷你”主动坐在了我和我女朋友旁边——我当时以为他只是想跟我做哥们儿。“迷你”对考试志在必得，经常教育我“29岁不当上县长仕途就算完了”，我当然不信他28岁高龄今年村官明年县长——可我忽略了女朋友崇拜的目光。虽说朋友妻不客气，但我什么时候当你是朋友了！

眼看着他们要消失在马路对面的商铺中间，我一个暴起，被导演同学喊了“停”：“刘川，你抢戏了。”

“我不演了，你找别人。”

我想去追“迷你”，却被导演同学拦住。也许是我脸上焦灼困惑的表情让人误会，她走过来耐心细致地给我讲戏。虽然我扮演的只是一个路边贩售黄盘给主角流浪歌手的猥琐青年，但在导演口中，这个只有一句台词的人物也具有了十分鲜明的人物特征：“不要因为角色小就不重视。”

再一恍惚，挖了我墙脚的“迷你”，已经看不见了。摘不掉的绿帽子拱得人怒火中烧，即便明知对象是错的，也忍不住要发泄出来。我问导演：“你自己不觉得假吗？这个年头不会用电脑的为了上黄网都能学会用电脑，哪儿那么多复古情怀街边贩黄，另外除了卖黄盘、流浪歌手这种边缘人，你们这帮艺术生就不能关注点主流情操吗？”我说完，夺过导演手里的机器，回放录像，眼睁睁地看着景深处的“迷你”牵着跟他一般高的我的女朋友，进了一家连锁酒店。我其实特别想问问她：一样的前台不一样的身份证真的没关系吗？

于是，我的失恋还毁了林斐的毕业作业。后来她告诉我，那一刻她感觉像是被我阉割了艺术生命，以后都不会有创作冲动了。不过，当时她的反应倒是很镇定，她把带子从机器里拿出来，关了机器，平静地说：“你说得对。”

我预料了她会骂人，会反驳，会撵我走，只是没预料她会赞同。于是，我有点不好意思，人家姑娘大老远从首都跑到我们这个满街都是海蛎子味儿的城市取景，还朋友托朋友地找了我这种特型猥琐的群众演员，却被我几句话毁了所有前期工作。我说要不我请哥儿几个吃饭吧，林斐想了想答应了，总还是要随便拍点什么交作业的，故事片没有搞头就改纪录片吧。

果然吃饭的时候林斐先把摄像机放桌上了，她准备固定机位拍大家吃饭喝酒扯淡，然后随便剪一剪取个叫“饭局”的名字交上去。她这种行为让我十分鄙视，但镜头面前还是不由自主地卖力表演，仿佛只要这样就可以让林斐顺利毕业一样。我拉着所有人喝酒，给所有人讲了我某个倒霉朋友因为国考失败被人扣绿帽子的悲惨故事。我觉得我讲得挺严丝合缝，但他们却轻而易举猜到主角是我。有好事者从林斐那里要了素材带，我们共同观赏了我女朋友跟别人喜结连理的画面。我只能硬着头皮坚决否认，并试图把倒霉朋友的故事再编圆一点。

林斐说：“你别说了，挺没劲的。”

林斐把我的手机拿过去，轻易地找到标着“Mon amour”的电话号码。

我嬉皮笑脸：“你可以啊，还认得法语亲爱的。”

林斐没理我，直接拨通了“迷嫂”的电话号码：“你是刘川女朋友吗？他喝多了。”

说完，林斐把电话递给我，所有人都不再说话，想看我如何收场。我硬着头皮接过电话，极力掩饰自己想要逃避真相的懦弱：“你下班了吗？”

林斐鄙视地看着我，不咸不淡地提醒：“问正事儿。”

在我还犹豫着自己应该借这个酒壮尿人胆的机会质问对方怎么回事儿，还是继续打死不承认被扣绿帽子的是自己时，电话那头的“迷嫂”率先开了口，她说刘川咱们分手吧。我想，那一瞬间我的表情一定精彩至极。原来提分手就像饥荒年的最后一口人肉包子，你犹豫了一秒钟道德礼义廉耻，包子已被人一口吞下。

“迷嫂”留给我的最后一句话是“你连个编制都没有，咱俩不合适”。她说得没错，只是我怎么觉得这么可笑，我应该当场就义正言辞地反驳她“老子全套QQ秀若干年都没嫌弃过你黄钻都没有，你凭什么跟我提分手”。但那个时刻，我什么也说不出来，只能任凭对方在我心口穿着铆钉大皮靴反复路过，还得笑着说没关系再来我受得了。

接下来的事情，我就有点断片了。林斐帮我挂了电话，说大概不是苏珊桑格特就是罗兰巴特抑或伍尔夫，说过每个人都觉得只有自己谈过恋爱——其实这几个人她也分不太清楚，也懒得再查到底是谁说过，只是觉得反正在拍纪录片，将来剪进去显得自己特别有文化，就那么说了。她后来又说了什么，别人又是怎么安慰我的，我已全然不记得。我只记得自己喝到最后，其他人都趴下了。桌上只剩错过火车不喝酒的林斐和错过爱情强撑没醉的我。

我稀里糊涂地跟着林斐的小型剧组去了酒店，稀里糊涂地被安排进了林斐的标准间。按理说，孤男寡女共处一室，总会发生点什么。可上帝仿佛下定决心安排我顿悟人生，我明白了失恋后的第二个真理：酒后乱性只不过是想要乱性的人编造的借口，喝醉是一件非常纯粹的事儿，除了醉本身不会有任何多余的感受。我不知道林斐是太单纯还是太复杂，她对这件事的表现非常无所谓，给我倒了杯水，倒头便睡。我半夜起来吐过，她还睡眼惺忪地陪了我一会儿。

我扪心自问被背叛的打击过于巨大无法刚失恋就重整精神，但第二天所有人都认定我和林斐之间发生了一点什么。他们不遗余力地调侃、撮合，恨不得捶胸顿足挥舞荧光棒呐喊“在一起在一起”。于是，我就真的跟林斐在一起了。

截止到现在，你已经看我唠叨了两千三百多字。我的初衷是讲讲我是怎么跟林斐表白的，但我发现，我完全想不起来，或者说我搞不清我们关系确立究竟在哪个时间点。我记得被甩，记得愤怒，甚至记得吐的时候每一口自下而上回忆起消化道是一个贯通线的恶心……就是想不起自己是怎么跟林斐表白的。但林斐却记得，某种程度上，是她跟我表白的。她说当时我问她是不是该出于道义当众跟她表个白安抚众人，她再居高临下地拒绝比较有面子。后来，我真的那么做了，林斐却没有拒绝我。可能人都是这样，对于践踏过自己的人和事才会刻骨铭心。前女友毁我的自尊，我耿耿于怀；我毁了林斐的作业，她才对我有了一点不同的感觉。

三天之后，林斐回北京了，带着我名义上新女友的称呼。我去车站送她，月台上，两个人都有些拘谨。我不知道像恋人那样拥抱或亲吻是不是显得过于唐突，只好老干部送战友一样紧紧地握住她的手说“保重”。

林斐笑了：“现在你该提分手了。”

我有些困惑：“为什么？”

林斐比我还老干部般握着我的手拍拍我的肩膀：“偶像剧基本套路。为面子假装情侣，只不过，偶像剧里都是男主角保护被甩的女主角，咱俩有点特殊。”

我有点明白了，或者说，我忽然反应过来，林斐本该是我压根儿不敢追的那种姑娘，有趣且漂亮。

我也不知道自己哪来的勇气：“按套路应该是假表白真在一起。你有男朋友吗？”

“我不想谈异地恋。”林斐摇摇头。

“我去北京。”

当时，我心里有一个声音清楚地告诉我，如果再不抓住她，那么，我这辈子都不会跟这样一个姑娘有什么了。

现在，你对我的感受应该并不良好，觉得我懦弱又迟钝。这也是我讨厌用第一人称写作的原因，我把丑陋的自己剥开给你看，却只是想告诉你，林斐在我心中的美好。即便我被各种复杂的情绪揪住了衣领，她却始终在那儿，从一开始就平静地站在我身边，让人无法忽略。

一个礼拜后，我找到了一份天津的工作，在一个国企做翻译——我食言了，没去成北京。但同样是海蛎子味儿的城市，我离林斐又近了一些。说起来惭愧，我一直不愿意提及我的专业，我始终认为我之所以能学得了说话像吐痰一样的法语，完全是因为小时候说方言的基础。不管别人认为这门语言有多美，在我看来都是乡音未改，所以，遇见林斐之前我也从没想过要用这门专业就业。潜意识里，可能还有点要证明自己的冲动吧。

我到天津的第一件事是订了一张去北京的城际票，给林斐打了电话。我那时觉得天津和北京不是异地，半个小时火车而已。可到出了北京南站往林斐的学校走时，我才发现自己错得太离谱了：在首都，丰台和朝阳都算异地。

我见到林斐距我上车已是4个小时以后，在车站买给她的花已经有点体力不支的颓势了。

林斐蹦蹦跳跳地从教学楼里出来，一脸兴奋地告诉我：“我的纪录片被评了优秀毕业作品！”

“真的吗？”我把花递给她。

林斐接过来，有点不好意思，尽量把花拿低不想被人看见：“嗯，我也没想到，不过他们说反映了当代年轻人的……”

林斐意识到后面不是什么好话，没有再说下去。但领奖那天，我偷看她的评语大概知道老师们是怎么评价醉酒的我了：林斐的作业如实反映了之前我的人生有多么无聊加无力。也就是我与我代表的这一代。

说了不谈异地恋的林斐，还是接受了我在天津的事实，她甚至做出了放弃本专业、毕业去天津找一份工作的决定。那时是3月，北方常常刮起像隔空抽大嘴巴一样的风。我的新公司在非洲的新项目要开工，我每天忙于跟各种非洲大舌音隔空喊话，练就了一口法国人都听不懂的地方话。林斐常常周末跑到天津来看我，顺便跑一跑招聘会，一般都是专业不对口无功而返。

但现在想起来，那段时光却是我最幸福的日子。刨去路上的8个小时，以及每天睡觉必须要用掉的8个小时，每周我都有24个小时可以看到林斐，占总时间的1/7。我在公司附近租了个房子，林斐常常做饭给我吃，虽然一开始她连丝瓜要削皮都不知道，但我觉得已经很好了。

每周见面的24个小时，4个用来吃6餐饭，5个交给市内散步或交通工具，6个是几场电影或电视，7个用来牵手、说话——也就是，你们通常意义上的谈恋爱。是的，假如你愿意去算，异地恋里，留给你爱情的时间只有这一周7个小时，我们平凡的生命消耗在生存里。我想，我开始有一点点理解“迷嫂”了。假如不能生存，爱情就是扯淡嘛。抱在一起死真的浪漫吗？只是在开始的时候有一点浪吧，之后，就是没有止境的绝望。当你理解了任何违背人类生存本能的恋爱都是空谈时，你离成熟就不远了。

成熟让人如此痛苦。

3月的春风里，我在滨江道尽头的教堂外吻了林斐，这是我的精心设计，我欠林斐一个郑重的开始。我想，这样的吻比我们不知从谁、在哪儿开始的表白要有仪式感。可惜，进了教堂，听着天津大妈绘声绘色跟外地亲友讲解，才知道这里也是以一个建国前德国牧师杀小孩炼肥皂的传说闻名的，所有仪式感瞬间变荒诞。

林斐却说：“你真懂我，这个吻还真是与众不同。”

如果高兴，为什么眼中会有泪光？

那天，林斐告诉我一个“喜讯”，她在天津找到一个文员的工作，实习期三千，转正有五险一金。

“那你的专业呢？不拍电影，不写剧本吗？”我问。

她摇摇头：“哎呀，我们这种专业成才率很低的，而且，我又不是什么名牌艺术院校毕业的。”

那一刻，我信以为真，忽略了大学四年林斐也辅修过表演课。从教堂离开，我们去超市买了两瓶小二，一路喝着从滨江道一直走到五大道。数着五大道上那些有历史的小洋楼，林斐有些醉了。她说：“刘川，我想明白一件事。”我问是什么。她说，去他妈的理想。我说林斐你长大了，我刚毕业那年也跟你一样，以为世界是我的，实际上呢，时间往前走咱们只能跟着。林斐傻乎乎地笑着，指着路边某栋已经成了高档饭店的历史建筑点评现在被改得有多么丑。

那天以后，林斐再也没跟我谈过什么理想，她真的来了天津，成了一个文员，过上了朝九晚五穿套装裙子骂老板傻逼的日子。我们在一起了，商量着过年回家分别见一次家长，然后结婚。我很幸福，我终于拥有了平凡质朴的幸福。只是，我时常会想那个当初因为我一句话就作废全部作业的林斐，唏嘘嗟叹，世俗生活就像一台大功率洗衣机，任凭多有棱角的人，最终也会被搅打成统一的形状。

如果不是林斐这个电脑白痴填好了全公司的报销单却忘了保存，我可能永远不会知道她为我放弃了什么。那天，天津下了入夏的第一场大雨。晚上九点，林斐打电话给我，哭着说工作做完了忘了保存，明天要挨骂。我从公司赶过去，帮她复原文件。于是，我也复原了她电脑上所有已经删除的文件——她回复给所有北京影视公司发给她的录用信：

“我想在天津工作，对不起，谢谢……”

“如果未来贵所在天津建分部，请考虑我……”

我问林斐为什么，她只嘻嘻笑着回答我，这个行业就是这样，核心集中在北京，上海有一部分，想在天津找专业对口比登天还难。

“除非进高校当老师，我就一本科学历，怎么进高校？不过没关系。”林斐如是说。

怎么会没关系呢？我哪里会知道，半个小时火车，对于林斐就是另一种人生。“迷嫂”英明！为我这样的人，不值得。第二天，我向公司申请了去非洲外派。

我不知道你会不会认同，所有爱情其实在相见的第一眼就已经确定——我们的第六感远比理智强。科学家说人类鼻子上方有一个区域，可以帮助我们从基因上决定婚恋。很像两只狗见面时互相闻屁股，确定是不是同类。我当然不是教唆你刚认识一个人，就这么干。但，摸着你自己的胸膛，去问你的内心。难道不是从一开始，你就已经明白，他不是你的真命天子，或者，她不会跟你牵手步入婚姻殿堂。你从一开始就知道，为什么大结局时还要如此诧异。反正我从一开始就明白\(≧▽≦)/（前面这个符号，不是我打错……），林斐是我这一秒不抓住、下一秒就会失去的姑娘。她为我剪掉了翅膀，我给她谷物与水，我觉得幸福，她觉得幸福。

我告诉林斐这个决定的时候，她哭了。我说，傻姑娘你哭个蛋，公司招哥不是让哥在国内跟老黑远程视频，迟早是要去非洲赚大钱的，哥要当非洲大亨投资你的电影。于是，林斐又笑了。她问我什么时候回来。我说，明年这个时候。然后她又哭了。我说，傻姑娘你哭个蛋，从中国到非洲在比利时还得转趟机，飞24小时机票一万多，就算天天让我回我也折腾不起。

林斐就又笑了，她说：“我不想谈异地恋，现在，变成异国恋了，刘川，你大爷的。”

我说：“林斐，你回北京吧，你朋友都在那儿，我放心。找不着工作没关系，我把工资卡给你，我到时候就发美金了，我养你。”

林斐就又哭了。我真是讨厌女人，她们情绪转化得那么快，总是让我猝不及防。她们爱一个人，恨一个人都是分分钟的事儿，笑与哭就是弹指一挥间。

6月，送林斐回了北京，我在首都机场登上了去金沙萨的飞机。分手那刻，林斐像老干部送战友一样握着我的手，叮嘱我遇到黑匪就把值钱的都给人家别让人家爆了菊。我想了想，郑重其事地答应了。我进安检时，回头看林斐，她自始至终忍住没哭，我向她竖起了大拇指，是条汉子！算起来，截止到我上飞机的那一刻，我跟林斐在一起的时间，总共1个月零8天。

我不知道，是不是异地恋会让人对时间变得更敏感。但可以确定的是，你不谈异地恋，就不会明白空间与时间是一对连体婴儿，距离可以换算成时间。你与另一个人之间的每一寸，都是真切的分分秒秒。同样，你不谈一场异地恋，你也不会明白，一秒钟对爱情意味着什么。

刚果金首都金沙萨与中国首都北京通电话时有一秒的延迟，这一秒钟，是恋人的一切：当我说你好不好时，林斐在延迟；当我说我在这边一切都好就是闲得蛋疼时，林斐回答我说好。我说有延迟，林斐说要是无聊可以发一些小说给我。我说这边网络不行发了我也收不到，她说有延迟那就慢点说……我们，终于是任何高科技也代替不了恋人拥抱的两个世界里的人了。

好消息是，林斐很快在北京找到了专业对口的新工作。我现在还记得，她做第一个项目时，给我打的那个激情澎湃的电话。那个时候，是我的早晨六点，她的下午一点。她说，刘川你知道我做的一个项目是什么吗？是电影改编电视剧，电影票房特好，讲的是一对恋人因为战争分开50年，一个在台湾一个在大陆，一辈子没再见。我说，那谈什么恋爱。她说是啊，所以不能改电视剧。

我至今，仍记得林斐像讲一个天大的笑话一样跟我解释这样一个题材为什么不能改电视剧。因为，电影可以用声光电等一切手段在两个半小时内让观众忽略男女主角不在同一个空间这件事儿，但是，30集的电视剧让男女主角谈异地恋观众绝对会骂人的。

林斐说：“最后，我们否定了这个题材，异地恋真是反人类。”

就算她能听到心碎的声音，也有一秒的延迟。

我说："异地恋也分人，哥是来赚钱的，赚的钱都给你。我们会有幸福的结局。"

林斐问我："你赚多少钱是尽头……"

说真的，我不知道。如果林斐是"迷嫂"，我赚到够在家乡买房的钱，或许就够了，可她偏偏是林斐。她的北京，她的上海，我只是个异乡客。我想，人类造更先进的火车、更舒服的飞机一定是为了更快见到爱的人。只是，火车再快、飞机再大，我们与爱人分隔两地又有什么用呢。

我恨柏拉图，精神之恋欺骗了多少无知男女，实际上呢，不是自恋就是恋物。清朝十大酷刑的第十一级是相爱却不能相守。多简单，烂俗如电视剧，都不会拍异地恋，因为，那意味着男女主角分处不同空间，每人有一套与对方无关的人物关系，即便是每天通话，都会因为要交代前因后果懒得再谈"我今天""在哪儿""遇见谁""发生了什么"，写写短篇小说就好。

我在刚果赚美金的日子，林斐的事业蒸蒸日上，她的第二个项目按她的话说是坐上了迫击炮一样快速。那段日子，她最享受的事就是在北京不同的电影院在同一部电影最后几分钟的字幕里找自己的名字。她跟我抱怨大部分国内影院的屏幕亮度达不到标准，大部分观众不会等到字幕演完。虽然，我一句都听不懂，我还是得假装赞同，不想承认我跟她已经是两个世界的人。我想，她也同样在假装可以体会非洲的雨季所有树木都散发出臭袜子的味道；假装明白我们为什么帮黑哥们儿建医院、修道路换矿产；假装明白我的黑同事，99.9%的人认为越胖越美。

一年时间，白驹过隙。我跟林斐，却像美元兑人民币，一路向下。我至今还记得，我汇回国内的最后一笔工资是一万美金，汇率6.732，给林斐发短信，林斐第二天回复我收到了，已转成定期。那时，她已是公司的项目经理，每个月的工资跟我在非洲差不多。我想，我们快熬出头了。只是，我们快结束了。我们懒得再通有延迟的电话了，懒得再发一元钱一条的短信。虽然手机可以视频通话，但网络时常掉线，慢慢地也就懒得再试。可真的只是因为懒吗?

农历新年前，跟我一个宿舍的采购小王拖着我去非洲夜店。其实，他不说我也知道，他不是去喝酒跳舞的。出国前，我特意发了一篇报道送给林斐表忠心，报道的题目是《黑窑姐放不倒中国男人》。实际上，放不倒中国男人的主因是，这个国家的艾滋病率有4%。当然，再怎么高的比例，也拦不住一些胆大的。比如单身的小王，他喜欢一个黑姑娘很久了。

我劝他别去了，他羞红了脸跟我说，他已经给家里人看过姑娘的照片，家里同意了。

我笑了："你家同意啊?你会说本地话还是法语，你俩咋交流啊?"

"所以让你去，哥，你就帮我这一次，我想问问她想要多少聘礼。到时候请你喝喜酒。"小王恳求。

不知道为什么，我本来准备劝他的话，突然就都说不出口了。什么风俗不一样，涉外婚姻的麻烦，这个黑姑娘是不是想嫁到中国是不是在骗你，诸如此类，忽然都如鲠在喉了。我想到了林斐，她睡眼惺忪地在厕所守着吐得一塌糊涂的我。

那天晚上，黑姑娘带着她的朋友一起出现在夜店，小王大手笔地买了很多酒。我翻译过会议，翻译过合同，就是没有翻译过爱情。一个人对另一个人当面的情话，到底该怎么翻译才算信达雅。脸红要不要翻译，娇嗔要不要翻译。但我想我的专业素质还是过硬的——小王和他的爱人最终开房去了。

只是，小王也给了我和他女朋友的朋友一张房卡的时候，我意识到：这好像不是谈恋爱的节奏吧?我说我不去，小王差点给我跪下，哥你不去你等我一个小时行不行!我被另一个黑姑娘浑浑噩噩地拉着进门。坦率的姑娘一进门就脱了衣服上下其手，说真的，我并不是柳下惠，只是我也没那么牲口……好吧，我承认，我是被4%吓的。我一把推开姑娘说，你别这样。黑姑娘像做错了事一样问我，怎么了，我不漂亮吗?真心话，她挺漂亮的。金沙萨的高级夜店里，姑娘当然也是符合国际审美的，苗条且皮肤富有弹性，因人种差异大多腿长胸大。只是，我不知道自己为什么会不由自主地想到林斐。如果她在，她一定会哈哈大笑着说：刘川你个臭流氓，不是说放不倒中国男人吗？

我给了姑娘20美金，说了此生最装逼的一句话："咱俩聊聊天吧。"

我们就真的用非洲大舌音聊起了林斐，聊起了我即将失去的爱情。

你是不是真的看到这里，指望这个黑姑娘给我什么指引，让我幡然醒悟搭夜班飞机回国找林斐。你错了，你偶像剧思维了。实际上，那天晚上，我把我心里想说的话像跟牧师祷告一样，跟一个鸡同鸭讲的异族姑娘倾吐了，我轻松了。我决定，等拿到我的年终奖再回国。我承认，我是个势利的浑蛋且屌丝。但，当我知道我想给林斐的一克拉戒指相当于我在非洲的半年工资，而我的年终奖又是半年工资时，我只能这么选。

谈恋爱，是要钱的。我当然也可以臭流氓一样跟林斐说，我爱你，不谈物质，咱们柏拉图。但那是我的林斐。我想给她我能给的整个世界，而不是空许诺。

只是，我买到刚果金我能买到的最好钻石时，已经是又半年。那时，小王已跟黑姑娘订了婚。林斐跟我的联系，已经降到了一个月一次。她醒的时候，我在睡觉。我闲的时候，她在上班。她空下来了，我在工地。七个小时的时差意味着一切。

我回国前一个礼拜，林斐跟我提了分手："你寄回国内的钱我都帮你存着，一分没动，我把卡寄给你，不见面，对谁都好。"

她没有爱上新的人。

"我有没有任何一种可能，能挽回你？"我问。

她说："我累了，我们在一起快三年，在一起的时间加起来不到两个月。你能不去非洲吗？"

我沉默了，我没有办法要求她再去天津，我也没有勇气去北京："如果你愿意，你辞职，我养你，我回国就升职了，我赚的钱够我们很好地生活，你去旅行，做我的太太……”

她说：刘川，从来都不是钱的事情，去他的理想。

是的，你爱上一个不爱钱的姑娘，就必须接受她会有追求。现在想来，物质的姑娘最好满足，你只需要给她房、车、名牌包。

那天晚上，林斐发给我一个网页，是一个旅行社圣诞节的项目汇总，她决定把命运交给上天：“刘川，你选一个目的地吧，我们平安夜出发，如果能碰到，就在一起，如果不能，就算是分手旅行吧。”

我选了柬埔寨，我想，文艺如林斐，一定会选一个花钱少又文艺、少有人去的地方。只是，我从金沙萨起飞，在比利时逗留，回到北京，再从首都机场出发去柬埔寨，找遍了整个机舱，并没有看到林斐。

她，选了日本。她以为，屌丝如我，一定会选一个资本主义发达国家出过无数优秀的苍老师。

通电话时，我在大吴哥城，她在清水寺。我穿短袖，她穿羽绒服。都是神的殿堂，神让我们分开。风穿过石头长廊，我想象林斐穿着裙子从这些凉爽的黑色石头中间跑过，她也许会买孩子们手里的明信片，她会写给谁，也许有写给我的分手信。

她说：“刘川，我看到艺伎了。他们说看到艺伎不容易，是幸运，粉真厚。”

我说：“林斐，我去日本找你找不好？”

她说：“刘川，我们一直是有时差的，我真不该谈异地恋。”

“我可以去北京。”

“你要升职了，你为我放弃这些，我承受不起。”林斐说，“京都下雪了，我替你祈福了。”

我想，我也是条汉子，我忍住了，半滴眼泪都没有掉。

我说：“林斐你还去富士山吗，你知道富士山是自杀胜地吗？”

她说：“刘川你个臭流氓，我从二合目就开始抑制不住地往路边的林子里面看，一具尸体都没看到。不过，我给你买了白色恋人，到时候寄给你吧，连同你的银行卡一起，密码是你被甩那天，哈哈……”

笑着结束应该更好吧，我笑着，无法再说什么。

最后，林斐问我：“快说，你最近听的一首歌的歌词是什么。”

我恍惚了一秒，回答她：“我听巴赫G大调第1号无伴奏大提琴组曲BWV 1007，我不知道名是不是这么说，反正，就是影视插曲常用的那个大提琴曲。”

林斐半晌没有说话，在我以为电话因为信号不好已经断了的时候，她说：“我本来想说，不管你听的是什么，那就是我想跟你说的最后的话，再见，刘川。”

其实，我哪有那么高雅，整个柬埔寨期间，我耳机里一直循环的是“Say something, I’m giving up on you”说点啥，要不我就撒手了。这个寓意，太不吉利了，像我们的爱情。放下电话，我想，也许从一开始决定我们分开的，就是不同与不妥协。

爱情，就像过敏，脱敏治疗是管用的。就是你们在一起，你慢慢地会对对方脱敏，爱情变亲情。而异地恋，就是把你和你的过敏源强行隔离。如果第三者出现，那么请庆幸你发现了疫苗。如果没有第三者，一辈子不再见也好，你也不会有任何反应。只是，一旦相见，你会发现自己依然打喷嚏、流鼻涕，从来不曾痊愈。

我跟林斐的爱情，没有疫苗。只是我的过敏源林同学，放弃了我，我也过了有为一个人过敏一辈子勇气的年纪。

虽然，我爱你。但是，再见，林斐。

22

再见Puppy love

还有什么比情人节在微博上得知自己被甩的消息更悲惨的吗？有，情人节当天在微博上得知被朋友转发男朋友向别的姑娘表白的微博才知道自己被甩了。还有比这更惨的吗？依然有，那就是，情人节当天被朋友转发得知自己被甩了，而自己没时间刷微博的原因是陪伴自己7年的狗死了。

7年，整整7年，比劈腿的烂人跟我在一起少三分钟而已。我的狗叫Puppy，因为捡到家里的时候是条小奶狗，所以叫Puppy。傻吗？这就好比一个被大人叫作“小心肝”的孩子，大名也叫心肝。张心肝、李心肝、王心肝，诸如此类云云。如今，我很后悔给Puppy取了这么一个不慎重的名字，我应该给他取个类似振轩、雅治之类高端大气上档次的名字。之前我爱过的那个人就有一个慎重的名字，那么，不如，我在这里叫他“慎重”。

那时我只有15岁啊，浑蛋，花一样的15岁，高中一年级，看了无数言情小说，无数次在内心呐喊“随便哪个男的来爱我都从了”的年纪，“慎重”出现了。他甚至没追过我，只是在我们班楼下看着我上学放学，整整半个礼拜而已——第三天晚上放学，我们就一起走了。而Puppy就是那晚出现的，我与“慎重”在我家楼下分手，他什么也没说地离开了，我转身上楼。Puppy就在我家门口哀嚎，它那么小，浑身散发着被抛弃的腥臭。

我说：“你干吗？”

它说：“嗷。”

我说：“饿吗？”

它说：“嗷。”

然后，我开门进家，给它拿了根火腿肠，它扭动着屁股蹭过来。

我说：“你不能来，我妈过敏性鼻炎，不能养狗。”

我扒开火腿肠喂它，饿得只会嗷嗷叫的Puppy却低下头，舔了我的手心，它满是跳蚤的温热小身体靠在我手上，我清楚感觉到它不知是太冷还是太饿的抖动。就在那一刻，我决定，这个狗我养定了。我回去就跟我妈摊牌——趴在地上下跪用一年的零用钱和包打扫卫生求她让我养狗。当然了，我妈也是很体谅我的，她温柔地告诉我，除非从她的尸体上跨过去不然我休想把带毛的动物领回家。就这样，Puppy被我养在了距我家五百米的小区花园。

后来，真的是很后来，我才知道不该给狗吃火腿肠。现在想想，可能那时太多的添加剂和盐在Puppy的身体里累积至今，导致它没能活过第7个年头就被车撞死了。我的爱情也是一样，“慎重”在送我回家的第二天跟我表白了，他说：“我可能有点喜欢你。”我的回答是“我愿意”——尽管对方的表白根本不是一个疑问句。

于我来说，“慎重”是一个超出我预期太多的选择。他并不像扔到人堆里找不到的我那样平凡，高中里很多女孩暗恋他。如果不是他跟我表白了，我想，他会是我连幻想都不敢的那种男朋友。虽然，我们都看多了偶像剧，但还不至于真的傻到认为那种情节会发生在自己的生活里：龙生龙凤生凤，穷挫矮配土肥圆才是真理好吗。

埋了Puppy后，我大哭一天，不知道自己该怎么办。翻了一遍“慎重”的所有网络社交空间，发现自己好傻，他与那个女孩开始已经不止一天了。只是，我从未察觉——或者我压根儿不想相信7年感情毁于异地。从高一到大四，经历了多少为见面省吃俭用、见面后计划将来的日日夜夜，最终还是敌不过短短的几百公里。我本以为自己坐在行李箱上的爱情，会最终变成白色婚礼。我们都已经计划好了，要把婚礼请柬做成火车票。但最终，还是结束了。

他认识她不过半年，我无法想象，半年情感比得过七年的陪伴。我们一起逃过课、同年高考、一起旅行、一起学游泳再一同跳下能到过最远的河流。我15岁半的时候，你16岁。那年的我们多么期盼我18岁或者你20岁，这是我们可以结婚的年龄。只是到后来，我20岁，再后来，你22岁……我们从早婚年龄到晚婚年龄，你再也没有提过这件事。我21岁生日那天之后，你从我的世界里消失了。其实之前你就不再联系我，只是我选择性地忽略了，我生日那天你忘了祝我快乐，我才不得不强迫自己正视：你从我的世界里走开太久，分手都没有提过。我打电话给你，你也会接，不痛不痒的回答，不温不火的问候，像一个老朋友，像我生命里那条老狗。

那时，Puppy已经很老了，它7岁了，它还是会舔我的手，只是，它第一次舔我手心那种让我不顾一切想要收养它的感觉再也没有过了。我妈的过敏性鼻炎在Puppy住在小区花园的第三个年头奇迹般地好了。同年，我上了大学，我妈彻底成了空巢中年。她决定收养我的狗，或者，她决定让Puppy代替我留下的空缺。我觉得有点怪，但还是同意了。

我始终记得那年秋天“慎重”离开时，我哭得像条狗，而我的Puppy趴在我的身上，怯怯地看着我目送火车离开。它把头靠在我的身上，它把爪子搭在我的衣服上，它蹭了我一身的狗毛，仿佛在说“我永远不会离你而去，除非你离我而去”。那年，我坐上向南开的火车，我们约好毕业后结婚。

15岁爱上的那个人，你很难搞清楚是你在谈恋爱还是恋爱在谈你。Puppy，我很难分清，我究竟是爱那时爱上的人还是爱那时爱上另一个人的我。我只是觉得很难受，难受得就像没有明天，再不会有未来。如果不嫁给“慎重”，我能怎样呢？我不会再爱上任何人了。但我软弱，我不敢问对方跟我分手的原因，假装是我们共同决定了这样一个结果。我甚至转发了那条“慎重”跟另一个女孩表白的微博，说“在一起，祝福你”。

我转发后，“慎重”问我：你好吗？

我说：“还那样，你呢？”

寒暄几句后，“慎重”说他要睡了。

我终于忍不住问他：“你爱过我吗？”

Puppy，我就是这么㞞，我压根儿不敢问我和他是什么时候分的手。我等“慎重”的回复等到我以为他压根儿不想回复，才等到。

他说，这世界上有很多99分的感情，就是所有人都说“她哪儿哪儿都好，你们应该在一起”，于是当事人也觉得这就是最好的恋爱了。大部分人就这样恋爱、结婚，大部分人一辈子都不会碰到那个满分的对象，他们与99分的另一半过完一生，总觉得缺点什么又死活找不到原因。但一小部分人后来遇到了100分的恋人，才明白99分那个不过是别人眼中的合适。如果此生无恙，99分就是最高，谁让他不幸没有遇到了100分。

“你是我99分的爱人，她比你多一分。”“慎重”如是说。

Puppy，你知道吗？那一刻，我心中充满了无力感，我没有回复就下线了。但我心里那个真实的自己在挣扎“你是我10000分的爱人怎么办，你将来遇到101分的爱人你怎么办，你马上给我死一秒都别耽误！我他妈的才不会再爱你的”。因为，我觉得我不会再爱任何人。

至此，我默默删掉了与“慎重”相关的所有，十分想假装过去的7年里除了一条叫Puppy的公狗，我再也没有在意过任何异性。我想念Puppy，7年的时光里，除了我父母，再也没有谁像它这样被我爱且爱过我。Puppy的死彻底击垮了我，现在看来，那时的我已经陷入癫狂的状态，不会有人像我，缅怀一条狗像缅怀一个人，一天更新一百条状态纪念它：

“今天去了之前常去的电影院，Puppy想念你。”

“普通青年都文艺，文艺青年才二逼，Puppy，你走后北京无人和我说话。”

“假如时光倒流。Puppy。”

……

Puppy的死带来的打击，直到几年后我认识了新的爱人才慢慢释怀。26岁时，我终于谈了新的恋爱，四年后结婚。结婚第一年，我丈夫捡了一条狗回来，说是在家门口发现的，问我能不能养。

我说别逗了老娘有家族遗传的过敏性鼻炎，别说是狗，弄条毛毯我都直接住院了。

我丈夫非常费解：“那Puppy呢，你为啥不对Puppy过敏？”

因为从来就没有过Puppy啊！我从来，从未养过狗。只不过，每个人生命里，都会有那么一段想要费尽心思举重若轻的往事，反而越是假装不在乎越是弄巧成拙。我不能接受那样被分手的结局，也不想像个怨妇一样地满世界抱怨，才选择了对我假想中的狗倾诉。就像我因为不想交稿，生了一个假想中的儿子，并因为他的哭闹没有思路一样。

感情稳定的人，谁会没事儿更新状态给别人看呢？不过是想让那个再也不会看见的人看见，不过是想让那个再也不会在意的人在意，才会一天几百条事无巨细地汇报。不过是想提醒对方，你失去我是你的损失。只是，那时的我忽略了一点，不论是我的狗死了，还是我本人死了，对方都不会关心，因为他根本不会再像以前那样从信息的洪流中仔细地分拣出属于我的只言片语。后来想想，最好的惩罚是我：就算你会好奇，你只需要知道，我离开你之后过得比跟你在一起时好。是的我很好，我不会爱你，恨你，甚至不会想起你，我需要想起你。

再见Puppy Love，差一分的爱人，永远不会变成完美的另一半。

23

脏朋友

我上次从别人嘴里听到疏疏的名字，是说她甩了相恋七年的男友小史，而小史已经在准备跟她结婚，她却如此决绝地掉头就走，即使是一个屁，都没有留下一丝氨与硫化氢。小史在分手后的纪念日、生日准备了无数礼物，足等了她一年，都未等到她的回心转意——疏疏背叛了爱情。

这倒是我比较惊讶的，终于好像，在别人对我的朋友疏疏的评价里，有这么一条是极差中带着一些羡慕嫉妒恨的成分了。屈指道来，我已经听过了她的朋友小冬说她们两人不再联系，是因为疏疏觉得小史暗恋小冬——为一个男人，疏疏背叛了友情。

有时我会怀疑，别人口中的疏疏，跟我多年前认识的那个姑娘不是同一个人。但事实摆在眼前，我也很难辩驳。疏疏是我的大学同学，也是我在大学里认识的第一个人。

开学那天我第一个报到，宿舍里没有人，于是，铺好床就只能睡觉。刚迷迷糊糊睡过去，就被其他姑娘搬行李的声音吵醒了。社交恐惧让我继续在床上直挺挺地装睡，心里默默数着进来的人：一个、两个，疏疏是第三个。

她放下箱子就“叫醒”了我：“我叫疏疏，你叫什么？”

我假装被吵醒，带着气看她。她穿了绿色高跟鞋，格子小西装，我心里觉得：这真是个人来疯啊。就像，哈利·波特第一次看到卢娜，或者，我应该是纳威·隆巴顿才对。

当天晚上，四个刚认识的陌生人，都维持着起码的矜持，那时还没有恋爱的疏疏问了一句“你们都有男朋友吗”拉近了心与心的距离，此后海可枯石可烂我们手牵着手手牵着手手牵着手……这个问题和它的变体，在我依然不太好的社交能力中，同“一起喝醉一次”，成了我迅速拉近和陌生人距离的不二法宝——这是疏疏教我的第一件事。

那天之后，我们按长相结成了“一起吃饭上课而不会显得不合群”的友好帮扶对子，即你们所说的“闺密”。我和疏疏显然属于长得一般那类，本着都不愿给好友拖后腿更不想当陪衬的心，成了朋友。当你觉得自己这么普通怎么好意思苟活于世的时候，看看对方还在足吃傻睡闷头和尿泥，就觉得自己何必苛求外貌。唯一不遂心的是，疏疏1.6米，我1.7米，互相换衣服穿的时候有点捉襟见肘或者铺天盖地。但好在，饮食习惯补齐了这些不足：她喜欢吃花菜的花，我喜欢吃茎；她喜欢白菜帮，我喜欢菜叶；我爱吃肉，她不爱吃；摊两个煎饼果子，她会把鸡蛋让给我。得一伙伴如此，夫复何求。

疏疏和小史就开始在我和她建立起稳固的伙伴关系之后，说起来比较无厘头：我买了张DVD，跟疏疏一起看，她非说男主角像小史。我因为不想失去这个朋友，顺着她的意思说有点像——虽然一点都不像，但模仿是表达友好的方式，这是那些年《动物世界》教我的知识。

在印证了有点像之后，疏疏就有一点喜欢小史。那时候我是老丈人相女婿，看小史怎么都配不上疏疏，但疏疏一遍遍说小史各种好，我渐渐也觉得，她和小史可能是上辈子的罗密欧和朱丽叶、梁山伯与祝英台，阴魂不散地这辈子要再续前缘。

小冬也是那个时候出现的，她和小史是同乡的情谊，与疏疏在同一个社团。在疏疏和小史始终游走在“她爱他，他不怎么爱她，而她决定不再爱他，他却有点开始爱她”的游戏中时，小冬跟自己那时的男友也在这样你追我赶、力争上游的爱恋游戏里捉对厮杀，自然而然就成了疏疏的好朋友。

这一点，我是坚决反对的，因为小冬长得明显比我和疏疏好看，俗话说龙生龙凤生凤，卡西莫多配钟无艳，说好的按长相挑朋友，怎么一夜之间全变了呢。

内心里，是一种被取代的恐惧感。有种说法是爱情是自私的，我私下以为，友情也是自私的，情感都是自私的。假如你当对方是最好的朋友，对方除你之外却有其他更好的朋友，内心的那种失落感是除非找到一个新的好朋友否则无法被消除的。

疏疏一句话打消了我的顾虑：“你是我亲生的朋友，没法挑剔，后天的朋友还不许我挑个美的吗？”亲生的朋友，这一“生”我想恐怕就是一生了吧。但所谓一辈子的朋友，真的是只靠情谊与回忆就能牵绊一辈子吗？我表示呵呵。

大学时，失个恋就像挂个科一样容易，我当然也不能免俗。疏疏跟小史吃第一百次回头草的时候，我第一百零一次失恋了。那天我坐在阳台上装了一晚上文艺青年，唉声叹气眺望远方想着夜空中那颗闪耀的孤独星星在无数光年以外的地方可能已不存在。疏疏躺在床上陪着我一夜没睡，第二天我们决定一起去旅个游，斩断情丝。

事实证明，情丝没斩断，各自的硬盘里却多了无数醉酒后抱头痛哭的丑照。鉴于谁都无法相信对方会彻底删除自己的丑照而作为威胁继续保留对方的丑照，我们决定，为了防止友情破裂后某个人丧失理智把照片发给第三个人看，必须做一辈子的朋友。别的闺密闹别扭互不理睬，我们吵架时互发照片。

总的来说，还是不乐意失去这个朋友吧，没有兄弟姐妹的一代人，谈恋爱与交朋友都会特别容易指天立地、歃血为盟。虽然是同一专业，但我喜欢创作，疏疏主攻评论。那时我跟她有一个约定，我想成为有名的写作者，她要成为牛B的评论家。然后，她不遗余力地在各种地方发出辱骂我作品的评论声音，我将予以坚决反击，我们会树立起不共戴天的仇恨形象。当我们白发苍苍时，一个人会先死去，另外一个人要在对方的葬礼上揭示这个秘密，告诉所有人我们是一生的朋友，这一切，是我们的约定。这是我们能想到关于友情，最好的诠释。

这件事，当然没有成功。我没写出名，她也没成为靠谱的评论家，现实与理想之间差着一万多个梦工厂。毕业后，我成了靠码字讨生活的人，她成了追着码字的人屁股后面催稿的那个。

而这次，我从别人嘴里听说的疏疏，背叛了我。

那是我一个很想要合作的公司，负责人跟我接洽了几次之后，表现出了强烈的意愿，签合同的时候我颓了，不知该要多少钱，灵机一动让对方去找我的“经纪人”——疏疏。

对方跟疏疏聊过之后，善意地提醒我：“你那个朋友要收你稿费一半的经纪费用，你是不是被坑了？”

我表示，很难过，我没想到疏疏会这样跟对方说。多年友情却完全不了解这个“亲生朋友”的感觉，之前不论别人如何谈论她，我都带着微笑或是很沉默，因为我自以为知道她所有难言的苦衷与内情：

小史并没有看起来那么深情，相反是个控制欲旺盛的人，他想要的并不是疏疏而是一个按他意见生活的木偶。看起来是深情的等待，实际上，分手后小史威胁要自杀与无穷尽的纠缠，才是疏疏至今不想跟任何人解释的根本原因。至于小冬，也根本不是什么所谓的好友，私底下告诉所有人小史不喜欢疏疏是因为深爱着自己，而自己看不上小史的原因是小史没什么钱、她很可怜疏疏。这种一方面做好友，一方面总戳穿的所谓朋友，真的是闺密吗？那种高高在上的怜悯与疼惜，真的没（da）关（zhang）系（fu）吗？只是，作为疏疏亲生的朋友，她叫我不要为她争辩，我就不能说，写作都只能用化名的那种不能说。

不过这次的事情，我是真的很生气，与合作意向方谈崩之后，我回到家就拍开了隔壁疏疏的门：“你报价太高了直接谈崩了。”

“你傻啊，不是你说你不方便报太高，但最近日子紧让我帮你多争取的吗？”

“我×！那你也不能多给我报那么多啊，我以为你懂我呢！”

然后，疏疏说：“在我心里，你是最好的，这个价格已经是很优惠对方了。”

除了抱头痛哭，再没有其他的结局了。疏疏报的所谓经纪费用，是我想要的稿酬。我依然是那个不太会跟人打交道的社交障碍分子，连报价这种事都不敢自己出面，我觉得写作是神圣的，但我没钱又无法生存，不能生存谈什么高尚！

人总是需要一点奇形怪状的脏朋友，在你不敢开腔时帮你发言，在你不敢出面时做坏人帮你讨回公道，在你没法交往时主动做你的朋友。这个人，在你的世界里会帮你背所有的黑锅，挡住所有泼来的脏水。

后来，我问疏疏：难道她这样把责任全部自己承担，真的不会难受吗？她笑了，她的朋友比如我，自然会在她与小史、小冬的纠葛中，毫不犹豫地选择相信她。至于小史、小冬世界里那些在乎小史与小冬的人，她跑去向这些人告状，“除了增加痛苦之外，有什么其他意义吗？就像那个想跟你合作的公司一样，反正，我跟他们一辈子都不会有其他交集，他们怎样想我又何妨”。

这就是我的脏朋友，我与小史和小冬，都曾承蒙她的恩惠。想来，生而为人，根本不需要什么锦上添花。关键时刻能不要脸面地维护对方，才是所谓亲生——没得选。

24

走马灯

这会儿，庞城已经走了，带走了一个行李箱，一个登机箱。六年情感，只值这么多，压缩起来，一个立方不到。

其间，她站在阳台上抽烟，手里拿着整理庞城留在家里的东西时发现的信。电视里滚动播放当日财经、体育，以及社会版一个对生活绝望的人路过某户人家顺便杀了那家的主人——唯一的原因只是因为自己没有勇气自杀。曾经的每个晚上，她很爱和庞城一起看这种节目，一边吐槽一边看，模拟着未来生活的状态。她曾觉得很幸福，现在，她努力回想，庞城只跟她说“那，再见”，明知不会再见了，还“那”什么。感情嘛，就是这样，在一起，同进同出同床共枕，但真的就在一起了么？再深的拥抱、亲吻，不也还是两个人么？

实际，谁也没有变成谁。

是非、对错随着她点燃第二支烟，慢慢变得模糊。她穿着上个生日庞城送的高跟鞋，他在巴黎见客户的十分钟间歇，跑出去买了这双高跟鞋。他说她穿上高跟鞋看起来像18岁又像35岁，反正，就是女人最好的区间。现在呢，她穿着女人最好的区间，脚踝有一点疼。男人为什么不穿着内增高站在男人最好的区间呢？所有男人都比女人该增高。高跟鞋轻轻踢着阳台护栏，她双手撑在护栏上，试图让自己更高一点。

旁边阳台费力伸出一只带着驱蚊圈的手：“我叫汪欢实。”目测手的主人不超过22岁。

城市里似乎已经很少这种主动结识邻居的人，她吓了一跳，一只鞋掉了下去，对面阳台那人也应声消失。三分钟后，汪欢实出现在楼下，大汗淋漓向楼上的她挥舞捡到的那只高跟鞋。再三分钟后，汪欢实呼哧呼哧跑上楼，把鞋递给她。她并没有道谢，对于现在的她来说，整个世界只剩庞城抛弃她这一件事。汪欢实对于她没有道谢，感到有些不高兴：

“最起码说声谢谢吧，你是没有礼貌，还是想自杀啊？”

后面这个问题过于尖锐，直指实质。她本来自己沉浸在无边无尽否定未来、否定自我的情绪中，却被这个简单又无聊的问题撕开一道滑稽的口子，她下意识辩解："你吓到我，鞋才掉下去。"回答完，顿感自己的伟大悲伤也变得无聊了。虽然不是基督徒，没有宗教的禁忌，她也觉得被洞穿了这隐匿的内心，是一件可耻的事情

地上散落着她没清理完的东西，汪欢实撑开门，硬挤进来："我礼拜天听到你和你男朋友吵架，他是不是又欺负你了？他……"

"走了！"她被汪欢实这话再次戳中软肋，大哭起来，"我礼拜天出差了，那天不是我……"

马上汪欢实就意识到自己说错话："我听错了，他一直一个人在家，对你很忠诚，没有其他人……对不起。"

灯光萎靡，尴尬的沉默时间里，汪欢实站在她家门口，走也不是，留也不是。她啜泣着，丝毫没有停止的迹象。汪欢实试图转移话题，避开眼前这个女人的爱情悲剧。他说，自己开学大四，非著名大学不著名专业待业生。他还说，学校宿舍暑假装修他无处可去，本想回家，但看了一本成功学的书，决定拿出所有积蓄在她和庞城这个"高尚精英"小区租一个月的房子，争取认识几个精英邻居，为未来找工作打基础。

汪欢实喋喋不休地说下去，絮絮叨叨地塞满两人之间所有的尴尬，她含糊地点头，还是哭得不可抑制。失恋多像一语成谶啊，无数次地问对方会不会因为另一个人离开自己，当时的庞城都斩钉截铁地说不会，可走的时候还是毫不留情。

"你不觉得我是个很有想法的年轻人么？"汪欢实突然问她。

"嗯？"她走神了。

"你们公司还招人么？我开学大四，可以先去实习一年，你觉得我不错，再转正。"汪欢实胸有成竹。

她摇摇头："我已经申请出国工作了，帮不了你。"

"就因为这事儿？"汪欢实表情有一丝不屑、一丝遗憾，他严肃又认真地问她，"你怎么能因为另一个人就改变自己的人生呢？！"

她怔怔地看着对方，突然爆发了："为什么就不能呢？计划了结婚计

划了旅行，为一个人计划了一辈子，那个人却退出了，我为什么不能改变自己的人生呢！”

她本来是要去死的，跟家里打好招呼要出国，却在跃上阳台的瞬间掉了鞋。

汪欢实叹了一口气：“我带你去散心。我的房子下礼拜到期，租不起了。算起来，我们还有七天的缘分，你失恋，我也没找到工作。”

直觉上，她应该拒绝，毕竟加上捡鞋的6分钟，她认识这个男孩也不过20分钟。

她想关门，对方却把手坚决地按在了门框上：“你死都不怕还怕我对你怎么着吗？你等我搬了再死，我怕鬼。”

有一种又好气又好笑的情绪在她心里纠缠，她在一本书上看过，与想要自杀的人谈判时，不能回答对方诸如“几点了”“起风了吗”之类的问题。因为这类问题都会暗示对方“时候到了”。后来想想，她之所以能答应跟汪欢实去散心，完全是因为当时的汪欢实给了她一个新的暗示“七天之后再死”。或者，她根本就不想死。

于是，她居然同意了。汪欢实提议开车带她去看现场，但到了停车场，汪欢实推出一辆电动车，她却不合时宜地按亮了自己的汽车。她以为的开车是开车，而汪欢实以为的开车，反正就是开嘛，管它什么车。她不想以29岁高龄坐在电动车后座秀发飞扬，那种感觉有点像郭德纲演林志颖，虽然年龄相当但怎么都透着一种违和感。汪欢实训她，死都不怕了，还怕丢人么？

她想想也是，死都不怕了，还有什么好怕的。于是，北京东三环的辅路上，他们踩着电动车超过了行人与自行车，超过了奥拓和兰博基尼，她觉得穿着Lanvin套装和YSL高跟鞋坐在汪欢实的某宝大王牌电动车上的自己，有一种特别后现代的拼贴感。

他们去了音乐节，在下着雨的大泥地里，跟台上的摇滚歌手一起不要命地呼号。汪欢实帮她买了一双人字拖，她把人字拖套在高跟鞋上，给自己弄了个撬——她死都不愿脱下自己的高跟鞋，对的！她本来准备穿着这双鞋去死。于是推电动车的青年带着穿撬的女人，漫步雨中的音乐节。她想起多年以前，她和庞城也一起去过音乐节，他们租了帐篷、挤脏厕所、穿海魂衫回力鞋。她想当时也是高兴的，主要是穷开心。

晚上回去的路上，电动车没电了，汪欢实吃力地蹬着车子，他们还有十公里的路要蹬，光是想想都会肌肉酸痛。汪欢实说要不你帮帮忙吧，她说好嘞，然后笑着打开手机里的电台软件，下载了一段呼儿嗨呦的劳动号子。

汪欢实在前面无力地大声抱怨："不能帮点实际的么！"

她笑着摇头，沉默着流泪，那年她和庞城的音乐节后，北京暴雨，他骑车带着她在雨中穿行，掉色的海魂衫把两个人染成阿凡达和蓝精灵。回家后，庞城洗了一个小时的澡，她则多了一套扎染内衣。后来，庞城再没穿过蓝色衣服，她再没有去过音乐节。多年以后，庞城开车载她去看演唱会，依然是大雨。

庞城叹了一口气："你知道那天晚上我蛋都染成蓝色的了吗！"

至少，她保有了关于庞城不穿蓝色衣服的秘密，这个秘密他或许再也不会对第二个人提起了。

第二天，汪欢实带她去搞浪漫。他跟喜欢的女孩闹分手，对方不肯原谅他。他想了一万种道歉方法，想在女生家楼下摆蜡烛，99尊白蜡烛摆成一个心，再捧一束花，一遍遍对着楼上大喊"对不起"。她教他安静地在楼下等女孩出现，真诚道歉就好，原谅就复合，不原谅就好聚好散。

汪欢实有些犹豫："这样，不会显得不真诚不隆重么？"

她反问："难道要隆重到人尽皆知、道德绑架么？"

这种事，她身体力行过。大学毕业时，庞城带她想回家乡过安稳日子，她却想要出国再读书，提了分手却在临走前后悔了。当时的她干了现在的她不同意汪欢实做的事情——她在庞城楼下摆了蜡烛求复合，她爱的庞城在所有围观群众大喊"在一起"的气氛中同意放弃家乡的工作。最终，她没出成国，庞城为了她漂在了北京。于是，后来的每个不美满，她都背上沉重的枷锁：假如当初放他走，她和他的人生会不会好一点。

汪欢实最终没有等到他的女孩，那女孩早已出门旅行了，走时没有通知他，甚至换了手机号。汪欢实还想挽回，她却力劝年轻的男孩：

“为另一个人改变自己的人生，最终就会搞得像我。”

当你失去他（她）时，你怎么办呢？年轻时不懂的道理，在某个时刻会忽然醍醐灌顶：比如，每个人都是一座孤岛，终将一个人来一个人走。新闻里每天都在上演孤独的故事：那个因为门没关好无辜被杀的人，也有挚爱的家人，但最终只能独自面对生与死，他在自己家里被杀，凶手用行李箱将尸体运走。可就算，临终环绕身边的是亲人又能怎样？他们握着你无力的手温柔地鼓励，你也终将独自面临最后的白光，走马灯一样闪过你的一生。

回去的路上，她和汪欢实从爱情聊到了死亡，汪欢实说她“解high”——稍微大个几岁就能装尤达大师、心灵鸡汤。她恍然明白，自己已经变成当初自己厌恶的“过来人”。

第三天，汪欢实带她去看798里不要门票的展览，他带着她倒了两次公交车，只为了指着其中一幅照片告诉她：“这幅画我三年以前在创意市集上看到过，当时卖50块我没舍得买，你看后来在香港拍卖居然值5万了！”

“你怎么50块都没有？”

汪欢实不好意思地低头：“女朋友想吃冰淇淋。”

她想了想，严肃地恭喜汪欢实：“幸好你跟她分手了，你女友绝对是扫把星转世。”

汪欢实却说：“就算回到当初我也会买冰淇淋不买画的，那天是我们的初吻耶！”

第四天，汪欢实教她打网球，她汗都没出，汪欢实捡球捡到腰肌劳损。她想，她会坚持打网球，很多人在生命里来来去去，总要留下一些什么，比如，庞城留下了一段感情。

第五天，汪欢实送给她一本食谱，叮嘱她即便他离开，她也应该好好照顾自己。

第六天，他们坐在阳台上，喝了一瓶红酒，看了一次日出一次日落。

第七天，她告诉汪欢实，她已经不想死了，就算庞城离开了她，她的人生也还是要继续。

还是隔着阳台，汪欢实吻了她，他身后是已经整理好的两个行李箱。

他说："这世界上再浓烈的情感也不该逾越作为人想要活下去的本能。"

她站在阳台上抽第三支烟，对面阳台的汪欢实就那么忽然消失了，像从没有出现过一样——她终于完成了她幻想中的走马灯，回顾的只有爱情。但她想，这不会是她临终的那个。

她终于放下了支撑在阳台上的双臂，虽然她还是不知道怎么释怀：假如，当年庞城不是暑假租了她隔壁的房子，就不会因为帮她捡晾在阳台上掉下去的鞋认识她；假如，那年庞城买了那幅画没有买冰淇淋给她，或许就没有那个吻；假如，那次闹分手她换了号码不要换回来，庞城或许就不会为她放弃出国读书的机会……假如没有过去，他们不会有七天前因为一件小事的争执，不会有她愤而离开没告诉庞城自己要出差，不会有庞城因为担心她没带钥匙又赌气不肯打电话却执意为她留着门……假如这一切，有任何一件事改变了轨迹，今天，应该就不会是庞城的"头七"。

可庞城已经走了，一个1.85米的人，只带走一个行李箱，一个登机箱。她哭着想，如果不是迷迷糊糊中他以为是她回家，也不至于如此措手不及……她真是他的扫把星啊，她却还是必须苟活于这世上。

她手上还拿着庞城的信：

"下次吵架，你不要离家出走了好么？你说，如果我向你求婚，我们应该像交换戒指一样交换人生的一个秘密。我现在告诉你我的秘密，我小时候身体不好，奶奶迷信，让我认过一个狗爹，给我取过一个好养活的孬名。别人的孬名顶多叫狗剩、拴柱，我比较倒霉，还得随狗爹姓汪，叫欢实……我想向你求婚，我的秘密说完了，你的呢？"

是啊，她的秘密是什么呢？或许是，她会把这个故事假装成别人的故事那样讲出来。

或许是。

图书在版编目（CIP）数据

你觉得不会发生的一定会发生 / 滕洋著. —北京：中国华侨出版社，2016.1

ISBN 978-7-5113-5942-1

Ⅰ. ①你… Ⅱ. ①滕… Ⅲ. ①短篇小说－小说集－中国－当代 Ⅳ. ①I247.7

中国版本图书馆CIP数据核字（2016）第005202号

你觉得不会发生的一定会发生

著　　者：滕　洋
出 版 人：方　鸣
责任编辑：芃　霓
版式设计：刘碧微
经　　销：新华书店
开　　本：700mm×980mm 1/32　印张：8.5　字数：250千字
印　　刷：北京盛通印刷股份有限公司
版　　次：2016年4月第1版　2016年4月第1次印刷
书　　号：ISBN 978-7-5113-5942-1
定　　价：32.80元

中国华侨出版社 北京市朝阳区静安里 26 号通成达大厦 3 层 邮编：100028
法律顾问：陈鹰律师事务所
发 行 部：(010) 82068999 传真：(010) 82069000
网　　址：www.oveaschin.com
E-mail：oveaschin@sina.com